万相之王

ABSOLUTE RESONANCE

天蚕土豆 著

15 创造纪录

中国致公出版社·北京　知音动漫

目 录
CONTENTS

- 001 第一○○一章 五脉重聚
- 005 第一○○二章 天罡凝珠
- 009 第一○○三章 三宫六相
- 013 第一○○四章 寒冰洞府
- 017 第一○○五章 夺冰神莲
- 022 第一○○六章 故人有难
- 026 第一○○七章 内部分歧
- 030 第一○○八章 他乡故知
- 034 第一○○九章 一箭足矣
- 038 第一○一○章 一箭天相
- 041 第一○一一章 大夏变化
- 045 第一○一二章 天莲寒气
- 049 第一○一三章 双方争执
- 053 第一○一四章 宝园开启
- 058 第一○一五章 守宝尸兽
- 062 第一○一六章 大战爆发
- 067 第一○一七章 冰水对决
- 071 第一○一八章 双剑斩魔
- 075 第一○一九章 金爪神鹰
- 079 第一○二○章 重创赵阎
- 083 第一○二一章 捣药之声
- 087 第一○二二章 草庐白猿
- 091 第一○二三章 长老令牌
- 095 第一○二四章 李洛凭证

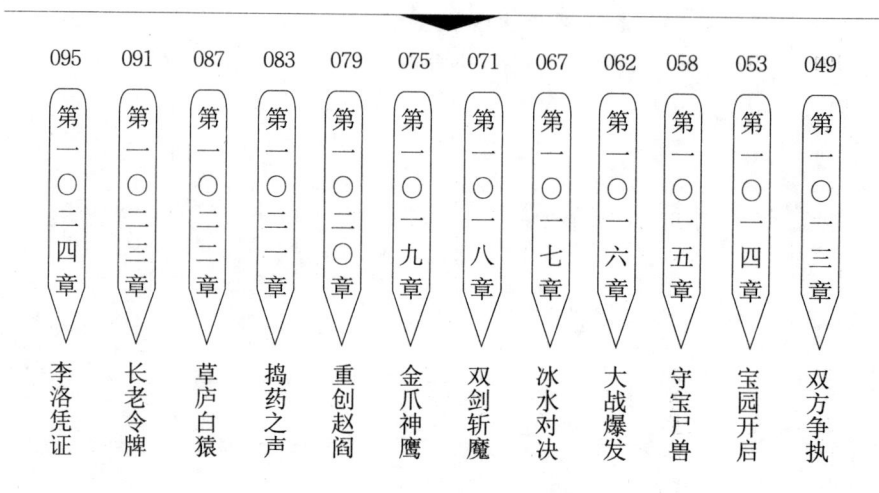

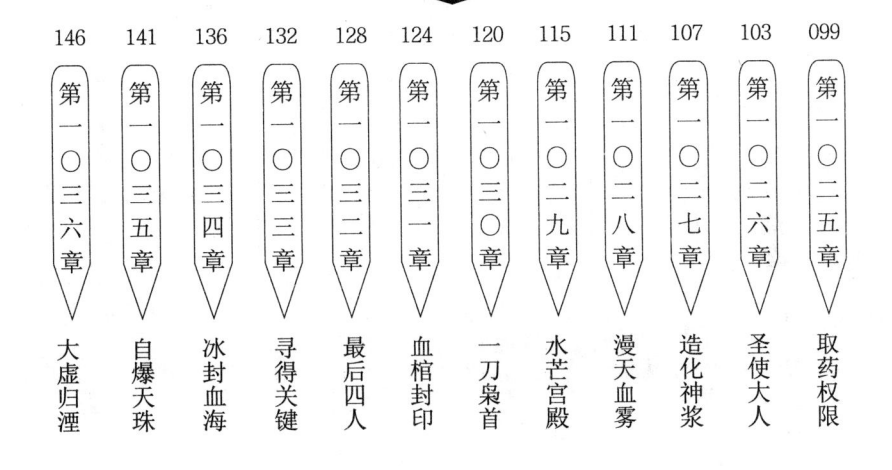

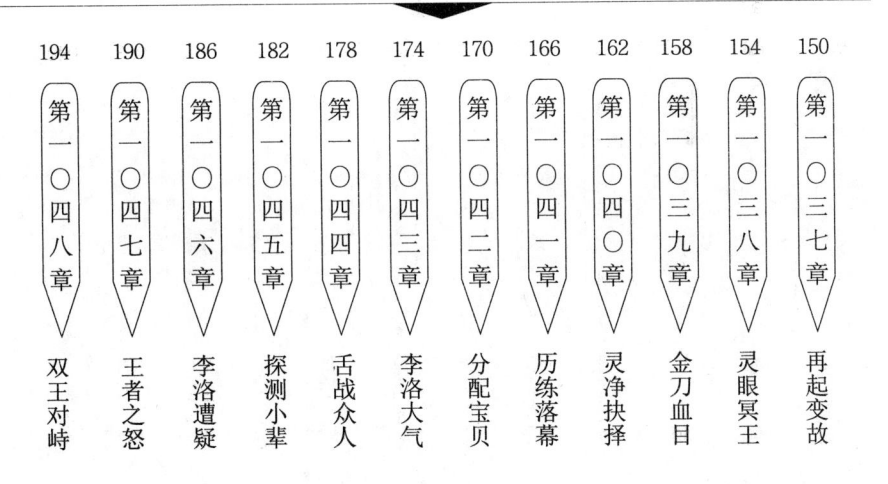

页码	章节	标题
099	第一〇二五章	取药权限
103	第一〇二六章	圣使大人
107	第一〇二七章	造化神浆
111	第一〇二八章	漫天血雾
115	第一〇二九章	水芒宫殿
120	第一〇三〇章	一刀枭首
124	第一〇三一章	血棺封印
128	第一〇三二章	最后四人
132	第一〇三三章	寻得关键
136	第一〇三四章	冰封血海
141	第一〇三五章	自爆天珠
146	第一〇三六章	大虚归溟
150	第一〇三七章	再起变故
154	第一〇三八章	灵眼冥王
158	第一〇三九章	金刀血目
162	第一〇四〇章	灵净抉择
166	第一〇四一章	历练落幕
170	第一〇四二章	分配宝贝
174	第一〇四三章	李洛大气
178	第一〇四四章	舌战众人
182	第一〇四五章	探测小辈
186	第一〇四六章	李洛遭疑
190	第一〇四七章	王者之怒
194	第一〇四八章	双王对峙

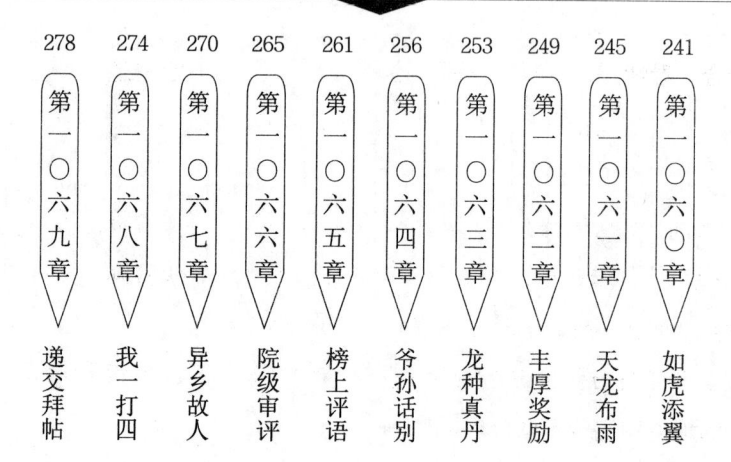

章节	标题	页码
第一〇四九章	三冠之境	197
第一〇五〇章	晋双冠王	201
第一〇五一章	归程叙话	205
第一〇五二章	三尾机缘	208
第一〇五三章	寻原始种	212
第一〇五四章	金色符箓	216
第一〇五五章	新的纪录	220
第一〇五六章	实力大进	224
第一〇五七章	五枚金箓	229
第一〇五八章	阻关之人	233
第一〇五九章	老祖李钧	237
第一〇六〇章	如虎添翼	241
第一〇六一章	天龙布雨	245
第一〇六二章	丰厚奖励	249
第一〇六三章	龙种真丹	253
第一〇六四章	爷孙话别	256
第一〇六五章	榜上评语	261
第一〇六六章	院级审评	265
第一〇六七章	异乡故人	270
第一〇六八章	我一打四	274
第一〇六九章	递交拜帖	278

第一〇〇一章
五脉重聚

当李洛所化的虹光穿过云壁时,他清晰地感觉到空间在扭曲,待回过神后,自己已经身处一座白玉广场上了。

目光扫视,只见一座巍峨到无法形容的宫阙矗立前方,人立于其下宛如蚂蚁般渺小。

而且,从巍峨宫阙上,李洛察觉到了一种危险的气息,因为到处都有若隐若现的奇阵光纹,而且似乎都是完好无损的。此前遇见的黄金大殿与之相比,倒有些小巫见大巫了。

按照李洛的猜测,恐怕封侯强者来了都不敢硬闯这座宫阙。

在李洛惊叹于宫阙之雄伟时,白玉广场上已不断有人被传送来,李灵净、李凤仪、李鲸涛等人出现在了不远处。

众人会合,看情形,云壁应该是一处传送点,通过它就会被直接传送到此处。

"这里应该就是灵相宫了。"李茯苓打量着巍峨的宫阙,忍不住感叹道。

"灵相宫?"李洛问道。

李茯苓颔首,道:"灵相宫应该是灵相洞天的核心,有着极为可怕的防御,而且诸多守护奇阵都未曾损毁。据说当年各方势力的王级强者降下分身前来探测过,但都没有把握在不摧毁灵相宫的前提下解开奇阵。

"经过这些年各方势力的不断开拓,迄今为止我们已经探索了灵相宫的外围区域,更深的地方则完全不敢闯入。"

李洛微微点头,目光扫过白玉广场,随着越来越多人出现,他见到了一些熟悉的身影,正是李武元、李清风、李红鲤等。

与此同时，李武元也瞧见了他们，当即带着人走过来。

李武元此时意气风发，看样子捞了不少好处，他的目光扫过李灵净、李洛等人，淡笑道："还以为你们会掉队，没想到也闯过来了，看来这一路还比较顺利，没有遇到强敌。"

李凤仪见到这家伙就不爽，没好气地道："我们遇见了赵阎他们，可没有你们轻松。"

李武元一怔，道："赵阎没对你们出手？"旋即他摆了摆手，道，"无妨，既然我们会合了，倒是不惧赵阎他们，在金露台我有所突破，如今已是半只脚踏入天相境了。"

李洛闻言看了他一眼，怪不得气势比以前更盛了，原来是半只脚踏入了天相境，只不过……哥们儿，你还是落后赵阎半步啊！虽说赵阎用了药，但那可是真正的天相境。

"清风哥也突破到三星天珠境，甚至凝炼出了下一颗虚珠。"李红鲤插嘴道，同时眸光扫过李洛，有些得意。

一旁，李清风的神色还算平静，他盯着李洛，问道："以你的天资，在金露台应该也有很大的收获吧？"

李洛谦虚地道："还是比你落后一点，现在勉强达到三星天珠境。"

此话一出，李清风神色一滞，李武元、李红鲤等人皆满脸惊愕："你已经踏入三星天珠境了？"

在进入灵相洞天的时候，李洛只是极煞境，怎么会一下子跨越这么多境界？

"这算什么，三弟在突破之前就将赵神将的一条手臂斩了下来，完成突破后又与赵神将交手一次，仅仅一招，就将踏入四星天珠境的他击败。"李凤仪笑眯眯地说道。

"什么？你打败了赵神将，还断了他一臂？！"李清风难以置信，赵神将可是身怀下九品力相，实力傲视同辈天骄，他遇见了都只能退避三舍，李洛却能以极煞境与之相搏，还断其一臂？！

"赵神将的确是个强敌，我也是倾尽全力才侥幸胜他一筹。"

李洛笑了笑，道："我这点战绩与灵净堂姐比就不值一提了，她凝炼了九星天珠，即便是借助化相丹成功突破到小天相境的赵阎，都未能在她手里讨到一点便宜。"

此言一出，龙血、龙骨、龙角三脉队伍顿时陷入沉默，一道道震惊的目光投向一言不发的李灵净。

即便是李武元，面皮都是剧烈一抖，盯着李灵净，声音干涩地道："你踏入九星天珠境了？！"

九星天珠境可谓天珠境的极致，需要惊人的底蕴与潜力，李武元这次突破也尝试过，可惜最终结果与赵阎等人差不多，于是他只能选择跳过，最终半只脚踏入了小天相境。

如果说李武元以前还觉得李灵净只是个未进入天龙五卫的野路子，心怀轻视，那么此刻他不得不承认，李灵净展现出来的天资已远远超越了自己。

毕竟达成九星天珠这个成就的天骄在天龙五卫都屈指可数。

李灵净手持青蛇杖，轻笑道："多亏了李洛堂弟送我的碧竹青蛇杖，我才能与赵阎相斗。"

众人目光扫去，一眼就看见了碧竹青蛇杖上的三道玄妙的紫色痕迹，当即眼皮子抽动了一下。

"三紫眼宝具，李洛龙首真是舍得。"有人嘀咕道。

李洛无奈地看了李灵净一眼，没必要把这个事一直拿出来说吧？感觉她是故意的。

面对李洛的目光，李灵净笑吟吟地视而不见。

李武元沉默了片刻，然后勉强笑道："那可真是恭喜你们了。"

他原本渐长的气焰此时以肉眼可见的速度削弱了，他本想趁此次实力大涨，打压龙牙脉的气势，再顺理成章地取得队伍指挥权，可哪知道龙牙脉也不遑多让，李灵净虽然未能踏入天相境，可九星天珠的含金量比一般的小天相境还要高。

李红鲤的脸色阴晴不定，原本到嘴边的话生生吞了回去，眸中的得意也化为了悻悻之色。

旁边的龙骨脉、龙角脉的人眼神也不禁变了，怎么突然间龙牙脉的实力有压过龙血脉的趋势啊？难道龙牙脉要崛起了？

李洛笑道："武元族兄，既然大家又聚在一起了，接下来就一起走吧，此处危机重重，还有赵天王一脉的人虎视眈眈，再分开反而更危险。"

赵天王一脉的实力不可小觑，赵阁踏入了天相境，威胁不小，更重要的是，秦天王一脉也是个劲敌，特别是秦漪，如果他们与赵天王一脉联手，对自己可不是好消息。眼下既然遇见了李武元，李洛自然不会放他们离去。

血浓于水，挨打也得一起挨。

李武元怏怏地点了点头，他原本也是打算一起的，此时各方势力都已经会合，他们没理由再分散。只不过面对愈发强势的龙牙脉，他明显感觉到队伍有些不好带了，他的话语权已经被严重削弱，任何指令都会受到遏制。

李洛没理会李武元，他只需要其他脉分担压力，而此时他目光忽然一动，抬头看向了白玉广场的另一处。

在嘈杂的人群中，一名薄纱蒙面的女孩正将明媚清冷的眸光远远地投来。

女孩的肌肤仿佛比雪还要白，她穿着靛青色的衣裙，衣裙边缘绣着灵动的金色丝纹，简约又华丽，纤细窈窕的身姿勾勒出动人心魄的曲线。

李洛迎着这道目光望去，微微有些恍惚，因为他从对方身上感受到了熟悉的气息。

第一〇二章
天罡凝珠

当李洛远眺着那名神秘女孩时,两人的目光在这一刹那碰到了一起。

望着李洛那熟悉的俊逸脸庞,薄纱遮面的女孩娇躯微微一颤,压抑在心底的情绪忍不住如潮水般涌动。

而就在此时,一个身影从旁边走过,刚好将两人的视线隔绝。

女孩的情绪瞬间收敛,眼眸里的波澜悄无声息地散去,她视线微抬,看着眼前的身影。

那是一名身躯挺拔、长相英俊的青年,他脸上带着灿烂的笑容,此时正关心地看着她,温声问道:"清小姐,你怎么了?"

青年名为牧曜,乃大元神州金龙宝行总部大长老的嫡孙,论身份算是他们总部进入灵相洞天的诸多年轻人中最高的,而且他的天资也十分不凡,在天元神州年轻一代中的声望不弱于赵阁、秦鹰、李武元这些顶尖天骄。

被他称为清小姐的女孩微微摇头,轻声道:"没事,只是刚传送过来有些头晕罢了。说起来,此次进入灵相洞天还多亏了牧大哥一路护送。"

牧曜笑道:"清小姐客气了,你身边强者不少,无须我保护,只是我们是东道主,总归得尽心尽力,不然回去后我爷爷知道我照顾不周,也会斥责我的。"

他的态度很热情,说话时目光总是停留在女孩的眼睛上,显露出相当明显的追求意味。

旁人都觉得这很正常,窈窕淑女,君子好逑,这位来自山里的清小姐血脉高贵,身份超凡,无论容颜、气质、身份,皆超过金龙宝行天元神州总部的同辈女子,牧曜心动也是情理之中。

"清小姐，我们已经进入灵相宫，此次以你的事为重，天元神州总部这边会全力配合你。"牧曜说道。

"麻烦诸位了。"清小姐微微颔首，她似是未察觉到牧曜看她的炽热眼神一般，只道，"事不宜迟，咱们直接行动吧。"

"金姐，走。"她转头看向一直紧随她贴身保护的高挑女子。

高挑女子点头，率众人径直对着白玉广场的一头快步而去。

她强忍着不再将视线投向李洛，跟了上去。眼下最重要的事情还是完成任务，之后再看有没有机会与李洛碰面。

牧曜带着人落后一步，不过在离去时他扫了一眼远处李洛的位置，眼神微动。他时刻都在注意着清小姐的举动，自然发现了先前她在看李洛，那一瞬间她眼中涌动的情绪可不像是看见了陌生人。

身为金龙宝行天元神州总部大长老的嫡孙，他自然有许多眼线，所以他还知道，在进入灵相洞天前的那个晚上，清小姐派金姐给李洛送了一颗九窍炼罡丹，足以说明两人是认识的，而且关系匪浅。

"那个李洛据说是从外神州来的，怎会与清小姐相识？"牧曜英俊的脸上保持着淡淡的笑容，但眼中闪过了一抹冷光。

"希望你不会坏了我的好事。"

李洛疑惑的目光随着人影的消失而收回，也不知道刚才是不是错觉。

"我们动身吧，如今来了灵相宫，天罡轮定然要走一遭，不能错过。"此时，李武元开口，将众人目光吸引过来。

"天罡轮？"听到这三个字，李洛不由得朝李茯苓问道。

"天罡轮乃灵相宫的一件奇特之物，据说里面蕴含着无数凝珠术，只要投入灵相金露，便有可能获得一道契合自身的，很多天珠境的散修进入灵相洞天的主要目的就是它。"李茯苓解释道。

李洛闻言心头一动："天罡凝珠术？"

他知晓此术，正如地煞将阶时的炼煞术一样，天罡凝珠术是独属于天珠境这个阶段的修炼之法。

此术的作用很简单但也很重要，那就是提升凝炼天珠的速度。

李洛因为刚刚突破到天珠境，还没来得及修炼凝珠术，但他知晓龙牙脉收藏了不少，所以并不急，原本是打算等灵相洞天结束后，就回龙牙脉寻一道契合的。

"李洛堂弟你刚突破到天珠境，可以去碰碰运气，虽说咱们龙牙脉收藏着不少凝珠术，但论数量想来是比不上天罡轮的，而且凝珠术讲究与相性契合，李洛堂弟你身怀三相，要求应该十分苛刻，如果能借助天罡轮获得一道契合自身的凝珠术，也是个不小的收获。"李茯苓建议道。

李洛听到此话有些心动，对于天珠境的人来说，一道契合自身的凝珠术是梦寐以求的。

在两人说话间，一行人已行动起来，他们迅速掠出白玉广场，跟着李武元往一个方向疾掠而去。

与此同时，李洛见到许多身影正冲着这边掠来，显然都是为了所谓的天罡轮。

在这般疾驰下，十数分钟后，他们便见到一座拔地而起的高台。高台之上，一个约莫百丈大的白玉巨轮静静矗立着，上面铭刻着无数古老、晦涩的光纹，隐隐间有一种玄妙的波动散发出来。

此时，白玉轮下方已经聚集了不少人，一道道炽热贪婪的目光到处扫视着。

"他们怎么不动手？"李洛见到这些人到了此处却不动手，反而眼神狠辣地朝旁边的人看去，不由得有些奇怪。

"因为他们没有足够的灵相金露。"李武元淡淡地道。

"想要催动天罡轮，需付出一百滴灵相金露，这对许多散修而言可不是小数目。"

李洛恍然，一百滴灵相金露是很庞大的数字了，此前激活金相符、开启金露台权限都只需要三十滴。

"咱们龙血脉、龙角脉、龙骨脉只能凑出两百滴，也就两个名额，清风哥需要一个，你们可别指望我们会分给你们名额。"李红鲤突然说道。

她言语间含着警告，两个名额，李清风一个，剩下一个自然是她的，这是万万不可能让给龙牙脉的。

天罡轮的凝珠术最适合初入天珠境不久的人，像李武元、李茯苓这些已经抵达高星天珠的人，早已有了熟悉的凝珠术，没必要再花时间去置换了。

"谁稀罕！"李凤仪不爽地道。

"你拿得出一百滴灵相金露吗？"李红鲤撇嘴道。

李凤仪一滞，其他队伍的情况她不清楚，但他们在解开金露台权限后，灵相金露虽然有些富余，但距离一百滴还差得远。

李鲸涛笑呵呵地道："咱们龙牙脉凑一凑，应该可以给三弟凑一个名额。"

李茯苓点点头，道："那就凑一凑吧。"

李洛闻言，皱着眉头："一个名额需要一百滴灵相金露？"

李凤仪叹了一口气，道："的确比较高。"

李洛笑了笑："还好吧。"

此话一出，众人没好气地朝他翻了个白眼，但旋即他们就见到李洛慢吞吞地掏出了三个玉瓶，扔给了发愣的李凤仪、李鲸涛以及邓凤仙。

"来来，咱们龙牙脉的都有份，一人一百滴，拿去换个名额。"

说完，他想了想，又看向陆卿眉，问道："你够吗？"

陆卿眉迟疑了一下，看了看李观，有些惭愧地道："还差三十滴。"

于是李洛又丢出一个玉瓶："给你们补上，咱们好歹同行了一路，总不能亏了你们龙鳞脉。"

陆卿眉赶紧接过玉瓶，欢喜道："那就谢谢龙首的馈赠了。"

当李洛做完这些的时候，龙血、龙骨、龙角三脉突然沉默了下去。

第一〇〇三章
三宫六相

李凤仪、李鲸涛等人接过李洛丢过来的玉瓶，在愣了一瞬后，赶紧打开看了一眼，当他们见到流动的灵相金露时，都忍不住神色呆滞。

"你怎么会有这么多灵相金露？"李凤仪震惊道。

他们一路辛苦搜集，只收获了一百来滴，而当她与李茯苓开启了金露台的权限后，就所剩不多了，可李洛随随便便丢出来的怕是都有数百滴吧？

"我与灵净堂姐侥幸进了一处秘境，获得了不少灵相金露。"李洛笑道。

在黄金大殿，他们所获颇丰，而且在解决蚀灵真魔后，他还顺便搜刮了一下战场，捞了不少。

"没事，都收着吧。"李洛见他们面有迟疑，当即笑道。

李凤仪、李鲸涛闻言笑着点头应下，邓凤仙则犹豫着要不要接受李洛的这份大礼，然而此时李凤仪目光转来，质问道："你不想接受我三弟的东西，你是有反心吗？"

这么大的帽子扣下来，邓凤仙有些无奈，只能冲着李洛道："谢过龙首了。"

李洛笑着摆了摆手。

李凤仪斜睨着李红鲤，漫不经心地道："还是咱们三弟仗义，自掏腰包为同伴补齐，不像有些人，没什么付出还想平白混个名额。"

李红鲤脸红了，她如何听不出李凤仪是在讽刺她想占据三脉凑起来的第二个名额。

若是没有李洛，她凭借身份，是有很大可能获得那个名额的，虽说其他两脉的人或许会有不满，但终归能压下去。

可在李洛大大方方掏出这么多灵相金露，甚至还给陆卿眉补齐了差额后，她如果仍去贪占第二个名额，两相对比之下恐怕会令其他两脉的人心生怨气，这显然是李洛想要看见的，他在试图影响他们龙血、龙骨、龙角三脉间的关系。

李武元面色有些不自然，他想了想，冲着龙角、龙骨两脉的队伍笑道："两个名额，一个给清风，另外一个就由你们推个人选出来吧。"

为了安抚另外两脉，他只能将原本要给李红鲤的名额让出去。

李红鲤闻言想要说什么，却被李武元看过来的目光止住了话头，他说："只是一道凝珠术而已，咱们龙血脉收藏了许多，未必比这里的差。"

李红鲤只能将话吞下肚去，她不是傻子，知道李武元不可能当众偏袒她，惹得另外两脉生出怨气，说不定就会让龙牙脉因此得势。

这个局面让她有点懊悔，早知道就不开口讽刺李洛、李凤仪了，到头来反而将自己的名额搞没了。

李洛没有理会他们，他抬起头，目光投向那座巨大的天罡轮，此时，已经有人凑齐一百滴灵相金露，掠上了高台。

李洛在其中见到了一些熟悉的身影，秦漪、朱大玉、江晚渔、赵神将皆在此列，看来他们都对凝珠术很有兴趣。

虽说他们出自底蕴强横的大势力，但凝珠术颇为独特，需要与相性契合，才能提升凝炼天珠的效率，所以很多时候找到合适的凝珠术还需要运气。

在李洛的注视下，有人在高台上率先伸出手掌，掌心托着百滴灵相金露，渐渐融入巨大的天罡轮。

随着金光流转，天罡轮开始缓缓转动起来，无数复杂古老的纹路犹如星象一般散溢着玄光。

转动没有持续多久便停止了，众人见到一缕约莫三寸的毫光从中落下，落在催动天罡轮的人的眉心间。

那人立即欣喜地感知脑海中的信息，片刻后，脸上露出了一抹满足的笑容，想来是获得了一道颇为满意的凝珠术。

随后，越来越多人上前转动天罡轮。

李洛盯着看了一会儿，发现一个规律，似乎天罡轮转动得越久，掉出来的凝珠术毫光就越明亮，显然，它凝炼天珠的效率也会更高。

短短片刻间，数十人尝试了一下，毫光最大的也不过十寸左右。

不过随着各方天骄陆续上去，好东西也越来越多。

朱大玉、江晚渔、赵神将等人皆取得了毫光三十多寸的凝珠术，一个个喜笑颜开。

最惊人的还是秦漪，她在众人的视线中，衣袂飘飘地掠上，玉手伸出，天罡轮开始转动。

转动持续了足足五分钟，看得不少人眼皮子直跳，最终天罡轮内，一道淡蓝色的毫光飞落而下。

足足五十寸，宛如一颗流星划过，落向秦漪光洁的眉心。

秦漪感知着脑海里高深的凝珠术，绝美的脸上浮现出一抹喜色。她得到的不比秦天王一脉顶级的几道差，而且从契合度来说更适合她。

有了这道凝珠术，她在天珠境的修炼速度上会提升数成，是个不错的收获。

秦漪的倩影在众多羡慕的目光中飘然落下，李洛则摩拳擦掌，与李凤仪等人一同掠上高台。

经过此前的测试，李洛已经看明白，似乎越是相性品阶高的人，取得的凝珠术毫光就越强，其品阶也越高。

李凤仪、李鲸涛他们最先尝试，各自顺利取得了一道凝珠术，毫光约莫二十寸。

李洛见状，伸出手掌，触摸天罡轮。

天罡轮冰凉至极，犹如寒玉，李洛目光仔细地扫过，能够隐隐感觉到里面蕴含着恐怖的能量，只不过能量引而不发，想来是一种保护机制，如果有谁试图破坏天罡轮，那势必会引来反击。

难怪，若能抢走如此宝物，就算是天王级势力都会心动，虽然凝珠术只限于天珠境，却是这个境界颇为关键的一环，得此宝物相助，他们麾下天珠境的修行自然会领先旁人一步。

在李洛心思转动间，他已将掌心的百滴灵相金露打入天罡轮，然后，天罡轮开始转动。

众多视线投来，包括已经结束的秦漪、江晚渔、赵神将等人。

李洛在与赵神将一战后，他的实力已经彻底达到同辈顶峰，一举一动自然引人关注。

他们的目光随着天罡轮的转动而转动，然后就发现眼睛有些酸胀。

猛然间他们回过神来，天罡轮未免转动得太久了！

他们的眼神忍不住变化，刚才秦漪五十寸毫光的凝珠术都没这么久吧？李洛的三相难道超过了秦漪的下九品水相？

人群中，秦漪注视着这一幕，眸光微动，别人都以为李洛是三相，但她与李洛交手过后却发现，他的相力不止三种，可能还有主相、辅相之分，如果有三种辅相，那他岂不是有六种相性？如此复杂的相性，想要获得契合的凝珠术自然极为困难，即便是底蕴深厚的天罡轮都未必找得到。

一想到李洛有可能会破天荒地空手而归，秦漪就觉得有点好笑，不是幸灾乐祸，就是单纯地想笑。

此时，李洛也感觉到天罡轮转动的时间太久了，顿时眉头皱起："不是吧？契合我的凝珠术这么难找？"

在李洛有点焦虑的这一刻，他突然感觉到体内传出了一点异动，这令他面色一变，因为他发现，异动竟然是从体内的神秘金轮内传出的。

这一瞬，此前不论他如何试探都没有任何反应的神秘金轮竟仿佛转动了一点。

而当神秘金轮转动的那一瞬，李洛发觉眼前的天罡轮也震动了一下，下一瞬，上面的光纹急速亮起来。

咻！一道毫光从天罡轮最深处喷吐而出，一出现便带着天地能量轰鸣，足足百寸，从天而降。

这片区域的众人顿时瞪圆了眼睛，无比震惊地望着百寸毫光，这可比刚才秦漪的足足强了一倍！

在诸多震惊的目光中，毫光落入李洛眉心，他急忙第一时间感知，复杂的信息顿时出现在脑海中。

"三宫六相凝珠术。"

当李洛扫过时，他的神色变得颇为精彩。

这道凝珠术……哪里是契合，简直就是量身打造的啊！

第一〇〇四章
寒冰洞府

"三宫六相凝珠术。"

李洛回味着脑海里流淌的凝珠之法，此术正如其名，乃以三座相宫、六道相性为基，构成一种复杂至极但又高效的凝珠流程。

虽然李洛未曾接触其他凝珠术，却依旧能够感受到眼下这道术的高深。

论级别，李洛感觉，恐怕李天王一脉收藏的海量凝珠术都没有哪道能赶上此术。

只不过，更让李洛惊异的是，此术对他而言简直是量身打造，实属过于巧合了。

难道是天罡轮刚才直接为他创造的？

如果是本就存在，那岂不是说，在远古时期的无相圣宗也有与他一般身怀三宫六相之人？

李洛若有所思，小无相神锻术能够炼制出后天之相，说明他的这种空相以前应该也存在，所以如果那时候无相圣宗有三宫六相之人，也不是不可能。

李洛心绪流转，但很快又压了下去，现在可不是想这些的时候，反正不管如何，能够得到三宫六相凝珠术对他而言就是件好事，会大大提升他的修炼速度。

而直到此时，他方才感觉到无数道如刀子般的目光扎在自己身上，仿佛要将他扎成刺猬。

显然，百寸毫光的凝珠术一出现，给旁人带来了极大的震撼。

灵相洞天迄今为止开启了好几次，从未听说过有人能获得百寸毫光的凝珠术，这种级别的想来就算在各大天王级势力中都极为罕见，如今李洛在他们眼皮子底下拿到，简直让人眼红。

"这个浑蛋，为什么他就这么好命？！"赵天王一脉处，赵惊羽眼睛通红，不住地咒骂着。

此前在金露台取得独一无二的机缘就罢了，在天罡轮又轻易获得了如此神异的凝珠术，这般福运，简直让人怀疑灵相洞天是不是他开辟的。

赵神将面色阴沉，眉头紧锁，在进入灵相洞天前，他并没有将李洛放在眼里，虽说对方夺得了李天王一脉这一届的龙首之位，但他连李清风都瞧不上，这个从外神州归来的乡巴佬又怎么会入他的眼？

原本他志得意满，必将在灵相洞天强势镇压李天王这一届的天骄，让天元神州所有人都知晓，他们赵天王一脉拥有绝对的优势。

但李洛的出现，打破了他的野心。

金露台一战，李洛显露出的战力已经完全不弱于他，此后完成突破，即便是眼高于顶的赵神将也不得不承认，虽说自己依旧领先李洛一星级别，但双方的实力关系已经开始逆转了。

而现在，李洛又取得了如此高深的凝珠术，可以想象，此后李洛必定会在天珠境一道飞速追赶上他，到时候，他恐怕无法正面抗衡李洛。

想到此处，赵神将眼中杀意涌动，他目光转向赵阎，脸色阴沉："赵阎族兄，李洛潜力非凡，往后必定是一个威胁。"

赵阎看了他一眼，道："你想如何？"

"当然是找机会在灵相洞天杀了他。"赵神将寒声道。

赵阎沉默了一下，道："李天王一脉实力很强，李灵净成就九星天珠，实力不弱于我，再加上李武元……"

"所以我们需要和秦天王一脉联手，秦莲与李洛父母积怨已久，我不信她没有给秦漪下达对付李洛的任务。"赵神将说道。

"与秦天王一脉联手吗？"赵阎眼睛一亮，有些心动，然后视线投向不远处那道有着绝世风华的倩影，正是秦漪。

此时的秦漪神色平静地盯着李洛，她之前还以为李洛要空手而回，没想到转念间，李洛就取得了一道不凡的凝珠术。

"难道是契合李洛三宫六相的凝珠术？"饶是秦漪见识不凡也忍不住惊叹，因为这种复杂的凝珠术连他们秦天王一脉都未曾拥有。

"李洛的气运还挺好,难道说,灵相洞天的选拔机制对他有利"秦漪眸光微闪。

"自黄金大殿分离后,他的实力提升巨大,应该是金露台的效果吧?听闻他在金露台击败了赵神将,战绩显赫惊人。"

秦漪轻叹一声,李洛拥有天纵之资,要知道,之前他一直居住在外神州,虽然她不至于因为外神州相对内神州贫瘠就轻视那里的天骄,但不管如何,双方得到的修炼资源不对等,这会导致即便有相同的修炼天赋最终实力却天差地别。

而李洛在外神州待了这么多年,如今仅仅一年左右的时间便追上了顶尖同辈,这份能耐绝不可轻视。

如果可以,秦漪不愿与李洛交恶,但双方立场不同,他们之间终归还是敌意更深。

她那强势的母亲,绝不会允许她与李洛走近,乃至成为朋友。

秦漪眼帘垂下,眸光幽幽。

对于四周众多嫉妒、不甘的目光,李洛却视而不见,他与李凤仪等人掠下高台,回到了李天王一脉众人聚集处。

李武元、李红鲤等人正直直地盯着他。他们没想到,李洛只是去取了一道凝珠术而已,都能搞出这么大的动静。

感受着四周投来的目光,李武元脸庞抽搐,虽说他们不至于因此就怕了别人,但这种受人连累而被觊觎的状况,实属让人无奈。

"武元族兄不要担心,咱们堂堂李天王一脉不是软柿子,谁敢来找碴儿,必定让他尝尝我五脉同心的铁拳。"李洛似看出他的情绪,当即正色安抚道。

李武元嘴角微抽,这个时候知道都是李天王一脉了,之前你的灵相金露也没见分点给我们!

"走吧。"最终,李武元闷声说了一句,率先向前掠去。四周的目光令人如芒在背,还是赶紧离去吧。

李洛笑眯眯地点头,然后众人离开此处,朝着灵相宫更深处挺进。

当李洛他们离开时,在另外的地方,金龙宝行名为清小姐的女孩,也率众穿过布满防御奇阵的区域,最终在一座洞府前停下了脚步。

洞府洞门紧闭,有能量纹路若隐若现,恐怖的波动从中散发,引人惊惧。

第一〇〇四章 寒冰洞府

所有人都能感觉到，此处似乎极为冰寒，莫名的寒气令众人灵魂都在微微颤抖。

清小姐望着这一幕，如冰湖般的眸子泛起了涟漪。

只是她并未见到，她身后的牧曜也在盯着洞府，眼中闪过一抹异色。

第一〇〇五章
夺冰神莲

洞门紧闭，上面布满岁月的痕迹，阵纹却极为完整，散发着可怕的波动，显然，此处的守护奇阵并未在岁月流逝下消散，依旧存有力量。

"清小姐，奇阵保存完好，恐怕封侯强者都很难强闯。"牧曜注视着洞门的奇阵纹路，皱眉说道。

同行的金龙宝行人员连连点头。

清小姐薄纱微动，似笑了笑，道："无妨，既然我们来到此处，自然是做好了准备。"

她伸出右手，只见那纤细的手掌戴着洁白的冰蚕丝手套，她缓缓褪下手套，如美玉般完美无瑕的手便暴露在了空气中。

玉手似乎自带冰凉寒气，仅仅只是拿出来，就有淡淡的寒雾散发出来。

望着那双近乎完美的手，莫说男子，同行的一些女孩眼里都忍不住生出惊艳之色。

这手也太漂亮了吧，简直跟艺术品一样。

此时，一道深蓝色的复杂冰纹从清小姐的掌心浮现出来，似乎蕴含着恐怖的力量。

她将手掌置于洞门之上，下一瞬，深蓝色冰霜陡然自掌心蔓延而出，短短数息便将洞门覆盖。

随着冰霜弥漫，奇阵纹路犹如被冰封了一般，竟然渐渐变得暗淡。

随后，沉重的洞门缓缓开启。

"走吧，阵纹只会失效一段时间，我们不能耽搁。"清小姐率先走入洞府。

洞府内是巨大的溶洞，上方悬挂着无数锋锐的冰凌，弥漫刺骨的寒气，仿佛一个寒冰世界。

众人纷纷好奇地打量。

不过就在此时，周围似乎传出了异动，伴随着咔咔声响，冰凌竟凝聚成了一座座寒冰傀儡。

寒冰傀儡应该是一种守护机制，察觉到有人闯入就会激发。

轰！

寒冰傀儡一成形，便喷出了滚滚寒气，如同灵猿一般，开始对着众人发动攻击。

"牧曜大哥，还请帮忙阻拦一下。"清小姐开口说道。

"清小姐放心，你尽管去完成任务，这些东西交给我们！"牧曜一口应下，磅礴相力陡然爆发，率众迎上了冲击而来的寒冰傀儡。

双方冲撞在一起，狂暴的能量波动于巨大的寒冰溶洞内横扫开来。

清小姐则在金姐等护卫的保护下迅速前行，他们穿梭于复杂的通道，避开重重关卡，如此花费了好些时间后，终于步入一座充斥冰晶的地宫。

地宫内寒气弥漫，冰晶中有无数寒冰之花绽放，花朵呈现深蓝色，散发着寒光。

在最中央的位置有一座寒冰高台，台阶乃寒冰凝结，晶莹剔透的同时又散发着无尽寒气。

清小姐凝视着高台顶处，只见那里有一朵雪白的莲花，它汲取着天地间的寒气，宛如冰雕一般。

花瓣上布满晦涩古老的光纹，令雪白莲花显得极为神异。

最特别的是，莲花中央有一个透明的花苞，花苞内竟有一道不过巴掌大小的模糊人影，呈蜷缩状。

清小姐望着雪白冰莲，眸中涟漪波动，轻声自语："果然是'冰神莲'。"

所谓冰神莲，乃一种罕见的天材地宝，对有着寒冰相性的人来说是至宝，而且最重要的是，冰神莲生长到烂熟时，会诞生冰灵。

清小姐来此的目的便是它。只要取得此物，她的冰相就会彻底蜕变，与族内"寒冰圣种"的契合度也会达到最高。

清小姐轻移莲步，一步步走向寒冰高台。

金姐步步跟随，目光警惕地盯着四周，然而就在此时，她的脸色突然一变。

她猛地伸手，拉住清小姐的手腕，红唇一张，一道锋锐金光喷射而出，对着右侧袭杀而去。

当！

金光直接与一柄锋利剑尖碰撞在一起，雄浑的相力喷发，顿时将剑尖轰得粉碎。

就在金姐出手的那一瞬，原本与他们走在一起的护卫里竟有数道身影眼露凶光，直接对着身处正中的清小姐发动攻击。

"陆三，你们做什么？！"来自同伴的突然袭击，令金姐错愕不已，而后暴喝道。

那些护卫却置若罔闻，凌厉地对着清小姐周身要害袭去。

清小姐柳眉微蹙，单手结印，纤细玉手上出现了一串深蓝色的珠串，珠子上铭刻着寒冰光纹。

她屈指一弹，珠子射出，化为一面面冰晶光盾，悬浮周身，将攻击尽数阻拦。

当当！

冰屑溅射间，那些凌厉的攻击无功而返，数道身影也闪身而退。

金姐急忙站在清小姐身前，怒视这些人，再次喝道："陆三，你们疯了吗？竟敢偷袭小姐？不怕回去后家主清算你等？！"

这些人此次被选为清小姐的护卫，原本都是值得信赖的人，眼下竟然会突然背叛，实属令金姐难以置信。

面对着金姐的怒斥，那些人只是保持沉默，并未答话。

"金姐，不必生气，他们此时动手，说明他们一开始的目的就不是护卫我，而是阻止我。能够将人塞进这护卫队中来，应该也不是一般人能做到的。"清小姐淡淡出声。

金姐闻言心头一凛，小姐的护卫乃家主亲自选拔，可就算如此，都被掺了沙子进来，可见背后的水有多深。

看来，金龙山里有人不愿看见小姐获得冰神莲。

清小姐盯着那些人，再度说道："我想，除了你们还有其他人吧？但应该不在护卫队伍里，最大的可能……是天元神州的金龙宝行吗？"

就在清小姐的声音落下后不久，便有笑声从后方通道传来。

"清小姐当真聪慧,看来早就对我们心怀戒备了。"随着声音传来,只见牧曜率领着十数道人影缓步而来。

牧曜走近,直接将相力尽数催动,强悍的相力威压自这片寒冰区域弥漫,这般强度赫然已达到了小天相境的层次!

他的实力完全不弱于借助化相丹突破之后的赵阎!

金姐感受着威压,面色忍不住一沉,此前他们在金露台,牧曜只是半只脚踏入小天相境,然而眼下来看,他分明是藏了一手。

金姐只是半步天相境,此前与牧曜不分伯仲,现在却要弱对方一分。

而牧曜身后还有不少帮手,反观她们,护卫队还反叛了,实力已是此消彼长。

"小姐,待会儿你先去拿宝物,之后我送你离去!"金姐对着清小姐低声说道。

清小姐微微摇头,道:"你不是他的对手。"

牧曜露出温和的笑容,道:"清小姐,我们不想伤害你,只是冰神莲真不能落入你手里,如果你愿意放弃,我们可以护送你离去。"

清小姐上前一步,薄纱微动,似乎是笑了一下:"好哇。"

见她如此干脆,牧曜反而一愣,刚要说话,却见到清小姐抬起手,掌心间深蓝色的冰纹浮现出来。

轰!

下一瞬,深蓝色光环陡然横扫开来,一股极致的冰寒将所过之处的一切凝结成冰,包括附近的人。

牧曜面色剧变,试图以天相境相力相抗衡,但光环超乎想象般霸道,掠过身躯时,直接将他的相力都冻结了。

于是,牧曜发现自己的身体渐渐失去控制,开始化为冰雕。

"清小姐,你的身体也在被冰封!"牧曜沉声道。

正如他所说,清小姐的攻击是无差别的,连她自身也在渐渐冰冻,冰霜沿着娇躯蔓延。

"小姐!"金姐惊呼。

清小姐却伸手一拍,一道冰符出现在金姐的手腕上,她平静地道:"金姐,速速离去,去找李洛,告诉他故人有难,请他相助。"

金姐一怔，这是金龙宝行内部的争斗，李洛虽是李天王一脉这一代的龙首，但他会插手吗？

但此时冰封已蔓延而来，金姐来不及多想，只能暴射而出，借助冰符稍微阻拦了极寒冰霜的速度，身影闪烁间穿出了通道。

待她再度回头时，整条通道都已被彻底冰封，那股寒气让她忍不住打了一个寒战。

金姐踌躇了一下，最终一咬牙，转身朝着洞府之外疾掠而去。

第一〇〇六章
故人有难

灵相宫雄伟巍峨，虽然此处遍地机缘，却又危机四伏，与此前李洛他们经历的黄金大殿不同，这里布满守护奇阵，若是鲁莽去碰，说不定就会引来反击，而在这种级别的奇阵攻击下，想来哪怕是高星天珠境的强者也会在顷刻间灰飞烟灭。

正确的探寻方式唯有步步为营，利用巧妙的手段和人数优势，将奇阵磨出破绽，再乘虚而入。

毕竟奇阵虽强，终归无人操控，还是有漏洞可钻的。

李洛等人于灵相宫外围疾掠而过，四周可见残破的建筑，上面的奇阵光纹早已消散，内部也空空荡荡，俨然一副被扫荡一空的模样，是以前进入灵相洞天的势力所为。

随着灵相洞天开启的次数增多，无数探险者已经不断将手朝着灵相宫的更深处伸去。

"我们此次最主要的目标是这里。"疾行中，李武元掏出了一幅简略的地图。灵相洞天毕竟开启数次了，李天王一脉自然有许多相关情报。

李洛目光扫去，只见李武元所指的是一处刺目的猩红点。

"根据以往情报看，此处名为'灵相宝园'，其内培育着高级的天材地宝。经过如此漫长岁月的酝酿，这些奇物价值连城，随便一个放在外界都会引来争夺。

"曾经有一名好运的散修偶然进入其中，在里面得到了一颗名为'赤阳神炎果'的奇物，此物一旦吞服炼化，可令自身诞生一道火属性的辅相。"

听到此话，即便众人都出自天王级势力，也不免眼热。能够诞生辅相的奇物，若是放在金龙宝行拍卖，恐怕价格会相当恐怖。

唯有李洛比较淡然，辅相对于别人而言很稀罕，可对他几乎没有吸引力，因为相性顶多一主一辅，他即便得到了，也不可能再生出第二辅相。

所以相对诞生辅相的奇物，他对能够提升相性品阶的更感兴趣。

不知道他能否在灵相宝园获得机缘，令相性再次进阶。虽说此次来到灵相洞天，他的相性已得到了显著的提升，但李洛的野心还没有被完全满足。

"灵相宝园拥有庞大、强横的奇阵保护，硬来的话就算是封侯强者都无法破坏，不过经过前人这些年的不断试探，倒是探出了一些规律。

"在灵相宝园周围有七座宝库，看似随意散落，实则与它的守护奇阵紧密相连，只要摧毁这些宝库，就能够使守护奇阵出现破绽，那就是我们进入灵相宝园的机会。

"这个情报只有顶尖势力才有，所以暂时来说各方目标一致，那就是先摧毁宝库。另外这些宝库也是香饽饽，里面可能存有大量的灵水奇光、丹药等宝物，如果我们想要获得更多的好处，就得加快速度了。"

李武元将知晓的情报一口气道出，同时目光投向李灵净。九星天珠境的李灵净在不知不觉间，已经成了他们队伍中实力最强的人。

"灵净姑娘，你有什么建议吗？"李武元冲李灵净露出温和的笑容，带着一丝殷勤。

李灵净展现出来的潜力令人不得不重视，往后她如果进了龙牙卫，必然会令龙牙卫实力大涨，所以李武元想要试试能否将她挖去龙血卫，因为从他得来的消息，李灵净与龙牙脉的关系不算亲近。

而且李灵净似乎性格颇为冷漠，若是龙血脉愿意给出有分量的承诺，说不定能有机会，或者择一脉首嫡系与西陵李氏联姻，想来这种升格一族的机缘很有吸引力。

对于李武元突然变好的态度，李灵净则是不太感冒，她没有答话的意思，而是将眸光转向李洛，征询他的意见。

李洛瞥了李武元一眼，他也隐隐察觉到这家伙对李灵净突然变殷勤了许多，于是随口应付道："武元族兄说得很有道理，就按照你说的行动吧。"

李武元笑呵呵地点点头，眼里却掠过不爽之意。李灵净与李洛的关系似乎颇为亲厚，但据他所知，两人才认识半年不到，这么来看，如果龙血卫想要挖走李灵净，李洛会是最大的阻碍。

一行人加速前行，如此好半晌后，前方出现了一片密林，密林深处有一座造型古朴的古老石殿若隐若现，上面隐约可见诸多光纹。

李洛等人落在外面的树顶上，打量着眼前这座石殿。

只见石门紧闭，其上弥漫着古老斑驳的痕迹，若隐若现的光纹表明此处还残留着奇阵之力，而石门之外，两排静静矗立的石像吸引了众人的注意力。

"是守护傀儡。"李灵净看了一眼石像上流动的光纹，轻声说道。

李武元对此不意外，他一步踏出，半步天相境的磅礴相力如风暴一般席卷开来，他率先冲出："先解决吧。"

随着李武元靠近石殿，石像傀儡的眼中顿时有流光转动，下一刻，它们犹如复活了一般，挟着雄浑能量攻向李武元。

李茯苓、李观、李洛等人纷纷出手，与石像傀儡战成一团。

一场混战爆发，虽然激烈，但持续时间不长。

守护傀儡毕竟历经岁月侵蚀，能量所剩不多，在李天王一脉众人的合力攻击下，不过短短半炷香时间，最后一个傀儡便在李灵净的青蛇杖下轰然爆碎。

随着它化为满地碎块，石殿那斑驳的石门浮现出裂纹，光纹越来越淡，最后缓缓露出了一道缝隙。

众人面露欣喜。

不过宝库虽然开启了，大家却没有一窝蜂冲进去，李武元提出建议，队伍分成两拨，一拨进入宝库扫荡，一拨在外镇守，威慑如蝗虫般的散修，让他们不敢染指此处。

这个建议中肯，李洛表示赞同。

接下来众人以抽签的形式分配，最终由李灵净率领一批人进入宝库，而李武元则率领另一批人在外镇守。

李洛、李凤仪、李鲸涛等人抽到了镇守在外的签，只能与李灵净暂时分开。

做好分配后，众人各司其职，李灵净嘱咐了李洛两句，旋即带着人进入了这座古老宝库。

李洛在宝库外满地的碎石间随意坐下，李鲸涛、李凤仪在旁边陪同着，说说笑笑。

时间慢慢流逝。

期间的确来了一些散修，他们觊觎宝库，但在见到李天王一脉众人冷厉的眼神后，略微踌躇了一下，只能默默退去。

镇守的任务还算轻松。

直到某一刻，一道流光疾掠而来，对方身上散发出来的强大相力连李武元都猛地站起身来，同时手掌一挥，众人戒备起来。

在大家的注视下，那道流光由远而近，落在了宝库之外。

他们发现来者是一名身材高挑的女子，神色冷厉，而从她体内散发出来的相力波动竟不比李武元弱。

"这位朋友，此处已被我们李天王一脉率先占据，若要寻宝，还请前往他处。"李武元沉声道。

高挑女子看了李武元一眼，道："我不是来抢宝的，我来找人，找李洛！"

李武元一怔，刚欲说什么，李洛已经站了起来，他望着有些熟悉的高挑女子，顿时认了出来，因为九窍炼罡丹就是她送过来的。

"这位姑娘，找我何事？"李洛上前数步，有些疑惑地问道。

这个高挑女子便是金姐，她瞧着李洛，拿不定他与自家小姐究竟是什么关系，也不知道对方是否愿意冒险去救援，但此时她没有更多的选择，当即沉声道："我家小姐说，故人有难，请你相助。"

李洛有些愕然："故人？"

金姐望着他，补充了一句："大夏故人。"

李洛心头猛地一震，这一霎，他想起了对方金龙宝行的身份以及无缘无故送来的珍贵的九窍炼罡丹，也想起了此前在白玉广场的偶然一瞥。

那种熟悉感……诸多不解骤然有了答案。

那个女孩竟然是吕清儿！

第一〇〇七章
内部分歧

"你家小姐可是叫作吕清儿？"李洛情绪翻涌，虽然心中已经有了答案，但他还是与金姐确认了一番。

金姐点了点头。

得到了肯定的回答，李洛不免欢喜起来，能在天元神州遇见故人实属是一件令人愉悦的事情。

"清儿怎么会来天元神州？她没有留在大夏吗？"李洛有些好奇，而且看金姐对吕清儿的态度颇为恭敬，说明吕清儿的身份、地位不低。

金龙宝行是这天地间顶尖的超然势力，论起底蕴，恐怕比天王脉还要强盛数分。

是因为吕清儿的父亲？李洛暗自猜测，鱼红溪他颇为熟悉，虽然她是大夏金龙宝行的会长，可一个外神州分部的会长放在天元神州这种地方有些不够看。

这么看，吕清儿的父亲应该是金龙宝行总部的大人物。

不过此时李洛来不及多想，立即问道："清儿遇见了什么麻烦？走，带我去！"

他没有犹豫，以他跟吕清儿的关系，对方若是有难，不论什么原因，他都必然出手相助。

见到李洛的反应，金姐稍微松了一口气，看来李洛与小姐关系不浅，不然不会问都不问就应诺。

"此事说来是我们金龙宝行内部的争斗，小姐奉命前来灵相洞天取一宝物，但宝行内有人阻挠，发生了争斗，小姐以冰封秘法无差别地封印了那里，只留下我来找你求援。"金姐快速说道。

李洛点点头，道："那走吧。"

金姐闻言顿时一愣，道："你一个人去？！"

那边以牧曜为首，算得上兵强马壮，且牧曜自身便是踏入小天相境的强者，而李洛一个刚刚突破的天珠境去了有什么用？

金姐之所以会来找李洛，看重的是他背后的李天王一脉，她觉得这或许也是小姐的想法，借李洛的关系请动李天王一脉的援兵。

"小弟，我跟你去！"李凤仪连忙出声。

"你可不能一个人乱跑。"李鲸涛说道，表示自己也得跟着去。

邓凤仙淡淡道："你是龙首，总不能让你一个人单枪匹马地去帮人。"

陆卿眉轻笑一声："先前拿了你的灵相金露，如果有需要帮忙的，尽管开口。"

金姐瞧着这一幕有点讶异，看来李洛在李天王一脉年轻一辈中还算有些威望呢。

不过，这些人只是最年轻的一代，实力有所欠缺，金姐想要的强援也不是他们。

她看向站在一旁、始终只是冷眼旁观的李武元。这才是她心中的强援。

瞧见她的目光，李武元的面色没起什么波澜，反而皱起眉头，道："你们在这里乱起哄什么，我不赞同你们去插手金龙宝行内部的争斗，那跟我们没关系。

"并且我们正在攻略这座宝库，你们突然撤走岂不是分散了力量，到时候万一有其他队伍觊觎宝库，如何应对？此次是集体行动，你们应该以大局为重。"

李凤仪闻言顿时不爽，道："李洛的朋友有难，他难道不该去帮忙吗。"

"牵扯到金龙宝行，此事没那么简单，若是到时候引来强敌，谁来负责？"李武元冷淡地道。

"反正我不同意你们擅自离开，而且我也不可能出手帮忙，我要在这里盯着宝库。"

他直接把话说死，因为他看得出来，那位金龙宝行的女子想要他出手。

果然，听到他这话，金姐面色顿时一沉。

她刚欲说话，李洛却摆了摆手制止了她，他并没有因李武元拒绝援助而动怒，因为他从始至终也没想过李武元会帮忙。

"三弟，要不在这里等灵净堂姐出来再去？"李鲸涛问道。

李洛微微思考，摇摇头："我朋友的情况危急，不知道灵净堂姐他们还要在宝库探索多久，怕是等不了。"

"无妨，我去一趟就行了。"他神色平静地道。虽说那边或许存在强敌，但李洛不怎么忌惮，三尾天狼潜藏这么久，也该动用一下了。

"那不行，我得跟着去！"李凤仪反对，表示不可能让李洛一人前去。

李鲸涛等人同样点头。

李洛见状，笑着点点头，道："行，那就一起吧。"

反正自认拥有三尾天狼这张底牌，就算遇见赵阎这种踏入小天相境的强者也丝毫不惧，所以他不担心李凤仪他们出事。

李武元看见有人要跟李洛走，不由得面色一沉，道："你们这样肆意妄为，太没规矩了！"

李洛见到这家伙一直阻拦，心头不免不爽，淡淡地道："你是不是忘记了，我也是此次的领队，如何行动还轮不到你来训示。"

听到李洛这么不客气，李武元勃然大怒，一股惊人的能量压迫如风暴般席卷开来。

李洛却面露冷光，未有丝毫退缩之意。

最终，脸色变幻的李武元收敛了能量，冷声道："想送死就去吧，到时候出现伤亡看你如何交代。"

"不劳费心。"李洛回了一句，然后对着金姐拱手道："烦请引路。"

金姐望着李洛以及跟随他的李凤仪、李鲸涛等人，一水儿的低星天珠境，顿感无力，这些人去了顶什么用？

不过她也见到李洛与李武元分歧很大，知道不可能请动后者，只能暗叹一声，点点头，转身朝着一个方向疾掠而去。

李洛带人迅速跟上。

李武元望着他们离去的方向，冷哼一声，道："真是不知天高地厚，几个低星天珠境自保都够呛，还想去当援兵？自己想死，拦都拦不住！"

他一挥衣袖，不再理会，而是将目光转向宝库。

就在李洛一行人离去约莫两个小时后，宝库内突然发出轰鸣声，然后众人便见到宝库外若隐若现的光纹开始迅速变得暗淡，直到彻底消失。

当光纹消失后，宝库的石门仿佛也受到了岁月的侵蚀，竟然以惊人的速度龟裂、破碎了。

又过了好一会儿,一道道光影自宝库内掠了出来,落在满地碎石间,正是以李灵净为首的一队人员。

李武元见状赶忙迎了上去,关切地问道:"大家都没事吧?收获如何?"

李灵净不想与他多话,打算让李茯苓与他说明,她眸光转动,却没有发现李洛的身影,当即细眉微蹙,问道:"李洛呢?"

李武元闻言,面色微显不自然,而后笑道:"先前有人过来,说是李洛一个故友有难,请他前去援救,他就带人去了。"

李灵净好看的杏目此时眯了起来,眼神都仿佛变得幽深了,她盯着李武元,声音冰冷。

"你让他跟着一个不明不白的人走了?"

"你让他们几个低星天珠境去救人?!"

面对李灵净冰寒的质问,李武元的脸色不太好看,道:"我阻拦了,但他执意要去,我能如何?"

"我还要在这里看守宝库,难道跟着他去不成?"

他有些不悦,他好歹是龙血脉嫡系,远比李灵净出身高贵,对方如果不是晋入九星天珠境,哪能被他重视。

"你们快些拿出在宝库里的收获,好做分配。"李武元不耐烦地说道。

李灵净白皙绝美的脸颊没有任何表情,眼中闪过一抹杀机,然后手提青蛇杖,毒光陡然喷薄而出,直接对着李武元的天灵盖砸了下去。

"分配?"

"分你一杖,要不要?!"

冰寒的声音挟着磅礴毒光以及雄厚相力轰然而落。

第一〇〇八章
他乡故知

在花费了一些时间赶路后,李洛等人跟着金姐顺利抵达了寒冰洞府。

一行人进入洞府,来到被冰封的通道前。

此时,李洛发现已经有一拨人在此,目光扫去,他们的衣袍皆绣着金龙宝行的徽纹,显然,是金龙宝行的队伍。

他们守在通道外,神色茫然,当瞧见金姐时,就要靠近过来。

"站住!"金姐瞧得这些人,面色一寒,厉声道。

"金姐,这里发生了什么事?牧曜大哥呢?"在金龙宝行的队伍里,名为白灵雁的白裙貌美女子皱眉发问。

"哼,牧曜带人偷袭了小姐,你们天元神州金龙宝行的人还真是胆大包天!"金姐寒声道。

"什么?!"众人闻言大惊失色。

白灵雁的脸色变幻不定,有些惊惧地道:"金姐,你不要胡说八道,牧曜大哥怎么会偷袭清小姐!"

清小姐可是自金龙山而来,还是吕脉之人,牧曜怎会如此不智?虽说他爷爷是天元神州总部的大长老,地位高,但与金龙山的人比还是有着不小的差距。

除非……是接到了来自金龙山的命令。

而这无疑是金龙宝行最核心的博弈,一念至此,白灵雁眉心冷汗直冒。

"你们也是来帮牧曜的?"金姐寒声问道。

白灵雁面色阴晴不定,而后涩涩地道:"我们并无此意……此事与我们也没有关系。"

她对旁边的人使了个眼色，然后缓缓退去，看模样是打算两不相帮。

金姐没有阻拦他们，但脸上依旧笼罩着寒霜。

待金龙宝行的队伍退去后，金姐方才看向被冰封的通道，她眸光闪烁，然后对李洛说道："待会儿冰封解开后，我们便护送小姐离去，我想牧曜也不敢真对小姐怎么样，只不过此次的目的怕是难以达成了。"

说到此处，金姐有些无奈，她原本想请来强援，击溃牧曜等人，再帮吕清儿获得冰神莲，谁料李武元不愿意插手，唯有李洛带了一些帮手。

可李洛一行人皆是低星天珠境，如何抗衡牧曜等人？她现在已将夺得冰神莲的目标降成保护吕清儿退走了。

牧曜背后派系的命令应该是让他阻拦吕清儿获得冰神莲，若说他真敢伤吕清儿性命，金姐觉得是不可能的，否则到时候吕清儿父亲震怒，就算牧曜的爷爷是金龙宝行天元神州的大长老，都无力承受他的怒火。

李洛闻言，不置可否地笑了笑，他知道金姐觉得他们几个没什么威慑力，此时说什么也没用，一切等动手了就会有结果。

金姐上前，掷出手中的一枚冰符，冰符化为寒光暴射而去，所过之处，寒冰开始迅速消融。

通道的冰封被消解。

金姐见状，身影一动，化为一道流光顺着通道掠进，李洛等人赶紧跟上。等他们穿过通道后，便进入了弥漫着惊人寒气的巨大洞窟。

寒冰高台一眼可见，其顶端的冰神莲绽放着玄光，不断喷出磅礴寒气，仿佛整个寒冰洞府都是因为它而形成的。

李洛没关注冰神莲，因为他进入此处后，目光第一时间便投向了那道倩影，即便被冰封着，依旧看得出窈窕的身材，以及浑身散发的一种净澈的圣洁感。

李洛脸上露出笑容，近一年时间不见，吕清儿身上似乎发生了很大变化，只不过熟悉的感觉依然在。

当李洛紧盯着吕清儿时，后者的冰封状态也在迅速解除，十数息后，她的眼睛轻轻眨动，目光落在了李洛身上。

两人对视数息，然后相视一笑。

谁都没想到，时隔一年后，在远离大夏的天元神州，他们会在这种场合再次相见。

"小姐，我只请来了李洛，李天王一脉的其他强者不愿插手。"金姐迅速来到吕清儿身旁，嗓音干涩地说道。

吕清儿闻言却没有失望，在她看来，只要李洛能来就已经足够了，至于眼下危机能否解除并不重要，最差的结果无非是放弃冰神莲罢了。

"李洛，好久不见。"吕清儿望着走近的李洛，眼中泛起一抹笑意，嗓音轻柔。

"你怎么也离开大夏了？还来了天元神州。"李洛欢喜地问道。

人生诸喜，他乡遇故知当为其一。

"而且来就来了，怎么还遮遮掩掩，早点与我表明身份不行吗！"

听着李洛与眼前女孩熟稔地交谈着，跟在他身后的李凤仪、李鲸涛等人好奇地盯着吕清儿，特别是李凤仪，眼中冒出浓厚的八卦之光。

女孩虽然面戴薄纱，但从隐隐显露的轮廓可以看出她必然是一个美人坯子，而且窈窕的体态也引人心动，最重要的是她的肌肤是真正的冰肌玉骨，令人怦然心动。

听着李洛的抱怨，吕清儿轻笑一声，然后便伸手摘下了面纱，瞬间，此处的光线仿佛都变得明亮了许多，一张明媚娇艳、五官精致的白皙脸颊暴露在了众人眼前。

大家眼睛一亮，女孩的容颜、气质皆是不俗，足以与秦漪分庭抗礼。

李洛望着熟悉的容颜，倒是觉得一年时间不见吕清儿有了很大的变化，气质更加高冷，给人一种莫名的尊贵与疏离的感觉，仿佛那雪山之巅的雪莲花，只可远观。

只不过，当他的目光与对方如冰湖般的眸子相撞时，却又能感受到高冷下隐藏的火热。看来吕清儿这一年也经历了许多。

此时，李洛身旁的李凤仪用手肘顶了顶他，促狭地道："你以前总说在大夏有一个未婚妻，难不成就是这位姑娘？她这么出彩，难怪瞧不上二姐给你介绍的小姐妹。"

李洛顿时有点尴尬，刚要解释，吕清儿却微微一笑，轻摇着头道："这位姐姐想岔了，他的未婚妻是一位风采、天资皆无双的女子，我远不能及。"

李凤仪一愣，感觉有些尴尬，连忙补救道："妹妹太给这小子面子了，你已如明珠般耀眼，还能有女子比你强？就算有，也不是这小子配得上的。"

她只当吕清儿客气，毕竟从容颜气质来说，吕清儿已是顶尖级的，这般人儿往往都是同辈中的焦点，有万千追捧者，而又有什么样的女子能让吕清儿说出自愧不如的话？

吕清儿轻笑着摇摇头，道："李洛也很厉害呢，从外神州到天元神州不过一年，却已是同辈顶尖，天资并不弱于谁。"

听到她赞扬李洛，李凤仪有些自豪地点点头，看这个女孩子愈发顺眼起来。

李洛听着这些话，只能干笑一声，旋即神色一动，转过身望着后方不远处同样从冰封状态解除出来的一行人。

名为牧曜的男子此时正目光阴冷地看来。

第一〇〇九章
一箭足矣

寒冰洞窟。

当吕清儿从冰封状态脱离时，牧曜等人皆恢复过来，他们第一时间就注意到凭空多出来的李洛等人。

"那是……李天王一脉的人？"牧曜注视着李洛，一眼辨认出其身份，旋即又发现来的人似乎只是李天王一脉最年轻的一辈，他所在意的李武元并不在其列。

这个发现令牧曜稍稍松了一口气。只要李武元不在这里，李天王一脉年轻一辈没有人能对他造成威胁。

"这位李洛龙首果然与清小姐早就相识。"牧曜缓缓开口。

"清小姐花费那么大的心思将我们冰封拖延，就是为了请他来？还是说……想借他的关系请动李天王一脉的援兵？不过李武元似乎很机敏，不想掺和我们金龙宝行的事情。"牧曜唇角泛起一抹莫名笑意，"清小姐，失算了啊。"

吕清儿没有答话，只听金姐声音冰冷地道："牧曜，你今日真要与我们吕脉为难吗？还是说，你爷爷做好了选择？此事后果如何你自己掂量一下。"

牧曜微微沉默，而后淡笑道："既然已经出手了，难道你还想把我劝退不成？"

而后他看向吕清儿，诚恳地道："清小姐，我不愿伤你，但冰神莲绝不能落入你手，只要你离去，我们定不会伤你分毫。"

吕清儿冰洁的容颜如寒潭一般，她红唇微启，嗓音冷厉："牧曜，你真当我没手段制衡你？"

牧曜失笑，目光瞥向李洛，道："难不成是靠这位李洛龙首吗？"

李洛闻言笑起来，认真地说道："不排除这个可能性。"

牧曜淡淡地道："李洛，这是我们金龙宝行内部的事情，如果你还有几分理智，我劝你现在离去，不要影响了李天王一脉与金龙宝行的关系。"

李洛笑道："清儿是我的朋友，她的事就是我的事，而且金龙宝行也不是你能代表的吧？"

听到李洛的话，金姐赞赏地看了他一眼，虽说李洛的实力改变不了局面，但他与小姐的关系倒挺深厚，听见小姐有难立即来援，如今也没有因为牧曜的恐吓就有丝毫动摇。

吕清儿唇角泛起一抹笑意，但眼眸深处因为李洛的一句"朋友"又泛起复杂的情绪。

牧曜面无表情，他轻轻点头："这样的话……就不用再给你脸面了！"

就在声音落下的瞬间，牧曜的眼神陡然变得森寒，一股强悍的能量威压自其体内席卷而出，他身后的虚空，深黄色的相力仿佛衍变成了一座褐土巨山，沉重无比的气息随之升起。

牧曜的相性乃土相，而且他已经晋入小天相境，土相衍变，化为一座宛如真实存在的褐土山岳。牧曜伸出手掌，对着李洛所在狠狠一握。

轰！

顿时大地震动，竟有数十根弥漫着玄妙光纹的尖锐土刺自大地暴射而出，快若闪电般对着李洛刺去。

"休想动我三弟！"

还不待李洛出手，李鲸涛已沉声暴喝，他一步踏出，双手结印，体内相力全力爆发。

"八甲术，六甲玄皮！"

李鲸涛吼声落下，只见他的身躯膨胀起来，特别是他的皮肤迅速变得斑驳，似乎有一层层神秘的甲皮覆盖了上来，隐隐间具备惊人的防御力。

轰！轰！

土刺暴射而来，尽数落在李鲸涛身上，一层层斑驳甲皮不断破碎，也将李鲸涛轰得连连后退，数息后，李鲸涛便皮开肉绽、鲜血直淌。

不过让人震惊的是，他竟然真的挡下了牧曜的攻击。

牧曜一脸震惊，虽说刚才并未使出全力，可他毕竟是小天相境，而李鲸涛才二星天珠境，差距如此巨大，正常情况下不是应该被他直接秒杀吗？怎么他的攻击反而被挡了下来？这家伙的防御实属变态啊。

"有点本事，不过你相力等级太低，如果你已至七星、八星天珠境，恐怕凭你的防御还真能拖住我。"牧曜双目微眯，淡声道。

李鲸涛紧咬着牙，硬扛了一名小天相境强者的一击不是那么好受的，即便他的防御力惊人，身上也出现了狰狞的伤痕，鲜血流个不停。

李洛见状，取出玄木羽扇，扇出数道白光落在李鲸涛身上，顿时帮他止住了血，伤痕也在迅速修复。

李鲸涛惊奇地道："三弟你这宝贝真好，有它的协助，我又能扛几次了。"

李洛连忙止住跃跃欲试的李鲸涛，他虽然防御力强横，可牧曜还未全力出手，下次再来，李鲸涛未必挡得住。

"牧曜，以大欺小算什么本事，我来与你较量较量！"

金姐冷喝出声，体内相力爆发，而后袖中飞出一道金光，金光内乃一柄散发着凛冽寒气的细剑，剑影呼啸，化为道道剑光，直接对着牧曜斩去。

随着金姐出手，跟随吕清儿的护卫强者纷纷爆发相力，迎上了对方。

"你不是我的对手，何必再斗？"牧曜冷笑出声。他一掌拍出，只见身后虚空衍变的褐土山岳震动起来，百丈巨岩滚落，声势愈发凶猛，仿佛天降陨石般将呼啸而来的道道剑光尽数砸碎。

牧曜五指紧握成拳，猛然轰出。

轰！

一个百丈褐土巨拳从天而降，音爆声响起，震碎无数尖锐的冰凌，簌簌倾洒而下，犹如一场冰雨。

金姐眼神一凛，双手合拢，金色剑光扶摇而上，隐约间化为一只金色仙鹤，仙鹤翎羽颤动，流转着锋锐凌厉的光彩。

轰隆！

两人的攻击于半空相撞，惊天动地的巨声响起，能量风暴肆虐，将洞窟内弥漫的寒冰震得不断龟裂。

双方队伍受到波及，一时间人仰马翻。

不过明显还是牧曜占据绝对上风，随着褐土巨拳砸下，金色剑光愈发暗淡，最后伴随一声哀鸣，猛地退回。

嗡！

金光化为一柄长剑，倒射在金姐身前，不断震颤间，剑身上的紫眼痕迹变淡了许多。

金姐发出闷哼声，嘴角出现血痕。

她只是半步小天相境，实力落后牧曜一截。

金姐眼含不甘，她对着一旁的李洛沉声道："你带小姐走，我来阻拦他们！"

李洛摇摇头，气定神闲地道："金姐莫急，一般这个时候，就该我出场了。"

金姐急道："都这个时候了，你还在这里胡说八道什么？！"

她气急了，李洛一个三星天珠境，在这种局势下能有什么用！如果不是场合不对，她都想敲开这家伙的脑袋看看他究竟在想什么。

被骂了一顿，李洛有些悻悻的，而此时吕清儿忍不住扑哧一笑，高冷冰洁的脸上绽放出明媚靓丽的笑颜。

"金姐，可不要小瞧他哦，他既然会来这里，必然是有手段的。"吕清儿冲金姐笑吟吟地说道。

"还是清儿了解我。"李洛朝她竖起大拇指，然后手掌一握，天龙逐日弓出现，一股磅礴的能量波动顿时扩散出来。

"三紫眼宝具？"见到李洛的龙弓，金姐微惊，但眉头依然紧皱。三紫眼宝具固然威力强横，但也不可能弥补李洛与牧曜之间的差距，而且牧曜乃金龙宝行天元神州总部大长老的嫡孙，又岂会没有高等级的宝具？

"金姐莫慌，区区小天相境，一箭足矣。"李洛笑道。

金姐眼神充满质疑，但碍于吕清儿的情面，她没有再说话，只是一只手拉住了吕清儿的手腕，准备随时带她离去。

李洛拉开弓弦，眼神平静地注视着不远处的牧曜，心念一动，沟通了镯子里的三尾天狼。

"小三，别睡了，到你表演了。"

沉睡中的三尾天狼缓缓睁开了猩红的兽瞳。

第一〇一〇章
一箭天相

当三尾天狼睁开兽瞳的一瞬，外界，靠近李洛的金姐、李凤仪等人突然感觉到了一股凶煞的能量波动自李洛体内爆发出来。

能量之强盛，逼得金姐都退后了两步，眼里涌现出震惊之意。

她望着李洛，只见对方缓缓拉开了弓弦，猩红的能量汇聚而来，在弓弦处凝聚。

轰轰！

一股股能量风暴从李洛体内爆发，脚下的寒冰地面不断龟裂。

众人被震得连连后退。

"他怎么可能爆发出如此可怕的能量？"金姐瞪大眼睛，失声道。李洛爆发出的能量已经完全不弱于小天相境，而且那股凛然的凶煞之气更令人心惊。

"应该是三弟藏起来的一张底牌。"李鲸涛同样一脸惊奇，猜测道。

一旁的邓凤仙、陆卿眉皆神色震怖地盯着李洛，之前他们可从未见过李洛施展这等手段，即便在龙首之争中他都未显露。

旋即他们又猜到了什么，这种凶煞能量与李洛格格不入，必然不是他自己修炼来的，应该是借助了外力，而龙首之争自有规矩，各脉脉首时刻盯着，李洛自然不好动用这种手段。

但现在是在外历练，关乎生死，自然能够动用了。

在众人震惊间，李洛的神色却变得漠然起来，面对着自猩红镯子中源源不断涌出的凶煞能量，他感受到了一种若有若无的压迫正在这片空间散发，想来，应该是灵相洞天的规则压制。

虽然三尾天狼具备封侯境的实力，但因为规则压制，也不敢轻易爆发全部力量。

不过，应付眼下的局面足够了。

狂暴磅礴的猩红能量呼啸而出，如此庞大的能量给李洛的肉身带来了负担，他双臂上的血肉被侵蚀，隐隐间竟有白骨露出。

李洛却毫不在意，他眉心的龙形印记发出光芒，龙吟响起。

"九鳞天龙战体！

"雷鸣体！"

两道增加肉身强度的秘术同时施展，抵御着三尾天狼能量的侵蚀。

以前李洛调动这股力量时，得时刻提防它对心智的侵蚀，因为庞院长提醒过他，三尾天狼力量里蕴含的凶煞之气，会让人渐渐变成受其操控的狼奴。

但这个隐患现在已被李洛以巧妙的手段削弱了许多，那就是九转龙息炼煞术。他助三尾天狼修成此术，然后以青冥旗合气的方式来操控三尾天狼的力量，这就相当于将三尾天狼当作一支随身携带的"青冥旗"。

一狼可抵八千旗众！

随着李洛催动增强肉身之术，硬生生承受住了猩红能量，他的双指终于将弓弦彻底拉开。

能量凝聚，化为一支流光箭矢，箭矢疯狂挣扎着，犹如试图挣脱缰绳的野兽，可怕的威压一阵阵扩散。

被箭矢锁定的牧曜，神色骤变。

此时他已来不及思考为何李洛能够凝聚出如此恐怖的一箭，因为被箭矢锁定后，他浑身都发出了强烈的刺痛感。

这一箭给他带来了致命的危机，所以几乎是在李洛拉开弓弦的同时，牧曜的身影暴退，数个呼吸间便退出上千丈，同时他低吼出声，印法变幻。

轰轰！

大地震动，一面面百丈土墙拔地而起，犹如城墙一般守护在前方。

牧曜打算暂避锋芒，李洛这股能量必然不是他自己的，而外来之力定有诸多限制，只要避开李洛这致命一击，之后自然有机会反击。

看着试图退避的牧曜，李洛眼中流转着冰冷赤光，他瞥了一眼扣住弓弦的手指，它们已是鲜血淋漓，箭矢上的力量远比之前使用的幽雷符箭更惊人。

"此箭名……天狼矢。"

随着最后一个字悄然落下，李洛毅然松开了弓弦，那一瞬，似有一道震耳欲聋的狼啸声于寒冰洞窟炸响。

李洛的手掌被炸得血肉模糊。

轰！一道猩红流光贯穿天际，隐约间仿佛化为一头煞气滔天的凶狼于虚空奔驰，所过之处，一面面拔地而起的土墙几乎是在顷刻间消融。

短短一息，地面被割裂，一切防御阻拦都被摧枯拉朽般地捣毁。

猩红流光于牧曜眼中急速放大，他汗毛倒竖，已知晓一般的手段根本不起半点作用，早已准备好的封侯术当即施展而出。

牧曜单手结印，身形迅速滑退，同时一掌拍在地上。

轰！

大地震动间，七座约莫百丈的深褐色门户自他身前拔地而起，它们紧闭着，上面弥漫玄妙的光纹。

封侯术，厚土九门！

虽然只是一道通灵级封侯术，但牧曜为此付出了诸多心血，早已修炼到大成境界的七座门户，距九门仅差两座，再配合他的土相，构成了一个防御极强的保命手段。

可惜，并没有用。

七座褐土门户仅仅阻拦了猩红流光数息便轰然爆碎，流光贯穿虚空而至，狠狠射向了将速度提升到极致的牧曜。

这一瞬，牧曜只能听见灌入耳中的尖锐破风声，而后眼鼻有泥浆滚滚涌出，将他的身躯尽数覆盖。

轰！

在众多震惊的目光中，猩红箭矢贯穿了牧曜，光尾带着他的身体飞射而出，狠狠地钉在远处的山壁上，那片布满寒冰的山壁都塌陷了下去。

能量余波还在不断扩散，将山洞内厚实的冰层震得不断破碎。原本有些混乱的寒冰山洞此时陷入了一片死寂，一双双眼睛失神地望着远处山壁。

在那里，牧曜的身体如一片破布，在凛冽的寒风中飘荡不定。

第一〇一一章 大夏变化

寒冰洞府内寒风凛冽，所有人都呆滞地望着挂在山壁上的身影。

追随牧曜的人皆一脸茫然，谁都没想到，小天相境的牧曜竟然会一个照面就被刚晋升天珠境的李洛钉死。

一时间，围攻吕清儿的队伍士气受挫，明白今日之事不可为，当即一声不吭，抽身暴退。

道道狼狈身影疾掠而退，仓皇地朝着寒冰洞府外逃去。

金姐等人没有追赶。

金姐的目光缓缓收回，又忌惮地看向李洛，此时他的模样看起来也不太好，手掌几乎炸得血肉模糊，鲜血不断滴落，显然，刚才爆发那种程度的能量对他也造成了不小的创伤。

而且那股凶煞之气盘旋在李洛身上，令他的眼瞳都变得赤红了，看上去有些狠戾，让人不敢靠近。

吕清儿却不在意这些，她上前两步，拉住李洛血肉模糊的手掌，寒霜之气弥漫，迅速止住了血，同时也令李洛眼中的赤红迅速消散。

李洛神色恢复正常，他冲吕清儿笑了笑，然后取出玄木羽扇，扇出道道白光，落在手掌上，柔和的恢复之力散发，开始修复血肉。

"三弟，你藏得太深了，一箭便射杀了一名小天相境强者？！"李鲸涛震惊地喃喃道。

邓凤仙、陆卿眉也神色复杂地盯着李洛，天珠境射杀小天相境，如此显赫战绩简直骇人。

李洛笑着摇摇头，道："只是重创了他，并未射杀死。"

他看向被钉在山壁的僵硬身体，只见牧曜此时突然化为泥沙簌簌落下，泥沙中还混杂着一些血肉，最终牧曜的身体彻底消失了。

"替死之术？"李凤仪惊异道。

显然，在刚才的最后时刻，牧曜施展出了保命秘术，这才从李洛那一箭之下保住性命，逃窜而去。

李洛对此并不意外，牧曜身份不低，有一些保命手段很正常，如今把对方重创逼退，也在他的意料之中。

当然主要还是因为灵相洞天的规则压制，他无法爆发三尾天狼的全部力量，否则今日牧曜未必能逃得脱。

李洛低头看了一眼手腕处的猩红镯子。到了天元神州，封侯强者并不罕见，说起来三尾天狼的实力在这里不算出众，但迄今为止，李洛还没从其他天骄那里见过类似的手段。

显然不是因为三尾天狼稀罕，严格来说，应该是庞院长的封印镯子很特别，如果不是镯子封印了三尾天狼，用一种精妙的手段抽调了它的力量，李洛也不可能做到借力。

所以，真正厉害的不是三尾天狼，而是庞院长的这只镯子，此物必定是王级强者的心血。

吕清儿此时笑意吟吟地瞧着李洛，然后对一旁的金姐说道："金姐，我那枚九窍炼罡丹是不是送得很划算？"

金姐哑然，吕清儿送李洛九窍炼罡丹时，与她说此丹定然物有所值，她当时只当是小姐为了面子嘴硬，如今再看，不得不承认吕清儿很有眼力，或者说，吕清儿很相信李洛。

不过小姐素来冷静，这番话不符合她的性格，所以这是……在为李洛打抱不平？

"小姐目光如炬，是我肤浅了，不识李洛龙首的手段。"金姐唇角浮现一抹笑意，而后慢悠悠地道，"等回了金龙山，我会向家主说明，小姐与李洛龙首情义深重，此番全靠李洛龙首相助。"

吕清儿嗔道："金姐莫要多嘴。"

一旁的李洛闻言，眼神微动。金龙山？那可是金龙宝行的中枢所在，地位如同龙牙脉的龙牙山，吕清儿的父亲竟然在金龙山？难怪她会来天元神州。

"清儿，快去取宝吧。"李洛笑着催促道，强敌暂时被逼退，正是取宝离开的好时候，免得牧曜又弄出什么幺蛾子。

"你与我一起吧。"吕清儿看了一眼寒冰高台，说道。

李洛自然应下，然后就跟着吕清儿，走上寒冰所化的台阶，一步步朝着顶端而去。

踩在冰凉的台阶上，李洛感觉到吕清儿的眸光时不时地扫向自己，当即笑道："你什么时候离开大夏的？"

吕清儿轻声道："你走后不久我就离开了，大夏太乱了，圣玄星学府也毁了，我娘就将我送回了金龙山，去了我父亲那里。"

李洛叹了一口气，他于大夏长大，那里有他成长的记忆，特别是洛岚府，是他最重要的地方，或许修炼条件远远比不上龙牙脉，可那才是他的家。

"圣玄星学府现在如何了？你有消息吗？虞浪他们呢？"李洛问道。

"我们金龙宝行遍布各大神州，情报这方面倒是比你们李天王一脉有优势。"吕清儿微微一笑，道，"所以大夏那边的情况我多少知晓一点。"

"大夏经历大变，被一分为二，由长公主与摄政王各自统率，他们互相征战，导致大夏战火连绵，再加上异灾肆虐，如今的大夏实在不算好。

"虞浪他们据说很有长进，圣玄星学府虽然被毁，但终归有几分底蕴，如今在慢慢积累力量，抗击异类肆虐，为此付出了惨烈的代价，而虞浪这家伙，在这一年与异类的厮杀中渐渐有从同辈之中脱颖而出的架势。

"或许是因为你，学府给了虞浪他们不小的培养力度，而虞浪自身似乎也另有际遇。

"萌萌研究出了不少灵水奇光的配方，她把配方都给了你们洛岚府，据说白家长老们对此颇有异议，还惹出了些麻烦。

"辛符则回了兰陵府，消息全无。

"洛岚府在蔡薇姐的带领下还好，只是大夏战乱，各方面都挺吃力的。

"……"

听着耳旁传来的轻柔嗓音，那些熟悉的名字令李洛有些恍惚，他离开大夏不过才近一年，那里的变化却仿佛沧海桑田。

"虞浪这家伙其实很有韧性，虽然相性品阶稍低，但若是学府给予重视，他不会让人失望的。

"萌萌看着乖巧，实则性格倔强，当初诓骗她给溪阳屋研究配方，她还当真了。

"……"

李洛轻叹了一声，当初的故友如今散于天地间，再次相聚也不知是什么时候了。

"李洛，"吕清儿看着他，轻声问道，"你还会回大夏吗？"

李洛闻言，缓慢而坚定地点头。

"当然会回去。

"当我回到大夏的时候，曾经对我洛岚府出手的人，一个都别想跑。"

第一〇一二章
天莲寒气

在李洛与吕清儿聊着大夏故人时，他们来到了寒冰高台顶部，只见一朵雪白的冰莲静静地绽放，每一片花瓣上都有着古老而玄妙的纹路。

花瓣还在微微起伏，如具备生命一般呼吸着，一股股刺骨的寒气不断散发，连虚空好像都有被冰冻的迹象。

"好可怕的寒气。"李洛望着这朵玄妙的冰莲，眼神一凝，道。

"此为冰神莲，乃罕见的冰系奇物，它在此处已经生长了万载岁月，早已诞生冰灵，对于身怀冰相之人来说，有不可思议的神效。我来灵相洞天就是为了它。"吕清儿如实相告。

"的确是顶尖奇物。"李洛点点头。从冰神莲散发的玄妙韵味来看，此物怕是他迄今为止见过的最高阶的奇物，罕见度丝毫不弱于他费尽千辛万苦才得到的九纹圣心莲。

它若是放在金龙宝行拍卖，必然是天价，各方天王级势力都会出手争夺。

"金龙宝行的情报能力的确非同凡响，其他人还在争无关紧要的东西，你们却能找到如此顶级的奇物。"李洛赞叹道。

他们此前获得的宝贝，即便是碧竹青蛇杖，与冰神莲一比都黯然失色了。

按照李洛的猜测，此物的价值怕是能够媲美天命级的封侯术。

"你倒是大方，明知道这里有奇物，竟然还带上我。"李洛笑了笑，吕清儿对他是真的信任。一般来说，如此奇宝，怎么也得支开旁人后再来取走，哪能如眼下这般，不仅带他来了，还为他详细解释其价值。

"若是连你都不能信任，世间我还能信谁？"吕清儿轻声道。

李洛点点头，感叹道："清儿你真是一如既往，一眼就能看见我深藏起来的优点。"

吕清儿白了他一眼，然而微微翘起的唇角表露了她内心的喜悦。

"冰神莲除了自身的神妙之外，它散发的寒气也非凡物，名为'天莲寒气'，是冰属性奇物中品阶极高的一种，还有庇护心神、外邪不侵之力。"

吕清儿玉指指了指时而散发的恐怖寒气，嫣然笑道："这样吧，冰神莲归我，天莲寒气送你，如何？"

李洛摆了摆手，道："没必要，我没有冰相相性，拿了寒气也没多大用，你我之间不用如此客气。"

"不行！"然而吕清儿却是固执地摇摇头。

她已经动手，取出一个寒铁所铸的匣子，上面光纹闪烁，她抛出匣子，催动印法，只见天莲寒气一缕缕升起，然后汇入匣子里。

随着越来越多的天莲寒气汇聚，一枚约莫拇指大小的莲花型冰晶出现了，可怕的寒气顿时释放出来，引得空气不断结冰。

吕清儿迅速关闭匣子，催动封印，待寒气收敛后，方才将它递给李洛。

"必须收下！"她认真地说道。

李洛见她如此认真，有些无奈。他望着寒铁匣子，突然心头一动，虽然此物现在对他没用，但如果他以后能开启新的相宫，继续炼制后天之相，这冰相奇物就是一个极好的材料。

冰相……不是不能考虑。

这般想着，李洛点点头，伸手接过寒铁匣子，顿时一股刺骨的寒气顺着手掌侵入体内，他打了一个寒战。

他赶紧将此物收入空间球。

见到李洛收下后，吕清儿这才满意地点点头，同时红唇微张，一颗雪白的冰珠从嘴里钻了出来。

冰珠飞出，悬浮在冰神莲上方，而后缓缓落下，化为圆形的罩子，将冰神莲罩在其中。

而后冰珠不断缩小，最后变成拇指大小。

寒冰台上的冰神莲随之消失，再看冰珠内部，竟出现了一株精致迷你的冰莲。

这般讲究的收取之法，看得李洛直咋舌。

见到收取顺利，吕清儿面露喜色，红润小嘴一张，又将冰珠吞进腹内。

冰珠入体，吕清儿雪白的肌肤仿佛有道道寒冰纹路若隐若现，此时的她，气质愈发高冷，若是静静不语时，当真仿若冰雪仙子，冰洁出尘，令人不敢靠近亵渎。

"清儿你的变化真大。"李洛注视着吕清儿，感叹道。

这次见面，吕清儿有一种说不清道不明的变化，而且她体内散发出来的冰相之力相当精纯。李洛记得，吕清儿当初是下八品冰相，可如今远胜当时。

并且，李洛隐隐感觉到，吕清儿体内似乎隐藏着一股恐怖的寒气能量，连他都有些忌惮。

显然，这一年吕清儿也有着很大的机缘。

吕清儿轻笑道："可比不上你，短短不到一年已是三星天珠境，放在圣玄星学府，就是二星院的三星天珠，这般成绩怕是能把四星院的学员给吓傻。"

"内神州天骄如云，可不是圣玄星学府能比的，而且未来所遇之敌也不只是同辈，三星天珠境还不够看。"李洛摇摇头。

"是是，谁不知道你李洛心比天高。"吕清儿颔首道。

"对了……"她眸光突然投向李洛，轻声问道，"姜学姐的伤势如今怎样了？"

李洛道："她去了圣光古学府，伤势倒是稳住了，没什么大碍，只不过分隔太远，我也不知晓她的确切情况。"

吕清儿安慰道："以姜学姐的天资，无论在哪儿都能璀璨耀眼，也必定会得到圣光古学府的重视，不会让她出现意外。"

李洛笑着点点头。

"你已取得想要之物，接下来打算如何？直接离开灵相洞天吗？"李洛问道。

吕清儿犹豫了一下，道："你帮我这么大的忙，我现在怎能一走了之，当然得陪你走完最后这程，到时候如果你遇见麻烦，我们还能帮忙。"

按照计划，她拿到冰神莲后就得尽快离开，返回金龙山，免得中途再出现变故，但时隔一年再次见到李洛，她实在不愿这么快离开。

李洛闻言没有推拒，而是爽快应下："真是求之不得，你们队伍实力不弱，有你们帮忙，在灵相宝园我们也能轻松些。"

在灵相洞天，秦天王一脉、赵天王一脉跟他是敌非友，而李天王一脉内部也有诸多矛盾，吕清儿能带人帮他撑场子，自然是再好不过，所以他没跟吕清儿客气。

两人掠下寒冰高台，与两边队伍沟通了一下。

金姐听到吕清儿还要跟着李洛走一程，有些无奈，想要说什么，但在见到吕清儿的眼神后，只能把话吞了回去。

汇聚在一起的两拨人马迅速离开了寒冰洞府，径直前往此前的宝库。

当李洛他们返回到宝库外时，不出意料地见到了李天王一脉等待在此的队伍。

但气氛似乎有些不对。

两拨队伍一分为二，一方是以李灵净为首的龙牙脉、龙鳞脉众人，另外一方则是以李武元为首的龙血脉、龙角脉、龙骨脉等人，双方剑拔弩张。

看满地狼藉的模样，似乎还爆发过一场战斗。

李洛等人的到来将这种气氛打破，两边的视线皆投了过来。

第一〇一三章
双方争执

当李洛率众而来时，此处剑拔弩张的气氛顿时被打破，双方都看向了他。

"李洛，你回来了？你没事吧？"

站在李灵净身后的李茯苓率先发问，同时不满地道："你这家伙怎么不等我们出来就离开了，此处危机四伏，还有各方势力以及散修，你以为突破到三星天珠境就能随便游走吗？"

她看了一眼面前没有说话的李灵净，嘀咕道："你如果再不回来，我感觉你的灵净堂姐就要大开杀戒了。"

说话时，李茯苓仍心有余悸，此前李灵净在听见李武元竟然放任李洛独自离去后，直接就大打出手，狠辣的招式看得所有人都冷汗直流。

他们毫不怀疑，如果被李灵净找到破绽，她可能会直接杀了李武元。

李灵净白皙俏丽的脸倒是颇为平静，她看向李洛，道："回来了啊。"原本眼神里的阴冷杀意已悄然散去。

李洛歉然道："让你担心了，接到故友求援，时间紧迫，来不及等你们出来，所以就先行离去了。"

李灵净微微颔首："没事就好。"

她这边说着没事，对面李武元的面色却十分阴沉，他怒道："李灵净，你是个疯子吗？你想杀了我？！"

李武元抬起手掌，只见掌心漆黑一片，血肉似乎被毒气侵蚀，他正运转相力，消磨着试图侵入体内的毒气。

他惊怒不已，在与李灵净短暂的交锋中，他竟然一直处于下风，李灵净九星天珠境的实力强悍得令人心悸。

李灵净瞥了他一眼，淡淡地道："这不是没死吗。"

李武元怒道："李洛他自己要走，你冲我发什么疯？我留守此处，不也是为了防止其他人闯入宝库吗？"

"我看你是怕我独吞了宝物，才留下来监督的吧？"李灵净淡声道。

"而且就算你自己不跟李洛去，安排高星珠强者跟着也不难吧？可你什么都不做，坐视他们独自离去，心里在打什么算盘你以为没人知道？"

李武元一滞，他坐视李洛离去，也没有遣人去帮忙，的确是抱着私心，只是这种事没什么证据，他自然不可能承认。

"这只是你的一面之词。"李武元冷冷道。

"行了行了。"李洛摆了摆手，阻止双方继续争吵，他笑道，"此事就翻篇吧。"

"你说翻篇就翻篇？她对同伴下杀手，回去后我定要禀报，给予惩处。"李武元冷声说道。

"不翻篇的话，那咱们就在这里分道扬镳，之后各凭本事。"李洛不惯着他，随意说道。

"而且灵净堂姐是我们龙牙脉的人，还轮不到你们龙血脉来指使。"

"你！"李武元面色一黑，十分恼怒。按照惯例，他们龙血脉才是队伍的主导，可偏偏此次出现了李洛和李灵净，将他的威严扫得干干净净。

"李洛，你真以为队伍分开你们能讨到什么好处？你与秦漪恩怨极深，你觉得他们会放过你？"李红鲤冷声道。

李洛冲她露出笑容，然后指了指一旁的吕清儿等人，道："来，我给大家介绍一下，这位颜值比你高的仙子叫作吕清儿，来自金龙宝行。她也是我的故人，之前我就是去帮她的，接下来他们会与我们一起行动。"

吕清儿白了李洛一眼，这家伙损人的时候还是这么不留情面。

李红鲤虽然被李洛的话气得胸口起伏，眼睛却惊疑地盯着吕清儿——她是金龙宝行的人？

李武元、李清风等男子的目光也投向身着靛青衣裙、隐隐显露着贵气的女孩，目光接触的瞬间，他们的眼中便闪过一抹惊羡之色。

因为这个女孩，完美诠释了什么叫作冰肌玉骨。

乌黑的长发如瀑布般倾泻至腰间，一双修长笔直的长腿裹着洁白丝袜，然而即便如此刺目的洁白都在她那雪白的肌肤下显得暗淡一分。

女孩不仅容颜精致，最关键的是气质也很独特，高冷如雪莲，有种不敢亵渎的感觉，不逊色于美名冠绝天元神州的水仙子秦漪。

众人心里均掠过这般想法。

"这位姑娘来自金龙宝行？是天元神州总部？"李武元沉默了数息，开口问道。

他的目光扫过吕清儿等人，然后视线在一旁的金姐身上停留了一瞬，对方体内散发出来的能量波动不弱于他。

李洛竟然和金龙宝行的人这么熟？

迎着目光，吕清儿微微一笑，道："我并非来自金龙宝行天元神州总部。"

早就不爽的李红鲤闻言轻哼一声，有些轻蔑地道："难道是某处分部？分部的人也敢代表金龙宝行？"

听到此话，金姐淡淡地道："我们小姐的确不是来自天元神州总部，她是从金龙山来的，难道这代表不了金龙宝行？"

"金龙山？！"

此言一出，在场众人，不论是李武元、李红鲤还是李茯苓等人，皆面色变幻地惊讶出声。

他们都知晓金龙山代表着什么，那是金龙宝行的中枢！

只不过金龙山不在天元神州，他们往日很少遇见那里的人。眼前这吕清儿，竟然是金龙山的人？

"你姓吕？"李武元突然想起什么，惊疑地问道。他记得在金龙山，吕脉乃上脉，地位极高。

吕清儿伸出戴着冰蚕丝手套的手，一枚金色令牌闪现而出，令牌之上环绕着金龙，中央位置刻着一个散发着莫名威压的"吕"字。

这下子李武元沉默了，这个女孩竟然真的来自金龙山，真是少见。

吕清儿精致洁白的俏脸上浮现出一抹浅笑，显得明媚动人："李洛是我的故友，关系深厚，可托生死，我有难时，他即便孑然一身也会前来相救，如今他需要帮忙，我自然也会毫无保留地相助。"

听到她如此直白的话，众人眼神复杂，两人究竟是什么关系？而且李洛以前不是在偏远的外神州吗？怎么可能和金龙山的人相识？

有了吕清儿等人的支持，李洛队伍的实力就变强了。即便到时候秦天王一脉与赵天王一脉联手，他们也不是没有抗衡的资本。相反，如果在灵相宝园寻找到了"本源玄心果"的踪迹，他们还很有竞争力。

这般想着，李武元轻咳一声，露出笑容，道："李洛族弟刚才说的有几分道理，此事我们也有做得不妥的地方，就此翻篇是明智之举。

"灵相宝园是此次探险的最后目的地，咱们唯有齐心合作，才能成为最后的赢家。"

其他几脉的队伍闻言，知道李武元这一次又认栽了。

只不过，他原本的队伍主导者的威严以及话语权就是在一次次的认栽下逐渐失去的。

第一〇一四章
宝园开启

看着李武元认怂,李洛不咸不淡地笑了一下,然后对着李灵净道:"灵净堂姐,宝库收获如何?"

虽然他对李武元不爽,但收获总归得分配,不然其他三脉会以为龙牙脉想独吞,影响后面的合作。

李灵净闻言,从空间球内取出大批量的玉盒,然后打开。

"这座宝库主要收藏的是灵水奇光,数量不少,而且保存完好,其中五六品的约莫三百瓶、七品的九十瓶、八品的十三瓶,这些数量此前各脉进去的人就已做过统计。"

李洛微微领首,仅仅一座宝库便收获了数百瓶灵水奇光,更有十三瓶八品,如果以天量金计算,价值几乎上亿了。

一笔相当不菲的收获,难怪李武元一直惦记着。

李洛懒得与龙血脉等人磨叽,直接将灵水奇光分成五份,属于龙牙脉的那份自然要多一些,毕竟李灵净与李茯苓付出得最多,多出来的部分李洛拿得理直气壮。

分完后,李洛也不理会龙血脉的异议,反正他的态度就是有意见就散伙,各自打拼。

他转过身,冲着李灵净、李茯苓等人笑了笑,然后互相介绍了一下吕清儿、金姐一行人。

"李洛,你行啊,这么一会儿时间不见,你就去拐了一个金龙山公主回来?"李茯苓打量着吕清儿,对方如冰雪般的肌肤让她艳羡,同时嘴里调侃道。

李灵净握着碧竹青蛇杖,眸光在吕清儿身上停留了一会儿,脸上没有多少表情。

金姐见状，靠近吕清儿半步，身躯微不可察地紧绷了，因为从李灵净身上，她感觉到了一种危险气息。

吕清儿倒是神色未变，她迎着李灵净的目光，冲对方浅浅一笑。

李灵净微微颔首，算是打过招呼，然后转身走向一旁。

金姐对李灵净冷淡的态度有些不满，刚欲说什么，吕清儿却冲她摇了摇头，她只能将到嘴边的话收回去。

吕清儿看了一眼李灵净的背影，凭借女人敏锐的直觉，她感觉这位李洛名义上的堂姐与李茯苓有很大的不同，最起码，李茯苓面对李洛时的情绪比较正常。

"这位灵净堂姐似乎是个很危险的人物。"吕清儿眸光流转，心中思忖着，凭借体内某种力量，她从李灵净身上隐隐察觉到了一种危险气息。

而且，虽然李灵净在与她对视时眼里带着淡淡笑意，但吕清儿并未从中感受到丝毫温度，仿佛对方比她这个冰相还要冷。

不过吕清儿不得不承认，虽然李灵净浑身散发着危险气息，但气场确实让人不敢小觑，类似的压迫感她在姜青娥身上也体会到过，但姜青娥是因为太优秀，与之相处时难免会感到压力，而李灵净则是危险，仿佛一条冬眠的毒蛇。

"李洛怎么总是招惹很危险的姐姐？"吕清儿无奈地叹了一口气，灵净堂姐看起来是个人狠话不多的类型，不知道以后与姜学姐碰面，会是何等光景？

想到那一幕，吕清儿的唇角便轻轻翘了一下。

"想什么呢？"李洛的声音传来。

吕清儿收回思绪，瞥了他一眼，微笑道："在想一个很有意思的场景。"

李洛闻言觉得莫名其妙，刚欲询问，突然神色一变，猛地抬头看向远处，那里有一道道磅礴的光柱冲天而起。

光柱于虚空折射出庞大的影像，仿佛是一座古老山林，散发着莽荒气息，隐隐间可见一道道宝光。

所有人都被这动静吸引。

"是灵相宝园！"李武元惊呼一声，然后狂喜道，"看来其他宝库都已被摧毁，灵相宝园的守护奇阵被引动了。"

李洛凝望着投影，灵相宝园显然极其庞大，想来当年无相圣宗打造时花费了不少心血。

投影于虚空流转，突然间，李洛见到宝园深处有一棵参天古树，它流淌着沧桑气息，不知历经了多少岁月，而在匆匆一瞥间，他见到古树上好像悬挂着数枚果实。

那果实色彩斑斓，内部竟在不断衍变着地风水火等无数相性，一种玄之又玄的气息弥散而出。

当李洛见到神奇果实时，他体内的三座相宫顿时剧烈轰鸣起来，相力如风暴般呼啸，一种难以遏制的渴望油然而生。

一瞬间，李洛就明白了那是什么。

"本源玄心果！"一个个震惊的声音先李洛一步于众人嘴里吐出。

李武元、李荍苓等人眼露狂热，神情振奋，本源玄心果正是他们进入灵相洞天最渴求的东西。

炼化服用了此等天材地宝，可感悟自身相性本源，这原本是大天相境强者才能触及的，甚至未来想要突破到封侯境、打造封侯台时，也需要积累相性本源，此为……封侯之基。

若能获得这般奇物，对他们未来将有极大的裨益。

远处的投影在逐渐消散，李洛凝望着，而当参天古树消失时，不知道是不是错觉，他似乎见到古树的不远处有一座草庐，草庐内有一道模糊的白影。

那是一头白猿，白猿手持石杵，好像是在捣药。

还不待李洛彻底看清，所有投影都消失了。

随之而起的是漫天的破风声，只见一道道光影从四面八方疾掠而来，疯狂地朝着灵相宝园冲去。

"我们动身吧。"李洛看向众人，说道。

没有人有异议，所有人都迫不及待。

于是队伍动身了，将速度提升到极限，朝着投影所在的方向急速赶去。

如此约莫十数分钟，李洛一行人的速度渐渐变慢。

他们的目光投向前方，看见那块区域出现了浓浓的云雾，它铺天盖地地覆盖下来。

云雾之下是一棵棵静静矗立的巨树，云雾填充于巨树间，形成了屏障。

这些屏障正是灵相宝园的守护奇阵。

原本屏障是完美无缺的，但随着宝库被摧毁，此时云壁的一处已变得稀薄，开始出现破绽。

不断有人赶到，他们施展身法，自稀薄的云壁处冲进了灵相宝园。

当李洛他们抵达时，他突然察觉到不远处有森寒的目光投来，他抬头看去，双目微眯了一下。

以赵阎、赵神将为首的一拨人正眼神阴狠地锁定他，而且在他们的身旁，李洛还见到了秦天王一脉的人，秦鹰、秦漪皆在其中。

果然，正如他所料，赵天王一脉与秦天王一脉联手了。

赵阎面带杀机地盯着李洛等人，然后目光突然掠过陌生的吕清儿、金姐等人。

"这些人是李洛他们找的援兵？"赵阎朝秦鹰问道。

秦鹰还未回话，却见秦漪微微沉吟，说道："似乎是金龙宝行的人，但怎么没见到牧曜？此次金龙宝行应该是他带队。"

"莫非是走散了？应该不至于发生意外。"秦鹰说道。

秦漪摇摇头表示不知，她清澈如水的眸光在吕清儿身上停留了一下，此时后者仿佛有所察觉，当即视线远远投来，眼里带着一种如万年冰雪的冷厉之意。

"哼，无所谓了，咱们两脉联手，定然会让他们李天王一脉空手而归。"赵阎冷声道。

"走吧，先进灵相宝园，眼下最重要的还是将本源玄心果抢到手！"

两边人马皆对此表示赞同，而后直接动身，率先自云壁稀薄处冲了进去。

"糟糕了，这两脉真的联手了。"李武元望着一同行动的两脉之人，面色难看，咬牙说道。

"本就在意料之中。"李洛神色不变。赵阎一行人在金露台吃了大亏，他们也知道李灵净修成了九星天珠境，要想对付李天王一脉，赵阎只能找秦天王一脉合作。

"我们也有金龙宝行的朋友相助，阵容未必逊色于他们。"李洛安抚了一下，然后率众掠出，自云壁稀薄处冲进。

随着一支支队伍不断赶来，继而进入灵相宝园，宝园之外渐渐变得安静了。

这般安静了一会儿，一道人影自远处缓步而来。

随着走近，人影变得清晰，只见一名身穿白色僧袍的俊美少年神色柔和，脸上挂着笑容，只是光溜溜的脑袋上一道道血红纹路犹如活物一般缓缓蠕动着，让他带着一丝诡异的感觉。

他打量着眼前被云壁覆盖的灵相宝园，微笑着点点头。

"好大一口棺材。"他说着迈步走入云壁，而后消失在淡淡的云雾中。

第一〇一五章
守宝尸兽

当李洛一行人闯入云壁时，四周产生了剧烈的空间波动，他们因此眩晕了片刻，待再度凝神时，眼前景象已发生变化。

那是一片辽阔的天地，一座座擎天山岳拔地而起，宛如巨人般矗立于天地间，不像是一座药园，更像是一片自上古遗留下来的独立空间一般。

或许这是无相圣宗故意为之，以此来培育诸多天材地宝。

越来越多的人出现在蛮荒天地间，然后化为道道流光，急速朝四方掠去，这些人皆成群结队，组成了规模不小的队伍。

能够走到这里的人，不论是各方势力的天骄还是散修，实力必然都是拔尖的，他们知晓宝园内必定竞争极大，不论是杀人还是夺宝，结伴而行都有优势。

李洛他们队伍的阵容有些豪华，李武元与金姐皆是半步小天相境的实力，还有李灵净这个战斗力不弱于真正小天相境的九星天珠境。

李洛自身也是实力大涨，相力等级乃三星天珠境，可凭借诸多手段，就算在不动用三尾天狼的前提下，他都有自信与五星天珠境的强者较量。

在刚进入灵相洞天时，李洛只是极煞境，虽说战力强横，可底蕴毕竟要差一些，如果没有三座相宫提供的双相之力支撑，他还真是不够看，特别是在队伍里还有李茯苓这些上届天骄的前提下。可现在却不同了，经过金露台洗礼，李洛实力暴增，以现在的战力，在李茯苓他们面前，他也能排得上号。

李洛一行人并未停留，径直对着宝园深处疾掠而去。

宝园太过辽阔，虽然有不少天材地宝，但他们心中只有本源玄心果，眼下最重要的还是先抵达古树之前。

轰!

在他们急速赶路时,沿途却突然爆发了诸多能量轰鸣声,继而见到一些宝光散发之地竟有巨兽冲出,与试图夺宝的队伍厮杀在一起。

应该是一群精兽,它们守护在此处,浑身散发着狂暴的能量波动。

"宝园竟然还有活着的精兽?!"见到这一幕,所有人都很吃惊。

灵相宝园自上古传下,历经万千载岁月,精兽能存活如此之久?

"这些精兽似乎不太对。"

李洛等人观察了一下,旋即就发现守护精兽看似存活,但兽瞳之中没有任何光彩,体内也没有生机,反而有一股尸臭传出。

"这些守护精兽没有生命痕迹,但肉身未被岁月侵蚀,而是通过某种力量保存了下来,有点类似尸傀,只是在一点能量的维持下还保持着行动能力,同时它们的执念应该就是守护此处的宝药。"李灵净眸光扫过,说道。

"它们的能量虽然在漫长岁月中没有增强,但肉身日积月累变得更强悍了。"李洛望着一个地方,那里有一支约莫十人的小队,他们正与一头黑色的虎类精兽厮杀在一起,虎类精兽的能量强度应该只是天珠境左右,但干枯的肉身如同玄铁一般,硬生生将那支小队的攻击扛住,然后拼死攻击,片刻间就有两个倒霉蛋死在了它的虎爪之下。

尸兽的出现让李洛等人生出了警惕,但速度并未因此减缓,他们不理会山林间若隐若现的宝光,而是加快速度直往深处而去。

赵阎、秦鹰等人必然已经去了古树处,他们如果耽搁了,宝贝被人捷足先登,想要再抢回来就会麻烦许多。

不过这般赶路不算顺利,这片庞大的山林时不时有尸兽受到他们的气息引动,然后冲出来一通胡乱攻击,偏偏尸兽皮糙肉厚,简直跟李鲸涛一个德行。为了解决尸兽的阻挠,花费了他们不少时间。

如此,约莫半日后。

当李洛他们越过一片山林时,视野陡然广阔起来,前方仿佛是一片看不到尽头的平原,而在平原中央位置,一棵参天古树静静地矗立着。

古树仿佛是这片天地的中心,浓荫遮蔽数十里,枝叶茂密得犹如自成世界,古树摇曳生光，通体宝光流转，浓郁的幽香隔着如此远的距离都能清晰闻到。

李洛等人见到古树时心头一震，而后目光投向中央，在那里，数枚神异的果实静静地悬挂在枝叶间，果实内似有地风水火流动，散发着难言的神韵。

他们的呼吸顿时加重了，果实正是他们此行的目标。

本源玄心果！

只不过，当李洛他们发现古树的时候，右侧的远处天空传来了刺耳的破空声，一道道光影踏空而来，领头的正是赵阁、秦鹰等人。

"李洛、李武元，你们倒是跑得快。"赵阁目光幽冷地看过来，说道。

"你们也不慢。"李洛皮笑肉不笑地说了一声，然后看了一眼秦鹰、秦漪，双目微眯，对着赵阁说，"看来金露台上你们是被打痛了，竟然找帮手了。"

赵阁冷然一笑，道："你以为只有他们吗？托你到处结仇的福，我们多了不少强援。"

就在赵阁话音落下时，在李洛后方不远处，有光影破空而来，而后立于半空。

李武元等人目光扫去，发现竟然又是两拨人马，其中一拨并不陌生，是炎魔殿的人。刚进入灵相洞天时，就是他们伙同赵阁等人在山谷设计伏击李天王一脉。

炎魔殿领首之人名为田绗，也是实力不弱的天骄。

另外一拨人马，衣袍上有金龙宝行的徽纹，领头之人他们也认识。

"牧曜？"李武元面色顿时一变，"你们金龙宝行也要插手？"

不远处的半空，牧曜面色森寒，他听着李武元的质问，寒声道："你应该问问李洛，是他先插手我金龙宝行的事！"

"是他对我出手在先，如果不是我有保命之术，恐怕已经折在他的手里了，这个仇你觉得我能放下？！"

牧曜的喝问让不少人猛然一惊，特别是李武元、李红鲤等人，皆错愕地望着一脸无辜的李洛。

这家伙险些击杀了实力达到小天相境的牧曜？！怎么可能！

可这种丢脸的事牧曜应该没道理说谎，这不是说明，李洛藏着能够重创小天相境强者的底牌？

李武元面色微微变幻，看向李洛的目光多了几分忌惮：这小子，藏得太深了。

"哈哈,你们这里还真是热闹啊,好东西人人有份,可别想独吞!"就在他们扯皮的时候,有豪迈的女子笑声自远处传来,看来又是一拨人马赶至。

众人视线扫去,便见到这群人个个体形肥硕,如气球般飘在半空,如此体形,除了朱天王一脉外还能是谁?

领头之人正是朱珠,在她的身旁,朱大玉紧紧跟随着。

"诸位,我天元古学府只是路过,但若是有宝,也请给我等留一份。"

当朱天王一脉到场后,一个温和的笑声传来,道道流光掠过天际,于上空现出身,正是以宗沙、江晚渔等人为首的天元古学府队伍。

一时间此处天骄云集,局势变得更复杂了。

随着各顶尖势力队伍到场,谁都没有注意到,在古树茂密的枝叶间,似乎有一只只灰白的眼瞳陡然睁开了。

第一〇一六章
大战爆发

古老的平原上空,各方势力的队伍齐聚,其中又以李天王一脉与赵天王一脉之间的气氛最紧张。

赵天王一脉显然是有备而来,还拉拢了秦天王一脉、炎魔殿以及牧曜等人,如此阵容可以说是此处最强。

即便李洛他们有吕清儿、金姐等人助阵,依旧要弱上几分。

赵阎目露冷光地盯着李洛等人。为了对付李天王一脉,他主动找上了秦天王一脉,好在正如预料的那样,秦莲、秦鹰等人对李洛也没有好感,再加上李天王一脉是竞争者,自然就与他一拍即合,一起合作了。

而炎魔殿的田缈之前与他们联手阴了李武元一把,虽说计划失败,但也得罪了李武元,在知晓没有转圜余地后,田缈再次选择了与赵阎联手,反正眼下最重要的是夺得本源玄心果,若能率先淘汰李天王一脉的人,那也是好事。

至于牧曜……对赵阎而言,则纯粹是意外之喜。

进入灵相宝园后不久,他们就遇见了主动找上门来的牧曜,赵阎自然是欢迎之至,毕竟牧曜是小天相境的实力,与他不相上下,何况对方还带着金龙宝行的强者,有了这些人加入,他们无疑是场中最强的阵营。

"朱珠、宗沙,如今优势在我方,而本源玄心果数量稀少,你们不觉得应该提前除掉一些竞争者才好吗?"赵阎看向后来赶到的朱天王一脉与天元古学府的人,开口邀请。

他打算拉拢其他势力,集中力量解决李洛他们。

赵阎的话在朱天王一脉、天元古学府的队伍里引起一些骚动。赵阎集结了各大势力，实力堪称此处最强，如果他们也加入，李天王一脉就会成为孤军，到时候不论对方有什么本事，都必然是被淘汰的下场。

而少了李天王一脉的竞争，他们获得本源玄心果的机会就更大了。

李天王一脉所在之处，李武元、李红鲤等人的面色顿时变得难看起来，赵阎本就势强，如果再拉拢了朱珠、宗沙等人，他们就彻底没得玩了。

李洛眉头微皱，赵阎为了对付他们还真是阴狠。毕竟能多淘汰一支队伍，对其他队伍来说是有利的。

在李洛思考应对之法时，朱天王一脉领头的朱珠则哈哈一笑，道："赵阎，你这算盘打得真是精明，不过我们朱天王一脉可不想变成谁的打手。你们想斗，就先斗一场，看看谁的本事更强再说吧。"

她没有直接应下赵阎的话，虽然现在赵阎的队伍看上去更有优势，但李天王一脉也不是省油的灯，特别是李灵净，虽然还不是天相境，可她是罕见的九星天珠境，战力并不弱于小天相境。还有李洛，虽然只是三星天珠境，但实力更令人捉摸不透，没听见刚才牧曜说，连他都险些被李洛杀死吗？

这种时候，朱珠自然不可能让朱天王一脉轻易站队。

"珠姐，咱们可以帮李洛他们啊！李洛比赵阎靠谱，如果帮他赶走了赵天王一脉，咱们肯定能分到本源玄心果。"朱珠身旁的朱大玉偷偷建议道。

朱珠白了他一眼，低声道："急什么？咱们拖家带口的，没必要这么快下注，到时候看情况再出手，如果李洛他们出现危机，咱们出手才能显得更有价值。"

朱大玉闻言只能嘟囔两声。

在他们说话的时候，另外一个方向，天元古学府的宗沙也笑呵呵地道："算了算了，咱们天元古学府素来中立，可不掺和几大天王脉的事，你们还是自己解决吧。"

坐山观虎斗明显更香，何必亲自下场拼命。

江晚渔没有说话，毕竟宗沙才是领队，她扫了一眼李天王一脉的李洛，思索着刚才牧曜说的究竟是真是假。这家伙竟然险些将踏入小天相境的牧曜斩杀了？

见到朱珠、宗沙二人竟然不愿加入他们的阵营，赵阎眼神变得阴沉，旋即又淡笑道："既然两位不愿现在下注，那就再等等吧。"

反正是他们有优势，朱珠、宗沙只要不插手，对他们来说也算好消息。

此时，牧曜徐徐开口，却是冲着吕清儿去的："清小姐，如果你愿意将东西交给我，我便不再插手，如何？"

吕清儿脸色微冷，刚欲说话，李洛却笑道："牧曜，上一次的保命应该代价不小吧？"

牧曜眼神变得冰冷，同时他也感觉到小腹处传来了剧烈的刺痛感，如果此时撩开衣服，则会发现他的小腹仿佛被剐了一大片血肉，伤痕可怖。

之前为了避开李洛致命的一箭，他的确付出了惨重的代价。正因为如此，他看向李洛的眼神充满了杀机，此次若是有机会，一定要把这个祸害给除掉。

"动手吧！"

赵阎一声厉喝，只见磅礴的相力如风暴般爆发，小天相境的能量压迫笼罩全场。牧曜、秦鹰、田缈等最强者纷纷爆发相力，引得天地间的能量轰鸣而动。

两名小天相境、两名半步小天相境，如此阵容看得观战的朱天王一脉与天元古学府队伍忍不住咋舌。

反观李天王一脉，唯有李灵净一个九星天珠境，李武元与金姐只是半步小天相境，从战力看，明显是赵阎等人占据绝对优势。

李武元眉头紧皱望着这一幕，如果让他与李灵净、金姐三人对抗对方四位顶尖战力的话，压力会不小。

"把田缈交给我，你们帮我挡住其他三人，我会以最快的速度解决他。"

就在李武元头疼时，一个平静的声音从旁边响起，众人一惊，因为说话的人竟然是李洛。

李茯苓不可思议地道："你要去斩杀一名半步小天相境？"

虽然牧曜说过李洛有重创他的手段，可在没有亲眼见到前，他们都对此保持怀疑。

"一些不值一提的外力手段而已，无法持续太久，只能速战速决。"面对周围众多震惊的目光，李洛颇为平静地说道。

他之所以挑田缈，是因为此人还没有踏入天相境，柿子拣软的捏，而且赵阎、秦鹰、牧曜这些人背景不弱，保命底牌也不少，在没有绝对把握前，他还是选择相对容易的。

毕竟伤其五指不如断其一指，只要斩杀了田纱，局势就会立即出现变化。

李清风、李红鲤等人不禁失语，他们与李洛同辈，然而现在李洛张口闭口要去斩杀半步小天相境的强者，他们之间的差距已经大到这种程度了？

虽然李洛明说了是借助外力，可外力也是一种力量，生死搏杀，能活下来才是王道。

李武元面色变幻了一下，眼睛盯着李洛。如果这小子说的属实，那李天王一脉这一代还真是无人能制衡他，若再让他修炼几年，岂不是连天龙五卫都没人压得住他了？

这简直又是一个李太玄。

李武元压下翻涌的心绪，眼下大敌当前，还是先解决这些麻烦再想以后吧。

李武元摒弃杂念，体内相力运转，与金姐一同显露相性，引动磅礴的天地能量。

李灵净身后，九颗如星辰璀璨的天珠爆发出的能量强度，比李武元与金姐二人更胜一筹。

李洛也深吸一口气，心念一动，镯子内猩红而凶煞的能量如潮水般席卷而出。

他的眼瞳一点点变得赤红，一股完全不逊色于李武元他们的能量威压倾泻开来，在虚空与天地能量碰撞，带起了轰鸣巨响。

李清风、李红鲤感受着那股压迫，面色忍不住一变，继而神色复杂，李洛竟然真的藏着如此厉害的底牌！

远处，秦漪眼神凝重地盯着李洛的身影，赵神将、赵惊羽更是脸色铁青，赵惊羽忍不住恼怒地道："这小子不是从外神州回来的吗？怎么底牌比我们还要强？！"

"他的那股力量凶煞至极，应该属于精兽，虽然不知道他是如何据为己用的，但借助外力终归不是正道，万一神志被侵蚀，引发反噬，那就是找死之道！"赵神将阴沉沉地道。

有许多秘法都能调动精兽的力量，但后遗症都极为可怕，不少人甚至都被侵蚀成了疯子。

他眼神冰冷地锁定李洛的身影："我倒要看看，这种外力能帮他强到什么地步！"

随着赵神将冰冷的声音落下，在众多视线中，八道挟着磅礴能量的光影已破空而出，于上空撞在一起，一场大战骤然爆发。

第一〇一七章
冰水对决

当两队最强的人动手后，其他人立即爆发出一道道相力光柱，引动天地能量，开始了一场大混战。

李茯苓、李观等高星天珠境领衔冲锋，迎上了赵、秦、炎魔殿等诸多强者。

李清风则率领着年轻一辈的人，拦截秦漪、赵神将、赵惊羽等人。

"秦仙子，没想到我们也有兵戎相见的一日。"李清风望着仙裙飘飘、容颜绝美的秦漪，感叹道。

"此非我之愿，但大势如此，我无法抗拒。"秦漪轻声说道。

"李清风，你真是让人失望，原本我以为你才是李天王一脉这一代最强的人，没想到你如此废物，一个从外神州来的还不到一年的乡巴佬就能轻易夺走你的位置。"

"我若是你，便坐视他死在这里，免得抢了你的风头。"赵神将手持重枪，对着李清风不怀好意地说道。

听着赵神将挑拨离间，李清风却微微摇头，淡笑道："看来你在李洛手上吃了很大的亏啊，不然不会显得比我还急。"

赵神将眼神一寒，道："哼，他此前斩我一臂，待会儿我便斩你四肢，要怪就怪李洛去吧！"

充满杀机的话语落下，赵神将身后四颗璀璨天珠陡然浮现，高速旋转间，不断吞吐着天地能量，引得其气势节节攀升。

"倒是要领教了。"李清风冰冷出声，他的身后先是出现了三颗璀璨天珠，但紧随其后，又有一颗略显虚幻的天珠渐渐凝现。

"第四颗天珠如此虚浮，还想跟我斗？"赵神将见状轻蔑地一笑。

"拖住你，足够了！"李清风手提长剑，面容冷漠。

"你拖住了我，那谁去与秦仙子交手？你们李天王一脉还有拿得出手的吗？"赵神将笑眯眯地说道。

李清风微微沉默，秦漪虽然看似温柔如水，但论危险程度恐怕比赵神将更甚，他对上都是凶多吉少，其他人……

"这位秦仙子便交由我来试试吧。"此时，一道仿佛自冰山流淌下的清泉般的声音自后方响起。

李清风一怔，转过头，便见到吕清儿踏空而来，足下寒气流淌，将空气都凝结成了寒冰，她凌空而立，宛如冰雪女神。

吕清儿的眸子注视着容颜绝美的秦漪，她自然知晓对方的实力，也知道秦漪与李洛之间的恩怨。

"这位清小姐来自金龙山吗？"秦漪也盯着吕清儿，有些讶异。她显然也知晓吕清儿的身份。

吕清儿微笑颔首。

"清小姐冰洁如雪莲，真是绝美女子，不知道与李洛是什么关系？金龙山素来中立，极少掺和各方势力间的争斗。"秦漪好奇地问道。

"故友而已。"吕清儿平静道。

"感觉没那么简单……"秦漪微笑道。

吕清儿看了她一眼，道："秦仙子，上一辈的恩怨小辈掺和过多未必是好事，李洛他怜香惜玉，可不见得所有人都如此。你若要算计他，小心以后自讨苦吃。"

秦漪轻笑一声，道："怎么，清小姐要为他挺身而出吗？"

"是我倒好了。"吕清儿淡淡地道，"就怕真正要挺身而出的人来了，她可不会如我这般与你好声好气地说话。"

秦漪莞尔，道："听起来又是个女子？李洛还真是个风流性子。

"不过，秦漪没清小姐想的柔弱，真有人要为他挺身而出，我接着便是，我这里母命难违，要让清小姐白费口舌了。"

随着最后一个字落下，秦漪玉指一点，磅礴相力喷涌而出，化为滚滚水流，水流蜿蜒而动，竟变成了一条巨大的水龙，气势惊人。

吕清儿见状不再多说，她褪去冰蚕丝手套，露出完美无瑕的纤纤玉手，十指陡然结印。

极寒相力倾泻而出，而她的脚下有一朵冰莲徐徐绽放，寒气弥漫间，空气纷纷凝结成冰霜。

"这种冰寒之气……"秦漪感受着精纯凛冽的寒气，眼眸波动。这个吕清儿体内似乎蕴含着一股奇特的力量，这股寒气绝非普通冰相能够凝结的。

她敢来阻挡自己，果然有些手段。

一念至此，秦漪不再犹豫，巨大的水龙发出咆哮声，挟着哗啦啦的水声朝着吕清儿攻去。

……

当李清风、吕清儿等人出手迎战时，更高处的天空，李洛直接迎上了炎魔殿的天骄——田缈。

田缈望着李洛直奔自己而来，眉头微皱，因为此时李洛身上弥漫着凶煞的猩红能量，杀气腾腾的模样，看上去比李武元等人还要凶横。

"听牧曜说，李洛借助外力可媲美小天相境，连牧曜都险些被他斩杀，我只是半步小天相境，还不如牧曜……"田缈眼神变幻，思忖道，"不可硬扛，需避其锋芒，拖延至其外力减弱。"

只要李洛的外力一退，他自身不过三星天珠境，到时候田缈自信能轻易将他镇压。

田缈深吸一口气，体内赤红相力冲天而起，整片天际仿佛都燃烧起来，连空气都灼热异常，呼吸一口就让人喉咙灼痛。

他立于虚空，身后仿佛是绵延火海，十分壮观。

他不想与李洛多说半句废话，印法一变，只见一颗颗巨大的火球凭空成形，如陨石般狠狠地对着李洛砸去。

李洛伸出手掌，水相之力凝聚，猩红能量灌注其中，湛蓝的水相之力顿时化为奔涌的猩红之水。

哗啦啦！

猩红之水呼啸而出，化为滔天巨浪，一个浪头便将那些巨大火球尽数吞没。

"水相……"田缈眉头皱了皱，李洛还身怀水相，刚好可以克制他。

见到试探没有取得效果，田缈身影一动，立即退后了数百丈，不打算再与李洛硬碰。

李洛望着退避的田缈，明白对方的打算，只不过他显然不可能让其如愿。此次战斗没必要试探，雷霆手段方可显威，扭转局面。

"一击必杀的手段……也不是没有。"

李洛眼眸微垂，眼中闪过杀机，而后结出一道印法。

嗡！

随着印法结成，天地间悄然响起若有若无的剑吟声，虚空仿佛都在震荡，是……水龙牙剑！

第一〇一八章

双剑斩魔

李洛天灵盖处,湛蓝光华冲天而起,只见光华之内,一柄仿佛蕴含着汪洋的龙牙光剑缓缓浮现。随着它的出现,剑吟声顿时变得嘹亮起来。

天地能量仿佛受到了引动,纷纷呼啸而来,环绕在水龙牙剑之上。剑光吞吐,虚空出现了被割裂的痕迹。

古老平原上,众多震惊的目光远远投来,想来是都察觉到了水龙牙剑上蕴含的锋利剑气。

田缈眉头紧皱,看样子李洛并不打算与他纠缠,直接祭出底牌,试图速战速决。

他目光闪烁,不敢怠慢,身上赤光浮现,化为重甲,重甲之上有一道紫色竖痕浮现,这是一件防御性的单紫眼宝具。

同时他天灵盖处升起赤红光点,化为一枚火珠,喷出一道道火焰,将其重重保护。

此人十分谨慎,知晓李洛的攻击不凡,所以将各种防御手段都施展了出来。

"只要扛过他锋芒最盛之时,接下来便可随意拿捏他了。"田缈眼中掠过一抹寒气,他堂堂半步小天相境的实力,竟然被一个三星天珠境逼到如此地步,这如何让他不憋屈。

只不过他是理智的人,知道现在顾不得什么面子了,还是保命要紧。

李洛远远望着那一重重宛如龟壳的防御,眉头微挑,田缈还真是谨慎,他若是铁了心要龟缩,恐怕水龙牙剑都未必能将他一击毙命。

"一柄龙牙剑不成……那就两柄吧。"

李洛眼眸微垂,下一瞬,只见充满生机的碧绿剑光自天灵盖徐徐升起,一个与水龙牙剑颇为不同的剑吟声随之响起。

当碧绿剑光出现时，平原之上的诸多植物似乎都受到了感染，纷纷拔节生长。

李洛头顶的碧绿剑光内，一柄翠绿色的龙牙剑缓缓凝现，是木龙牙剑。

经过灵相洞天这段时间的淬炼，李洛众相龙牙剑阵的第二柄龙牙剑终于修成了。

两柄龙牙剑悬浮于上方，两道截然不同的剑光闪动，喷出的磅礴剑气将万丈高空之上的云层都尽数割裂，看起来仿佛鱼鳞一般。

两道剑气冲天而起，肃杀之气引得在场所有人为之色变，包括布下重重防御、打算以逸待劳的田绱。

他的嘴角疯狂抽搐，之前只是一柄龙牙剑，他感觉应该能抵抗，终归是能保命的，可随着第二柄龙牙剑出现，那股凝聚而成的剑气让田绱头皮发麻。

"该死，如此可怕的剑气，起码得是修炼到大成境的上品衍神级封侯术吧？可他这般年龄与实力怎么可能做到？"田绱心头狂吼，大成境的上品衍神级封侯术，莫说他，就算是上一届的天骄都鲜有人达到这种层次。

李洛没有理会惊骇的田绱，他抬头注视着花费诸多心血修成的木龙牙剑，轻轻吐了一口气，两柄龙牙剑凝聚出来的剑气果然远比一柄强悍。

"就用你来祭剑吧。"

李洛双手结印，凌空点下。

嗡！

下一瞬，两柄龙牙剑冲天而起，化为湛蓝、碧绿两道剑光划过天际，剑气之猛烈，连天空都犹如被一分为二。下方的平原更是凭空出现了一道深不见底的剑痕。

望着在眼中急速放大的两道滔天剑光，田绱仰天长啸，漫天赤红能量滚滚而来，迅速在他身躯之外化为一道数百丈大、生有四臂的炎魔光影。

"四臂炎魔身！"

在死亡的威胁下，田绱直接施展出了自身最强的封侯术，炎魔殿的一道下品衍神级封侯术。

炎魔咆哮，口喷万丈烈焰，迎上了两道磅礴剑光。

咻！

然而水龙牙剑率先掠过，剑光仿佛蕴含着汪洋大海，以一种无孔不入的姿态，顷刻间就将万丈烈焰化为虚无。

而后剑光划破天际，在诸多震撼的目光中，狠狠斩在炎魔真身之上。

轰！恐怖的能量轰鸣声于天际炸响，能量风暴倾泻，方圆千里皆被其波及。

众多视线聚焦过去，然而被田纱赋予希望的四臂炎魔身并不如他想象的那般坚不可摧，随着两道龙牙剑斩下，它竟是以肉眼可见的速度消融。

两柄龙牙剑释放的剑气仿佛可以磨灭一切物质，不过数息四臂炎魔身便在哀鸣声中彻底消失。

两道剑光来势不减，一闪之下，摧枯拉朽地击碎了田纱身躯外的火焰光罩，其头顶护身的火珠当场爆碎。田纱神情惊骇，疯狂后退，试图躲避。

剑光不断倾泻而来，将他单紫眼级别的赤红宝甲撕出深深的痕迹。

"李洛，住手！我可以退出你们之间的争斗！这就带人离去！"感受着浓烈的死亡气息，田纱终于生出了恐惧之意，急忙叫道。

然而，面对田纱的认输，李洛的眼神却异常冰冷。

双方都已斗到这般境地，认输毫无意义，李洛一上来就施展最强杀招，要的就是以田纱的命来震慑赵阎、秦鹰等人。

李洛印诀变幻，两柄龙牙剑发出嘹亮的剑吟声，挟着浓浓杀机，轰然贯穿了田纱的赤红宝甲。

轰！

剑光自田纱背后穿出，轰鸣声中，将下方地面刺出了两个深不见底的剑洞。

田纱的宝甲破碎，露出了他惨白的面庞，他感受到体内肆虐的两股剑气霸道至极，以摧枯拉朽的速度将他由内至外彻底破坏。

他的一半身体开始消融，另外一半身体竟然有无数树苗钻出。

感受着体内生机急速流逝，田纱生出了无边后悔之意，他堂堂炎魔殿的天骄，竟然就这样殒命于灵相洞天，若早知如此，他就不该插手两大天王脉之间的事！

然而世间没有后悔药可吃。

随着田纱逐渐僵硬的身躯从天而降、重重砸落在地上，原本混战的双方陡然停滞下来，一道道视线惊骇地望着这一幕。

半只脚踏入小天相境的田纱竟然一个照面间就被李洛斩杀了？！

虽然李洛借助了外力,但在灵相洞天的压制下,他充其量只是小天相境,可就算是同为小天相境实力的赵阎也很难这么快就把田缈斩杀吧?!

这个李洛!这个从外神州归来仅仅一年的家伙竟然强悍如斯?!

远处,朱天王一脉的朱珠、朱大玉,天元古学府的宗沙、江晚渔等人震惊地望着半空中的李洛身影,他们想起了长辈平日里说起的当年李太玄、澹台岚的无敌之姿。

这一刻,他们觉得,李洛恐怕未必逊色于他惊才绝艳的父母。不论如何,此次灵相洞天后,李洛之名必定会响彻天元神州。

第一〇一九章

金爪神鹰

平原上空，随着田缈殒命，原本混乱的战场为之一滞，双方强者皆因此而震动。

田缈虽然说是半步小天相境，只是因为体内相力稍弱而已，只要再给他一段时间，突入小天相境几乎是板上钉钉的事情。而且田缈又是炎魔殿的天骄，手段自然不容小觑，以他的战斗力，想来与散修的小天相境强者交手都不会落入下风。

可这般人物却在各方人马的注视下，被李洛干脆利落地斩杀了。

这个速度，即便是赵阎、牧曜这些真正的小天相境强者也不一定能做到。毕竟，斩杀与打败之间差别很大。

在众人震撼时，斩杀了田缈的李洛却颇为平静，在他看来，斩杀半步小天相境的田缈没什么好吹嘘的，毕竟他是借助了三尾天狼的力量，虽然受到了压制，但好歹不弱于真正的小天相境。

在力量领先的情况下，他又施展出了两柄龙牙剑这等顶尖杀招，如果这样都没办法斩杀田缈，李洛觉得自己也不用在天元神州混了。按照他的评估，如果不是为了防备田缈以保命手段重伤逃逸，他根本没必要动用两柄龙牙剑。

所以在以雷霆之势斩杀了田缈之后，李洛的目光直接扫向了赵阎、牧曜、秦鹰三位敌方最强者。

见到李洛看过来，即便是三位小天相境强者都面色微变，他们刚才感受到了李洛斩杀田缈的两柄龙牙剑是何等霸道无双，自认如果是冲着他们而来，他们恐怕也有殒命之危。

李洛的目光最后落在了赵阎身上。

他的眼中闪过一抹杀机，赵阎从一开始就处处针对他们，屡屡挑事，而且他是赵天王一脉的领队，如果将他斩杀，他们的队伍必然会受到重创，继而失去对本源玄心果的竞争力。

感受到李洛的目光锁定了自己，赵阎面色骤变，磅礴的相力爆发出来，化为一道道能量光环守护自身。

李洛面色冷漠，掏出了天龙逐日弓。

众相龙牙剑阵的威力虽然强，但剑气也十分霸道，每次运转对经脉来说都是不小的负荷，所以得稍微缓缓。

天龙逐日弓的威能同样强悍，只是每次使用稍微有点费手。

李洛还掏出了幽雷符箭，此宝乃五品王侯烙纹，此前施展过，色泽淡了一些，但还能使用数次。

"以三尾天狼之力，加上天龙逐日弓以及一枚品阶达到五品的王侯烙纹，这威力恐怕比两柄龙牙剑都要强悍，不管赵阎有什么底牌，应该都能直接送走吧？"

李洛这般想着，然后朝远处立于半空面色苍白的赵阎露出了温和灿烂的笑容，同时把幽雷符箭搭上了弓弦。

轰！

雷鸣炸响，幽雷符箭的符文绽放出光芒，一股可怕的力量如潮水般释放，顿时李洛所处的虚空有狂暴的雷霆跳动。

赵阎见状，神色大变。

他想要退出李洛的锁定范围，但此时李灵净手持碧竹青蛇杖而来，碧绿毒光劈头盖脸地刷来，上面流淌的相力令虚空都在震荡。

赵阎只能运转相力急忙抵挡。

"嘿，赵阎要倒霉了，这家伙不会真要殒命在这里吧？若是如此，赵天王一脉可要丢脸了。"远处，朱天王一脉的朱珠望着这一幕，忍不住笑道。

任谁都能看出此时赵阎的窘境，面对李灵净与李洛的联手，赵阎小天相境的实力没有半点优势。

"如果不是半路杀出李洛，恐怕李天王一脉又要被赵天王一脉压制一代了……"天元古学府处，宗沙感叹道。

"这李洛真是妖孽，虽说击杀田绺主要依靠的是外力，但他那两柄龙牙剑恐怕是一种品阶极高的封侯术，那等霸道的剑气，我感觉……不弱于三龙天旗典的双龙术。"

江晚渔闻言神色微动，完整的三龙天旗典可是天命级封侯术，虽说双龙之术距离完美还有所欠缺，但在衍神级封侯术中也足以称雄，宗沙如此评价，显然是对那两柄龙牙剑的威能颇为忌惮。

"从院级来说，李洛应该相当于咱们天元古学府的二星院学员，可他的实力，即便没有凶煞外力，莫说二星院，就算咱们三星院恐怕都没几个人能与之抗衡，这般天资的确配得上'妖孽'二字。"江晚渔脸色复杂，她性子冷傲，可在见识了李洛的手段后，也不得不承认对方的天资。

"如果他在咱们学府，恐怕有资格成为'天星种子'，被破格选入天星院。"宗沙感叹道。

"天星种子……"

江晚渔眸光微微变幻，天元古学府以天星院为尊，进去的硬性指标就是实力达到天相境，那里可谓云集了整个学府的妖孽，按照以往的规律，几乎每隔数年就会走出一些封侯强者，这般实力从某种意义来说比天元神州四大天王脉更强。

所谓天星种子，便是指虽然没有达到天相境，但由于天资恐怖，继而被破格纳入的天骄，只不过这种门槛太高，江晚渔自身算是十分优秀的，但也还没达到这个条件。

所以当江晚渔听见宗沙的话时，不免有些惊讶。

在他们说话时，李洛却是蓄势待发，不过，当他即将再次发动必杀技的时候，天地间突然响起奇特的嗡鸣声。

突如其来的变故令所有人一惊，他们的视线投向异声传来的方向，发现声音竟然来自那棵浓荫遮蔽数十里的巨大古树……

古树此时摇动起来，发出了哗啦啦的声音。

下一瞬，似有展翼的声音响起，然后众人便震惊地见到，一道道金光从古树枝叶遮蔽处冲天而起。

金光之中赫然是一只只数丈大小、通体青铜色、爪子泛着金光的巨鹰。巨鹰的数量成千上万，每一只都散发出不俗的能量波动，鹰身之上的翎羽坚硬如铁，淡淡的尸臭散发出来。

"这是……青铜金爪神鹰？怎么这么多？！"突然出现的巨鹰洪流引得不少人骇然失声，大家纷纷认出了这种精兽。

青铜金爪神鹰一旦成年便可媲美天珠境，这般数量聚在一起，简直就是一场无法抗拒的天灾。

神鹰就是古树的守护精兽。

李洛也注意到了这一幕，旋即面色一变。

因为他见到，它们灰白的鹰目已经看向了这边，下一刻，漫天尖厉的鹰啸声响起，无数金光铺天盖地地从天而降。

第一○二○章
重创赵阎

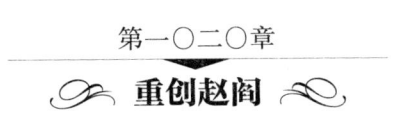

磅礴金光自天际横扫而过，流淌的恐怖能量令在场无数人为之头皮发麻，此等攻势，恐怕连小天相境实力的人都不敢以身犯险。

"快避开！"有人惊恐失声。

各方队伍再顾不得厮杀，纷纷施展身法暴退，试图避开落下的金光。

突如其来的变故打乱了李洛的节奏，他眉头皱起，此时本已箭在弦上，正是重创赵阎的好机会，结果又冒出来青铜金爪神鹰。

他扫了一眼，金光的攻击范围极广，自己也被波及了，若是不管不顾，会有不小的麻烦。

眼下这般凌厉杀招一旦催发，他的相力以及三尾天狼的能量必定会耗尽，毕竟在灵相洞天规则的压制下，三尾天狼同样受到了诸多限制。在这种情况下，呼啸而来的金光对他的威胁大增。

但赵阎屡屡挑事，还联合了秦天王一脉、牧曜、炎魔殿的势力，此人不除，实属是个隐患。

李洛眼眸微闪，眼中浮现出狠色。

就在李洛有了决定时，一道流光突然冲天而起，落在了后方不远处，同时笑声传来："三弟，你尽管施展手段，我来为你阻拦金光片刻。"

竟然是李鲸涛。

李洛一怔，但紧要关头他没有时间犹豫，点头道："那就麻烦大哥了，你自己多注意，若是承受不住就赶紧躲开！"

李鲸涛笑道："放心，进攻我不行，但防守还是有几分把握的。"

他抬头望向正冲着这边来的一片金光，一声长啸，只见一头似龙似龟的巨大光影于身后浮现，他运转相力，指间结印。

"八甲术，六甲金刚盾！"

磅礴相力奔涌而出，在李鲸涛前方化为一面数十丈的能量光盾，光盾之上有六种色泽不一的纹路蔓延，仿佛是六种古老甲皮所化，防御极为坚固。

李洛看了一眼李鲸涛的能量光盾，虽然他只是二星天珠境的实力，可这一手防御实属绝活，想来就算是四星天珠境的高手也未必能一击攻破。

"大哥在龟壳的道路上越走越远。"

李洛嘴角掠过一抹笑意，然后收回目光，眼神凌厉地看向赵阎，此时幽雷符箭的力量已被尽数激发，远远看去，仿佛一头被束缚的狂暴雷龙，而且由于猩红能量不断涌入，更是让它看上去有一种令人心悸的凶气。

李洛眉心的龙鳞印记愈发璀璨，九枚龙鳞熠熠生辉。

感受着弓弦上已经完全被束缚住的雷龙，他不再犹豫，眼中闪过杀机，手指陡然一松。狂暴的力量爆发，雷霆轰鸣，仿佛在这一瞬压过了漫天尖厉的鹰啸声。

一道雷龙贯穿天际，光芒之耀眼连磅礴的金光都无法遮掩！

一道道震动的目光投来，李洛对赵阎的杀心比他们想象的还要浓烈。

赵阎察觉到李洛倾尽全力射出的雷龙箭矢，上面流淌的能量让他生出了一丝恐惧。

他身形暴退，目光急忙扫视四周，想找帮手一同防御。他看出来了，李洛斩杀田纱后力量已用到了极限，毕竟借助外力对自身是有损伤的。只要避开这一箭，接下来李洛就会变得虚弱。

但是……他环视一圈，却发现根本没有人能施以援手，成千上万的青铜金爪神鹰发动的漫天金光，逼得他们的人手只能退避防御。

"可恶！真以为我是田纱，你想杀就能杀？！"

绝境之下，赵阎的眼中升起一抹凶戾之色，既然没有退路，那就只能硬拼！李洛的攻击的确恐怖，难道他就是任人捏的软柿子吗？

赵阎深吸一口气，张开嘴巴一吐，一道暗金流光徐徐升起，里面有一枚金属碎片，碎片之上铭刻着古老而复杂的符文。

"王侯烙纹，不是只有你有！"赵阁冷笑，身为赵天王一脉上一届的最强者，他怎会没有保命的底牌。

他喷出的这道王侯烙纹名为"七宝金塔"，高达六品，比李洛的幽雷符箭的品阶还要高！

这是赵阁最大的底牌，他付出了不小的代价才得到手，只不过王侯烙纹乃消耗品，六品的价格更是高昂至极，就算在金龙宝行的天元神州总部都是稀有之物，如果不是迫不得已，他真不想动用。

但现在，面对李洛的杀招，赵阁没办法节省了。

随着狂暴的雷龙贯穿天际而来，赵阁喷出的金色碎片迅速爆发出璀璨金光，下一瞬，化为了一座数十丈的金色巨塔。

巨塔有七层，每一层都悬挂着神妙宝石，发出磅礴金光。

嗡！

金塔成形，散发着滔天凶煞之气的雷龙箭矢也破空而至，在无数道视线的注视下，直接狠狠地与金塔撞在一起。

轰！

可怕的能量冲击波爆发，虚空不断震荡，雷鸣声响彻这片古老平原。

一道道目光死死盯着碰撞之处。

身处金塔保护之中的赵阁也在死死盯着，在雷光肆虐之处，七宝金塔散发出七色能量，不住地化解着狂暴能量的侵蚀。

李洛这一次的攻击相当恐怖，赵阁也不知道这枚王侯烙纹能否完全挡下。

在赵阁眼睛眨也不眨的注视下，两股能量纠缠了半晌，突然，似有清脆的声音传出。

声音虽然细微，落在赵阁的耳中却宛如惊雷一般。

他眼皮急跳，看向声音传来的方向，只见在那七宝金塔形成的光幕上竟然出现了一道细微的裂纹。

赵阁的呼吸顿时一滞。

然而就在这顷刻间，越来越多裂纹浮现，狂暴的雷光开始渗透进来。他的心里升起无边寒气。

这个该死的李洛，怎么会给他带来如此大的威胁？想当初在刚进入灵相洞天的时候，赵阎根本就没将李洛放在眼里，即便李洛是李天王一脉这一届的龙首，可在赵阎看来，那只是因为他们这一届太废物，可最后又怎能想到，就是这个李洛，不仅打败了赵神将，而且现在还将他逼到了绝境！

若早知如此，当初在山谷就不应该理会李武元，而是直接以雷霆之势，集中力量将李洛等龙牙脉众人铲除！

可惜，现在后悔晚矣。

狂暴肆虐的雷光于赵阎眼里急速放大，下一瞬，七宝金塔形成的光罩终于到了极限，哀鸣声响起，金塔轰然爆碎。

赵阎骇然，身形化为道道残影暴退，雄浑相力同时呼啸而出形成道道攻击。李洛这一击虽然摧毁了他的七宝金塔，但其能量也定然消耗了大半。

赵阎退避的速度极快，但幽雷符箭所化的雷龙的速度却更快。

轰！

天际之上，只听得雷声轰鸣，虽然暗淡许多但煞气丝毫不减的雷龙箭矢贯穿天际，一路摧枯拉朽地将诸多残影尽数轰碎。

最终，在一道道震动的目光下，箭矢追上了赵阎，轰碎他周身的层层防御，最后从他的胸膛轰然贯穿。

第一〇二一章
捣药之声

"啊!"

赵阎凄厉的惨叫声响起,他被那股巨力轰得倒飞而出,鲜血自胸口处倾洒。

无数人为之悚然,连赵阎都没能挡住李洛这一箭?!难道李洛要接连斩杀两名小天相境强者?!

一道道目光望着如断线风筝般的赵阎,就当他们以为他已经殒命时,赵阎突然又摇晃着身形疯狂后退。他的胸口出现了一个狰狞的血洞,但这并没有断绝他的生机。

"救我!"赵阎披头散发,厉声喊道。

不远处,赵天王一脉的强者见状纷纷骇然,顾不得漫天呼啸的金光,急忙全速驰援。

"还真是命硬。"李洛见到这一幕,不由得遗憾地叹了一口气。

此时他的相力消耗殆尽,唯有依靠九鳞天龙战体的能量龙翼维持着立于半空。猩红镯子也变得暗淡了,猩红能量已停止从中涌出。

接连施展杀招对付田缈、赵阎二人,让李洛力竭了,所以即便知道赵阎已是强弩之末,他也没力气再去补刀。特别是赵天王一脉的强者开始过来支援,古树边的无数青铜金爪神鹰也在无差别地进行攻击……

在李洛遗憾的目光中,数名赵天王一脉强者迎上了赵阎,他们骇然地望着对方胸口的血洞,一边急忙取出疗伤丹药,一边护持着他迅速后退。

赵阎吞下丹药,面色惨白,体内的相力紊乱,看来被李洛这一箭伤得不轻。

"该死!该死!李洛那个杂碎!等此间事了,定要找机会让他死无葬身之地!

我要让他知道，再绝顶的天骄也会夭折！"赵阎低声咆哮，眼中满是暴怒与怨愤。这次当众被李洛重创，让他气到了极点。

"快退……"赵阎咬牙说着，然后下一刻他似乎感应到什么，急忙厉声大喝，"小心！"

就在喝声刚落的一瞬，右侧虚空竟有一道身影疾掠而出，在其身后，九颗天珠璀璨耀眼，吞吐着天地能量。

"李灵净！"赵阎心头大骇。

李灵净手提碧竹青蛇杖，白净俏丽的脸上没有任何情绪，乌黑明亮的眼瞳毫无波澜地望着赵阎，倩影仿佛鬼魅一般，凛冽杀机汹涌而至，挟着毒光的杖影直接砸向赵阎的脑袋。

偷袭来得太过出人意料，仿佛早就预料到赵阎会受重创，杖影完全不理会护持的强者，而是向赵阎直击而去。

那些强者面色剧变，此时赵阎无力躲避，根本闪不开，他们一咬牙，直接爆发相力，手中的武器狠辣地攻向李灵净周身要害。他们也是聪明，想以此逼得李灵净放弃轰杀赵阎，回防自身。

可是……他们都低估了李灵净的狠绝。

面对他们的攻击，李灵净竟然没有任何闪避的打算，而是主动迎上，任由凌厉的刀光剑影劈斩在身上，鲜血顿时流淌，但她的毒光杖影也在同一时间砸在了赵阎的天灵盖上。

砰！

那一瞬，仿佛响起了西瓜摔破的声音，赵阎的脑袋碎了，鲜血四溅。

赵天王一脉的护持强者们呆滞了数息，望着李灵净面无表情的俏脸，他们实在无法想象，如此漂亮的女子竟然如此狠辣果决，直接以伤换死！

李灵净轰杀赵阎后，丝毫不在意穿透身躯的剑气刀光，身形迅速闪退。

数名赵天王一脉的强者茫然地望着旁边的尸体，浑身都在颤抖，赵阎……竟然就这样死在了他们的眼皮底下？！

与此同时，许多注视着这一幕的人也陷入了呆滞，赵阎这位赵天王一脉上一届最出类拔萃的扛鼎者，竟然就这样死了？！

朱天王一脉的朱珠、天元古学府的宗沙等人倒吸一口凉气，他们望着李灵净的身影，十分忌惮。

这次的灵相洞天历练，李洛与李灵净恐怕是最出人意料的两匹黑马。

"嘶！"

李洛满脸震惊地吸着冷气，李灵净的突袭连他都没想到，而且她以伤换死的果决狠辣更是看得人心颤。

不过，在经过瞬间的震惊后，李洛忍不住笑出声来，只因李灵净的补刀太完美。

赵阎一死，赵天王一脉在灵相洞天将再无威胁，本源玄心果也没他们的份了。

至于斩杀赵阎是否会引来赵天王一脉的报复，李洛并不在意，毕竟李、赵两脉本就势如水火，摩擦不断，各有天骄死在对方手中，多一个赵阎也无所谓。

轰！

在李洛因为赵阎之死而松一口气时，后方突然传来剧烈的能量轰鸣声，他连忙转头一看，原来是无数凌厉金光横扫而至，继而被李鲸涛的能量光盾阻拦下来。

只不过面对如此密集的金光，即便李鲸涛擅长防御，那斑驳的光盾上也不断出现涟漪，隐隐有破碎的迹象。李鲸涛咬牙苦苦坚持，双掌都出了血，但他不敢躲开，因为后面就是相力消耗殆尽的李洛。

"三弟，快走，我就要坚持不住了！"金光铺天盖地落下，李鲸涛终于抵挡不住，轰鸣巨声响起，六甲金刚盾猛然爆碎。

道道金光呼啸而下，直接轰向了后方的李洛。李洛一惊，催动能量龙翼就要躲避。

就在此时，一道倩影疾掠而来，碧竹青蛇杖挥动，卷起道道毒光，与漫天金光相撞，顿时能量轰鸣声震耳欲聋。

李洛望着眼前的李灵净，她的身上还流着血，一道道伤痕看得人心疼。

他赶紧取出玄木羽扇，竭力扇出一道白光落在李灵净身上，为她修复着伤口。

李灵净偏过头看了他一眼，戏谑道："恭喜你获得全场最佳称号。"

一击斩杀半步小天相境的田缈，接着又一击重创赵阎，李洛可以说是全场最靓的仔。

李洛闻言无奈一笑，如果不是赵阎苦苦相逼，他又何必掏出底牌，认真说起来，也是这浑蛋找死。

不过眼下最麻烦的不是赵天王一脉的人，而是这些规模庞大的青铜金爪神鹰，有它们守护古树，他们根本没可能接近，更别说取得本源玄心果了。

李洛头疼地望着古树上空的庞大鹰群，此时他们这些闯入者似乎成了劣势的一方。

就在李洛束手无策的时候，突然他耳朵一动，隐约听见了什么声音。

咚！咚！仿佛是在捶打着什么。

而随着奇怪声音传出，李洛又发现，盘旋在古树上空的鹰群突然变得安静了。

李洛双目微眯，转过头看向古树后方的区域，紧接着，他眼神陡然一凝。因为那片原本空无一物的平原上不知何时出现了一座"草庐"，草庐的小院里竟有一头白猿正手持石杵在捣药。

咚咚的捶打声，便是石杵落下时发出的。

各方势力都发现了这一变故，当即投去一道道惊愕的视线。

天地间寂静无声，唯有石杵捣药的声音不断回荡。

第一〇二二章
草庐白猿

咚！咚！

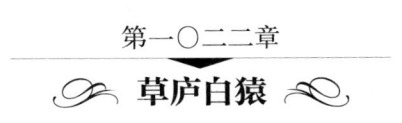

石杵捣药的声音在平原上空回荡，略显诡异的一幕让各方人马的眼神渐渐变得惊疑。

混战已经停歇，随着田缈、赵阎殒命，局面已经出现逆转。

赵天王一脉众人的面色难看，如丧考妣，特别是当他们看见被带回来的无头尸体后，愤怒与惊惧让他们浑身都在颤抖。

他们无论如何都想不到，最强的赵阎竟然会死在这里。

"不可能……不可能……"赵惊羽面色惨白，嘴里不停地喃喃着，眼神充满了惊恐。

他无法理解，实力达到小天相境的赵阎竟然会被李洛重创，继而被李灵净抓住机会一杖毙命。

赵神将的面色同样阴沉至极，这个结果谁都没想到，这十数年只有赵天王一脉压制李天王一脉的份，他们何时吃过这么大的亏？

而这一切的罪魁祸首竟然是那个乡巴佬？！

"李洛只是借助外力才重创了赵阎族兄！若是凭自身实力，赵阎族兄一巴掌就能拍死他！"

赵神将眼神阴鸷，道："不过是歪门邪道，他今日以此手段杀了我赵天王一脉的天骄，来日我赵天王一脉定要正面斩杀他！"

虽然话是这般说，但赵神将明白，随着赵阎殒命，他们队伍的实力大幅降低，这严重降低了他们取得本源玄心果的概率。

"赵阁族兄殒命，李天王一脉如果要对我们穷追猛打……"有人担忧地道。

"先与秦天王一脉联手，李洛他们如果敢咄咄逼人，就与他鱼死网破！咱们讨不到好处，他们也别想好过！"赵神将眼神凶戾。

只不过现在再与秦天王一脉联手，他们之前的主导地位就得改变了。

此时，秦鹰、秦漪早已停手，神色颇为复杂。他们同样没想到，竟然会是这么一个结果。

李洛下手太狠太果断，仅仅片刻，便使两名小天相境强者殒命。

秦鹰此时还有些惊悸，还好刚才李洛不是冲着自己来的，否则今日他恐怕会和那两人一般下场，他开始庆幸一直都是赵阁顶在前面拉仇恨。

"这李洛未免也太狠了。"秦鹰叹了一口气，说道。

"族兄不必畏惧，李洛能有此战绩，更多是借助了精兽外力，他暴露了底牌，往后再想取得出其不意的效果就没那么容易了。"一旁的秦漪轻声安抚。

"不过李洛的确不能小觑，他的天资不亚于其父李太玄，假以时日，即便在天龙五卫，他都有资格获得'潜龙'之位。"

秦鹰苦笑道："可莫跟殿主说这样的话，她最听不得这些。"

秦漪露出无奈之色，她的母亲对李太玄、澹台岚憎恶至极，连带对李洛也充满恶意，若是听见秦漪对李洛这般评价，定然会火冒三丈。

"现在李洛正是强势的时候，我们还与他争斗吗？"秦鹰问道。

秦漪微微思索，道："先不急，眼下有变故出现，看看局势如何发展吧。"

她看向远处凭空出现的神秘草庐，美眸轻轻闪动了一下。

当各方势力收整队伍、严阵以待的时候，李天王一脉众人迅速会合在了一起。

只不过这一次大家都比较沉默，特别是龙血脉、龙角脉、龙骨脉的人。他们的目光隐晦地扫过李洛，眼神里有惊惧、忌惮与震动。

李洛雷霆般的杀伐手段不仅震慑了其他强者，还将李武元、李清风、李红鲤他们骇得不轻。谁都没想到，李洛竟然藏着这种底牌。

李清风的神色格外复杂，原本以为自己与李洛的差距不大，可看了刚才的战斗，他才明白李洛究竟藏得有多深，虽然李洛借助了外力，可有时候外力也是一种实力。

生死相搏时，任谁都只会嫌力量不够。死了的人，没资格指责对方用了什么手段。

李武元面色复杂，他对李洛客气，更多的是看在他有李灵净撑腰的分儿上，可现在他已经不得不将李洛视为同等级的人物。

"李洛族弟此次长了我们李天王一脉的威风。"李武元干笑一声，打破了沉默。

"外力而已，不值一提。"李洛脸上没任何得意之色。

他也没有与李武元多说废话，而是看向吕清儿，笑道："你倒是厉害，竟然能拦下秦漪。"

他之前看见吕清儿拦住了秦漪，阻止对方对李天王一脉其他人出手。

吕清儿轻笑道："总不能进步的只有你吧？"

"是这个理。"李洛笑道。金龙宝行的底蕴深不可测，她有些际遇也是理所应当的。

而后他向远眺，望着平原中央的参天古树，随着草庐传出捣药声，庞大的鹰群竟然收敛了对他们的攻击之势，渐渐落下，继续潜伏在茂密的枝叶间。

这一幕看得不少人惊疑不定，石杵捣药的声音能操控鹰群？可草庐又是什么东西？捣药的白猿是活物还是死物？

面对这诡异的一幕，诸多队伍一时间不敢有什么动作。

但随着时间推移，有人开始不耐烦起来，毕竟这些本源玄心果近在眼前。

鹰群陷入休眠，似乎是抢夺本源玄心果的最好时机。

这一点，李洛他们也发现了。

"灵净堂姐、武元族兄，你们去试一下能否夺得本源玄心果。我们威势尚在，想来其他势力不敢与我们争夺，只要不想着独吞，要取到应该不难。"李洛微微思索，开口说道。

李灵净自然是应下了，李武元则犹豫了一下，但终归慑于李洛的威压，没有开口反对。在经历了此前一战后，现在的李洛是当之无愧的队伍首领。

就在李灵净、李武元准备动手时，其他各方势力也派出了最强者，试图分得一杯羹。

然而就在他们刚要悄然掠出的那一刻，草庐中突然传出了一声异响，众人看去，只见白猿以石杵敲响了一旁的石壁。

嗡！清脆的声响再次传出。

再然后，众人便惊愕地见到，古树上竟飞出了数只青铜金爪神鹰，它们在一道道震惊的目光的注视下，以尖利的鸟喙将悬挂着的数枚本源玄心果摘下，接着振翅俯冲而下，落进了草庐内。

大家望着变得空空荡荡的古树，一时间心态都崩了。辛辛苦苦这么久，眼见着就要到手了，结果竟来这么一出。

草庐出现得诡异，一看就不是寻常之地，本源玄心果落入其中，谁还敢去争夺？！

不止其他人破口大骂，就连李洛望着这一幕都愣了片刻。

"还去吗？"李灵净停下脚步，对着他问道。

李洛闻言只能头疼地叹了一口气，这可怎么办啊？

第一〇二三章

长老令牌

头疼的不止李洛，其他势力的强者也一筹莫展地望着远处的草庐，众人陷入一阵尴尬的沉默中。

这样干看着也不是办法，各队伍开始小心翼翼地朝草庐挺进，打算先接近试试。

这般动作没受到任何阻拦，很快，各方势力聚于草庐之前。

秦、赵两脉以及牧曜等人依旧抱团，他们忌惮戒备的目光时不时地扫过李洛，和他保持了一定的安全距离。

李洛则对着他们露出和善的笑容，只不过有了之前那等强悍的战绩，即便他面貌帅气、态度温和，也很难再让人对他放松警惕了。

天元古学府的宗沙干咳一声，笑道："诸位，草庐出现得古怪，还把本源玄心果尽数收了进去，我觉得此时还是勿内斗，先解决问题如何？"

李洛点点头，道："我没意见。"如今威也立了，相力还在恢复中，若能休战自然再好不过。

秦鹰、牧曜对视一眼，他们从李洛周身流动的微弱相力就知道，经过大战后，李洛消耗极大，但有李灵净、李武元保护，他们想趁机斩杀李洛也不太可能。

秦漪微笑道："宗沙大哥所言极是。"

朱天王一脉的朱珠此时大大咧咧地道："这破草庐，要不咱们一起出手，试试能不能直接摧毁吧。"

对她这般看似鲁莽的建议，李洛却笑着点点头，道："试一下它究竟有什么能耐，也是条路子。"

如果草庐不堪一击，就直接蛮横摧破，若是不行，就再想其他法子。

各势力领头人思虑了一会儿,都点头表示赞同。

于是下一刻,一道道雄厚强横的相力陡然爆发,众人同时出手,相力攻击咆哮而出,以一种汹涌之势狠狠轰向了那座看似简易的草庐。

所有人眼睛眨也不眨地盯着。

一个呼吸后,攻击落在草庐不过丈许的石墙上,然后他们就眼睁睁地看到,石墙仿佛具备一种吞噬之力,竟然直接将所有呼啸而来的相力攻击吞了下去。

这么多人联手发动的攻势,一座山都能被轰得支离破碎,眼下却连一点水花都没起就消失得干干净净,不少人的脸上浮现出惊骇之色。

李洛倒颇为平静,对这种结果早有预料,刚才只是想确定一下罢了。现在他确定了,对这草庐硬来是搞不定的。

可是不硬来又能怎么办呢?众人再次陷入了沉默。

此时,秦漪盯着草庐的明眸闪过一抹异色。

"咦?!"

沉默持续了一会儿,突然有人惊疑出声:"捣药的声音好像停下来了!"

听到这句话,李洛神色微动,仔细聆听,发现之前一直持续响起的捣药声果然停下了,这种变化代表什么?

接着,李洛听见似乎有细微的脚步声响起,正朝着草庐的木门靠近。

"是那头在里面捣药的神秘白猿?"其他人同样听见了脚步声,当即精神一振。

在众人的注视下,脚步声停在木门后,所有人屏住呼吸,一个细微的嘎吱声缓缓地传来。

斑驳的木门缓缓打开,他们见到一头白猿站在门后,眼神沧桑,它的目光扫过草庐外的众人,下一刻,略显沙哑的声音传出。

"药庐重地,闲杂人等退去。

"乱闯者,当诛。"

听着白猿最后一句话,众人心头皆泛起寒气,从白猿身上,他们能感觉到一种深沉的危险气息,绝非他们所能抗衡的。

可是本源玄心果就在里面,这样放弃实在令人不甘心。

但白猿没有理会他们,打算关闭木门。

众人大急，他们觉得若是错过，这扇木门可能就不会再开启了。

就在大家一筹莫展的时候，突然间一个轻柔的声音响起："白猿前辈，晚辈奉命前来取药，不知可否入内？"

所有人一怔，然后猛地将视线投去，说话的人竟然是秦漪。

李洛面露惊愕地看向秦漪，她这话什么意思？奉命前来取药？奉谁的命？在这里能取什么药？而且为何秦漪会知晓这种情报？

李洛看了一眼其他人，发现赵神将、朱珠、宗沙等人也是满脸惊诧，显然都不知情。

那秦漪又是从哪里得来的隐秘情报？而且关键是……有用吗？

所有人的脑海里电光石火般闪过无数想法，同时目光死死盯着守门的白猿，想看它是何种反应。

在众人的注视下，白猿显然是愣了一下，然后目光看向秦漪，沧桑的眼瞳中出现了一些莫名的回忆。

这种奇怪的状态持续了片刻，最终，它慢慢开口："哦，是取药人啊，倒是可以入内。"

听到白猿如此回答，所有人心头一震，下一刻便狂喜地喊道："白猿前辈，我们也是奉命前来取药的！"

白猿闻言慢吞吞地道："取药需长老令牌，都拿出来吧。"

此言一出，所有人都傻眼了，他们有个鬼的令牌啊。众人面露讪讪之色，还以为能糊弄过去呢，结果白猿还挺聪明。

就在大家在心里暗暗叫苦时，秦漪却上前两步，伸出手，只见一枚赤红色令牌出现在掌心，令牌上铭刻着一个古老的"相"字。

"白猿前辈，可是此物？"秦漪红唇微启，柔声问道。

白猿伸出爪子，秦漪手中的赤红色令牌就飞了过去，它摩挲了一下令牌，然后点点头，道："令牌无误，你可入内。"

听到这话，所有人都绷不住了，一个个面露急色，如果只有秦漪入内，岂不是宝贝都落入她手里了？

"秦仙子，不太合适吧？"李武元面色阴沉，忍不住开口说道。

第一〇二三章 长老令牌

"咱们费尽千辛万苦才到这里，结果只有你去取宝，这可不好吧？"朱珠也有些不爽地说道。

各势力领头人纷纷出言，虽说秦漪的人气高，但在本源玄心果面前，还是后者更有吸引力。

"哼，宝物有缘者得之，你们自己没准备，还怪得了别人？"秦鹰见状冷哼出声，同时眼神不善地盯着众人。

朱珠直接破口大骂："老娘不管这些，如果不给个交代，我是不会让你们轻易进去的！"

有人附和，试图给秦鹰他们一些压力，逼他们让步。

秦漪的脸上没有怒意，她浅笑道："我已递交了令牌，你们如果要拦我，这位白猿前辈说不定会出手，就是不知道你们是否愿意用性命来证实一下？"

此言一出，众人面色微变，连朱珠都眉头皱起，忍不住看了白猿一眼，此物给人一种恐怖的感觉，如果它出手，在场无人是其对手。

但它真的会出手吗？所有人眼神变幻，却没有人敢上前一试。

秦漪轻声道："诸位放心，我先进去看看，若真取得一些机缘，我会将其中一部分拿来分配。"

众人闻言有些心动，他们看样子是没资格进入草庐的，如果秦漪愿意分一杯羹，也是意外之喜。

一念至此，原本还试图捣乱的人纷纷笑道："秦仙子大义！"

朱珠、李武元等人面色变幻，觉得情况十分棘手。这个秦漪真是不好对付，随随便便一句话就让大家产生了分歧，有了这句话，恐怕很多人都会抱着侥幸心理。可秦漪一个人进去，取了什么宝贝都是她说了算，随便丢点残羹冷炙出来，他们又能质疑什么？

可是眼下这般局面，他们还能如何呢？

在他们沮丧间，秦漪已迈步走进了草庐，于白猿身后站定。

白猿则慢吞吞地将木门关闭。

就在此时，李洛却突然站了出来，上前两步，高声喊道："白猿前辈，请稍等！"

第一〇二四章
李洛凭证

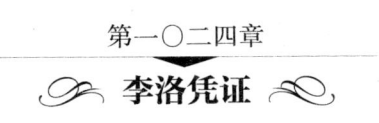

突如其来的喝声让所有人一愣,然后视线尽数投向了李洛。

"李洛,不要胡搅蛮缠了,别惹怒了白猿前辈,我们都得遭殃!"秦鹰冷喝道,他怀疑李洛是想故意捣乱,坏了秦漪的机缘。

"刚才秦漪已经承诺过,若是取得机缘,会分出来部分,如果因为你机缘落空,其他人也不答应。"秦鹰也是狡诈,竟打算让李洛成为众矢之的。

人群中响起窃窃私语声,但没有人敢开口指责李洛,毕竟他斩杀田缈、重创赵阎的余威还在。

李洛没理会秦鹰的喋喋不休,他只是紧紧盯着白猿,心念急转。

草庐内必然有着不小的机缘,他千辛万苦来到此处,怎么可能坐视秦漪摘走最大的桃子,他无论如何都要搏一搏。

而从刚才的情形看,想进入草庐就得手持所谓的长老令牌表明身份,如此方可获得进入的权限。

长老令牌……李洛肯定没有,他也不清楚秦漪是从什么地方搞来的令牌,但是能证明身份的,未必只有令牌。

一路而来的经验告诉李洛,他修炼的小无相神锻术以及小无相火都是一种身份的象征,虽然他不知道小无相火在无相圣宗是什么级别才能修炼出的,但想来不会低。

如果以此来证明,他未必没有进入草庐的资格。

他想尝试一下。

在李洛的喝声中,原本要关门的白猿爪子顿了顿,浑浊的眼瞳看来,慢慢问道:

"可有长老令牌？"

在白猿身后，秦漪眸光微动地盯着李洛：难道他也有长老令牌？

李洛沉声道："我虽然没有长老令牌，但我有其他凭证，还请白猿前辈验证一下。"

说着，不待白猿回答，他便走了过去，对着白猿伸出手掌示意。

面对李洛这般举动，白猿浑浊沧桑的眼瞳动了一下，然后沉默了数息，方才慢吞吞地伸出手爪，握住李洛的手掌。

当它握住自己的手掌时，李洛只感觉一股冰凉的寒气散发，令他打了个哆嗦，但此时不是在意这个的时候，他直接运转小无相神锻术，小无相火于体内升腾。

一缕缕火苗，顺着一人一猿的掌、爪间传了过去，然后李洛就见到，白猿的眼中掠过一抹愕然。

有戏！李洛大喜。

就在李洛证明身份的时候，他没有察觉到，此时自己体内的神秘金轮仿佛受到了引动，微微震动了一下，一个奇异的声响悄然传出。

这个声音外人不得知，唯有李洛与白猿听见了。

然后李洛就见到白猿的身躯猛地一颤，似人的脸庞上闪过一抹震惊之色，它呆呆地望着李洛，呼吸仿佛都变得急促许多，细微而模糊的喃喃声在嘴里含糊地响着。

声音太含糊，李洛仅仅听见一个"圣"字，接着他就见到白猿松开了爪子。

"我可以入内吗，白猿前辈？"李洛紧张地问道。

白猿一直没什么表情的脸上似乎浮现了一抹笑意，它点头道："当然可以。"

此言一出，后方顿时一片哗然。

所有人都惊愕地望着李洛，他们不明白，为何只是与李洛握了个手，白猿就能将他放进去，明明没有掏出长老令牌啊？还是说，李洛是以何种方式证明了他有进入草庐的资格？

"嘿，这个李洛还真令人捉摸不透。"朱珠嘿嘿一笑，认识李洛以来，屡屡见到他做出这种出人意料之举。

与李洛有仇的赵神将、赵惊羽、牧曜等人则面色阴沉，李洛能够进入草庐取得机缘，对他们而言可不是什么好消息。

站在白猿身后的秦漪，美眸中同样闪过一抹异色，李洛竟然真能混进来？他究竟向白猿展示了什么？她的心里有着浓浓的不解与好奇。

得到白猿允许的李洛大喜，放下了原本紧绷的心。草庐内必然是此次灵相洞天最大的机缘，他不可能坐视秦漪独享。他已打定主意，如果进不去，他就守在外面，等秦漪出来……只能做一回恶人了，反正他们是死对头，没必要怜香惜玉。

他快步上前，站在了白猿身后。

秦漪眸光扫来，轻笑道："李洛龙首还真是神通广大，这种机会也能抓住，难怪有如今的成就。"

李洛笑道："比不得秦仙子准备充分，你似乎早就知道草庐的进入之法，不知道所谓的长老令牌究竟怎么来的？"

"若是李洛龙首愿意将白猿前辈允许你进入草庐的原因告知我，我倒是乐意与你交换情报。"秦漪含笑道。

李洛思索了一秒，道："如果我说是因为白猿前辈觉得我仪表堂堂、气质高雅，不知道你信不信？"

"看来李洛龙首不愿意交换啊。"秦漪没好气地道。

李洛笑而不语，他们之间的情报并不等价，他可不会因为美貌就昏了头，像个傻子般将自身秘密如实相告。

而且他对秦漪的情报没什么兴趣，因为已经不重要了，现在自己顺利进入了草庐，接下来的机缘自然不可能让秦漪取走。

在两人钩心斗角间，白猿则慢吞吞地将木门关闭。

草庐外的人望着徐徐关闭的木门，极为不甘心，如朱珠这般性格急躁的人，更是忍不住升起雄浑相力，显然是有了硬闯的心思。

但朱珠最终忍了下来，机缘虽然重要，还是比不过自身性命。眼下，还是静等李洛与秦漪出来再看如何解决吧。

各队伍皆是这般想法，于是各自退开，于草庐之外等待。

在他们等待的时候，却没有察觉到，平原的远处，猩红的溪流悄无声息地流淌而过。

溪流散发着浓郁的刺鼻气息，若是从高空俯瞰，则会发现溪流正以极快的速度变大变宽，隐隐有化为血河、自四面八方席卷平原之势。

一道人影踏溪流而行，这是一名身穿白色僧袍的俊美少年，他面带慈悲，光溜溜的脑袋上铭刻着血红的纹路，缓缓蠕动间仿佛血虫一般。

他低头望着脚下的血河，里面沉浮着许多面庞狰狞的尸体，从尸体的衣衫来看，皆是此次进入灵相洞天的探险者。

少年的脸上浮现出一抹微笑。

"果然，将经过金露台洗礼的人血祭之后，便可削弱灵相洞天的压制效果……看来此次合该我大快朵颐，圆满晋升。"

第一〇二五章
取药权限

草庐内一片幽静，四处都是药架，铺着各种散发幽香气息的药材。

李洛与秦漪紧跟在白猿身后，四处打量，除了眼前的庭院，草庐总共有三间屋子，中间是主屋，更为宽敞。这些房屋看上去普普通通，可在房门、墙壁上却流转着奇阵光纹，隐隐间散发出恐怖的能量波动。

此处显然是重地，有着强大的奇阵保护。

李洛与秦漪跟着白猿，这么近的距离，两人隐隐从白猿身上闻到了一股淡淡的尸臭味，有点像之前见过的守护精兽。

这个发现令两人各有情绪涌现。

"白猿前辈，此处仅有您一人吗？"秦漪美眸转动，突然轻声问道。

白猿依旧是慢吞吞的语调："原本还有其他人，后来被调走了，宗门有令，命我留在此处炼制神药。"

"神药？"秦漪眼波一动。

"白猿前辈，我看本源玄心果好像都被摘了进来，难道就是为了炼制神药？"李洛也开口问道。

"嗯，本源玄心果是主要材料，每隔一段岁月，待它们成熟，便会采摘下来用以炼药。"白猿点头道。

"不知道这所谓的神药是什么？"秦漪好奇地问道。

这一次白猿却没有回答，而是慢悠悠地朝着前面走去。

秦漪见状也不丧气，反而玉手抹过空间球，一个酒坛子出现在她手里，坛口被泥封着，诱人的酒香隐隐传出。

白猿脚步一停，回头惊喜地看着秦漪手中的酒坛。

秦漪微笑道："听闻前辈酷爱美酒，晚辈特地给您带了一坛。"

一旁的李洛瞧着，投来惊诧的目光，秦漪还真是有备而来，甚至知晓白猿的喜好，她究竟是从哪里得来的情报？

白猿猴急地接过酒坛，拍碎泥封，将醇香的酒液大口大口灌进嘴里，满脸陶醉。

"小姑娘有心了。"解了酒瘾，白猿眯着眼睛享受了一下，然后冲着秦漪笑道，"不过嘛，神药可不能告诉你，你权限还不够。"

秦漪的脸顿时一僵，看得李洛顿时暗乐：费尽心机，还是没什么效果。

察觉到李洛幸灾乐祸的眼神，秦漪轻咬银牙剜了他一眼，我这手持长老令牌的人权限不够，难道你这个莫名其妙混进来的人就能行？

李洛却觉得自己的权限够，因为刚才白猿在说完后瞥了他一下，让他顿时福至心灵。虽然不知道是小无相火还是神秘金轮的缘故，他似乎获得了一种相当高的权限，而且应该高于长老之位。

李洛不打算帮秦漪询问所谓的神药，这种情报他可不想让对方知晓，免得传回秦天王一脉，给自己带来麻烦。

一猿二人步入草庐深处，最后在三间房屋前停了下来。

白猿停下脚步，扯下一撮猴毛，掌心升起一团火焰，又将它们熔化，化为一枚拇指大小的印章。它将印章递给秦漪，指了指一旁的第二间屋子。

"你持我的印章进去取药吧。"

秦漪闻言美眸闪动，草庐最重要的宝贝显然是在前面的主屋，第二间侧屋即便有宝，档次也定然低许多，更何况神药不可能放在侧屋。

千辛万苦来到这里，秦漪的野心当然不止于此。

于是她连忙说道："白猿前辈，长老有令，命我前来取走神药。"

李洛咬咬牙，秦漪还真是贪心，竟然想诓骗白猿，神药明明是我的！

就在李洛想着办法灭掉秦漪的野心时，白猿却一瞪眼，道："哪个长老？竟能说出这么不识好歹的话，莫说神药没炼好，就算炼好了，那是他能取走的吗？"

秦漪顿时语塞。这白猿也不知是个什么存在，明明没有辨认出他们的身份，却又保存着几分灵智，完全不好忽悠。

听其意思，神药还没炼制成功？

"去吧，念在你送了我一坛酒的分儿上，允许你多取几物。"白猿挥了挥手，说道。

秦漪无可奈何，她看了一眼李洛，想问一下他如何安排，但最终没有开口，因为问了也无用，她不能改变白猿的决定，打又打不过。罢了，还是先看看第二间房里有什么宝贝吧。

想到此处，她不再犹豫，果断转身走向第二间房。

瞧见她转身而去，白猿冲李洛露出温和的笑容，道："你随我来。"然后径直朝主屋走去。

李洛见状喜笑颜开，看来他的小无相火或者说神秘金轮很有用，在这位白猿前辈眼里，他的身份地位明显高于所谓的长老。

于是他赶紧跟上。

秦漪站在第二间房屋前，正要推门而入，忽有所感地回过头，然后便见到李洛跟着白猿站在了主屋前，而白猿亲自动手，为他推开了有着强大奇阵守护的房门。

李洛竟然能进主屋！

秦漪呆愣了瞬息，情绪翻涌，胸前急剧起伏，即便她性格素来从容，此时都忍不住气急。

明明是她拿出了长老令牌，怎么最后进入主屋的反而是李洛？白猿说她的长老令牌等级不够，李洛又是凭什么？

秦漪柳眉紧蹙，李洛自从进入灵相洞天后，运道非常不错，不论在哪儿，都仿佛有莫名的力量相助。

"是因为李太玄、澹台岚当年从无相圣宗的宗门遗迹里得到了什么东西吗？"秦漪猜测着。

她的长老令牌就是秦莲当年在遗迹里得到的，而关于草庐的情报也是由此而来。

秦漪深吸一口气，压下心中思绪，玉指扣着白猿给的印章，触向房门，房门上顿时有光纹流转，微微感到一股阻力后，她便顺利推开了房门。

浓郁的药香扑面而来，秦漪的脸色恢复平静，迈步而入。

主屋前，当白猿推开房门、率先走进时，李洛压抑着急促的心跳，保持从容优雅的姿态，走入了主屋。

草庐之外，各方势力静静地盘坐着等待。

李天王一脉所在之处，怀抱着碧竹青蛇杖的李灵净突然睁开明眸，转头看向遥远的后方，在这一瞬间，她感到了一股悸动，仿佛有什么可怕的东西正在接近。

隐隐地，她听见了水流声，只不过声音略显黏滞，令人不适。

"灵净堂姐，怎么了？"李凤仪见到她的神色有异，连忙问道。

李灵净的脸色微微变幻，眼神里流露出一丝阴寒气息，她纤细五指紧握碧竹青蛇杖，道："有可怕之物正在接近。"

众人闻言，皆面色大变，而后惊疑不定地看向四周，却没有任何发现。

李武元谨慎一些，没有忽视李灵净的感应，他腾空而起，看向远处，然后面色陡然一白，骇然道："那是什么？"

在他的视野里，远处的平原突然出现了猩红之潮，那红潮席卷而过，将一切淹没，血腥气远远地涌来。

李武元的反应顿时引起各方强者注意，他们腾空而起，下一刻，此起彼伏的惊呼声不断响起。

"那是什么东西？"

"一条血河？！"

"似乎正冲着我们而来！"

"……"

各脉强者的面色变得极其难看，这一幕显然来者不善，不是好事！

李灵净的神色没有太大波澜，因为随着血河接近，她感应到了熟悉的波动，是与此前遇见的二号异种相同的气息。

"一号异种吗……果然来了。"李灵净喃喃自语，低垂的星眸里有浓烈杀机浮现。

她转过头，看着那座看似简陋实则坚不可摧的草庐，眼神微微缓和了些。李洛在里面应该是安全的，既然如此，那就没什么好顾忌的了。

至于其他人……李灵净眼神平静地扫过在场的人，包括李天王一脉的众人。

自求多福吧。

第一○二六章 圣使大人

当李洛走进主屋时，嗅到了浓烈的药香气，他扫视一番，屋内十分宽敞，只不过有些杂乱，一座座药柜横七竖八地摆放着，有不少丈许高的高台，上面立着药鼎，想来曾经有不少药师在此炼制。

"圣使大人前来草庐，应该是为神药之事吧？"白猿问道。

李洛一愣，圣使大人？这是在称呼他？这是什么身份？

李洛心中疑惑，面上却丝毫不显。毕竟眼前的白猿是一种特殊的存在，从它身上散发出的尸臭看，恐怕已不是活物，但它还残留着一些灵智，想来是灵相洞天的手段，如同守护精兽一般。

李洛不知道如果表现得太茫然，会不会引起白猿怀疑，所以他只是淡淡一笑。

"白猿前辈，神药如今情况如何？"李洛装模作样地问道。

白猿的脸上浮现出苦恼之色，道："炼制难度太大了，不知道经历了多少次失败，到现在也只是半成品。"

李洛点点头，暂时没有继续问神药，而是笑眯眯地问道："我此次来需要取走一些能提升相性品阶的宝药，不知道可有准备？"

白猿笑道："当然有，整个宗门需要的灵水奇光，咱们灵相洞天提供了近一半。"

它快步走向一个玄冰柜架，取下一个如蜂巢般的玉制物，上面玄光流转，寒气逼人。

"这里装的是数百瓶七品灵水奇光，还有三十多瓶八品灵水奇光。"

李洛闻言狂喜，数百瓶七品灵水奇光可是价值数亿！发了啊！天降横财！

就在李洛开心时，白猿却突然抖了抖玉制物，惊疑道："咦，里面的灵水奇光呢？"

怎么全没了。"

李洛脸上的笑容顿时僵住，眼神幽怨地看向白猿。

你搞什么呢？

不过他猜到了灵水奇光消失的原因，显然是因为岁月流逝，里面的东西都消散了。而白猿这似死非死的状态，根本无法妥善保存。

李洛瞧得白猿还在茫然地嘀咕"怎么会呢"，生怕它搞乱自己的状态，赶紧岔开话题："没事没事，不需要灵水奇光，有没有类似效果的宝药？"

灵水奇光是提升相性的寻常物品，除此之外，一些特殊宝药也有类似的效果，而且比灵水奇光更容易保存。

白猿闻言笑着点点头，继续往前走去，片刻后在一个满是尘埃的玉箱前停了下来，玉箱表面流转着玄妙光纹，隐隐散发出能量波动。

开启玉箱需要特定的手法，如钥匙之类。白猿掌心能量流淌，化为一道道印法落下，玉箱上的光纹逐渐消散，最后啪的一声自动打开了。

李洛赶紧看去，只见玉箱内竟盛满了一种淡绿色的液体，里面沉浮着数只玉瓶。

玉瓶精致，布满了复杂古老的光纹，显然存放着非凡物。

白猿取出一只递给李洛，介绍道："玉瓶内乃'破极玄天露'，最适合相性破阶时使用，如果你的相性达到了上七品极限，正要晋入八品时，便可借助此物直接完成突破。"

李洛怦然心动，相性破阶尤为艰难，需要庞大的积累，这破极玄天露却能够助人一蹴而就，效果不可谓不惊人。

此物有点类似神树紫薇的灌灵，但效果想来应该会强许多，若是传出去，怕是会引得无数人眼红。

"可用在上八品时的进阶吗？"李洛问道。

七品、八品的破阶对旁人而言或许珍贵，但李洛因为空相，只要灵水奇光足够，再大的坑都能填满，唯有上八品突破到九品时的坑才是深不见底。

并且还不是真九，而是虚九！

白猿想了想，道："上八品到虚九品需要的积累极为恐怖，就算是破极玄天露都未必够，不过即便无法一步到位，但起码能提升三成左右的成功率。"

李洛点点头。即便如此也价值不菲了，真是好东西哪。

"我能取走此物吗？"李洛吞了一口口水，问道。

白猿笑道："寻常取药人即便凭证完善，也只能取一物，不过圣使大人嘛，自然是没有限制的。"

李洛大喜。

而后白猿又取出玉箱内的其他玉瓶，道："这些玉瓶里是'玄心灵核'。"

听到这个名字，李洛心头一动，道："这与本源玄心果有什么关系？"

"嘿，此物正是以本源玄心果的果核炼制而成的，咱们这里每隔一段时间就会收割成熟的本源玄心果熬制神药，其中残缺的就被用来炼制成了玄心灵核。

"它与本源玄心果有着差不多的功效，若是炼化，能够感悟相性本源，对封侯境之下的人是极好的。而且存放在这里的都是炼制出来的极品，次品则被我放在侧屋，效果比这些要弱。"白猿解释道。

李洛喉结滚动，他来灵相洞天除了提升相性品阶外，便是为了本源玄心果，如今虽然没得到真正的果子，但玄心灵核的效果却并不弱多少。

"都给你吧。"白猿将玉瓶都塞给李洛。

面对这种天上掉下来的馅饼，即便李洛自诩自制力过人，一时间也有一种幸福得要晕过去的感觉。

他赶紧谢过白猿，手忙脚乱地将这些宝贝小心收好。

而后白猿又带他走了一圈，但一些玉箱出现了裂纹，里面存放的物品已经消散了。

白猿对此很生气，骂童子笨手笨脚。

李洛也心疼得险些掉泪，毕竟这些都是好东西，但为了避免白猿失控，他还是忍着悲痛赶紧安抚。

于是骂骂咧咧的白猿带着李洛来到了主屋最核心的区域，只见这里有一座数丈大的金色鼎炉矗立着，地火汹涌流淌而来。

来到金色鼎炉面前，白猿的神色变得严肃起来。

李洛察觉到什么，心神微震，问道："白猿前辈，这是？"

白猿眼中浮现出一抹狂热之色，缓缓点头："里面便是宗门命我研制的神药，为此不知道付出了多少心血与材料……我将此神药称为造化神浆！"

李洛喃喃道："造化神浆？好大的派头，它有什么作用？"

白猿呵呵一笑："圣使大人体内相性不少，最高的似乎是八品？"

李洛惭愧地道："只是下八品。"

"若是圣使大人炼化了造化神浆，下八品……可变九品！"

白猿的声音落入耳中宛如震天惊雷，让李洛的神情渐渐变得呆滞。

第一〇二七章 造化神浆

白猿的声音依稀在耳畔回荡，然而李洛已经呆滞，满脑子回荡着"九品！九品！九品！"。

天知道李洛对九品相性是何等渴望，不，应该是每一个修炼相力的人的终极渴望。

虽然李洛身怀三相，不比九品相性弱，但九品相终归屹立相性的顶峰，是最令人追捧的品阶。

李洛倾尽一切想要将相性培养到九品，但他深深明白其中的难度有多大。

这几年，他炼化吸收了大量的灵水奇光，换作常人，恐怕相宫早已被杂质凝固了不知多少次……而正是因为吸收了太多，他才更清楚想要将一道相性进化到九品是何等艰难，需要的灵水奇光可谓海量。

更重要的是，当相性进化到八品后，一般的灵水奇光就没了效果，最起码也要七品才能有一点作用，八品自然更好，但那高昂的价格，就算李洛是龙牙脉脉首嫡系，也不可能保持以往的消耗频率。

至于九品灵水奇光……他到现在都没见过。

然而眼下，这造化神浆竟然抵得上数量庞大的灵水奇光，这一刻李洛被震撼得无以复加。这般神物，效果可比九品灵水奇光强太多！

震撼过后，李洛的眼神变得炽热，视线之滚烫仿佛要将金色鼎炉熔化。

这种可以省去无数资源，一步登天的神物如何能错过？！给我！给我！快给我！

在李洛激动得心头发颤时，白猿挠了挠尖嘴，有些苦恼地道："造化神浆的确是顶尖宝药，但炼制起来实属太难了，我们花费了无数材料，也没能彻底完成。

"现在的它只能说是一个半成品，这种状态莫说提升相性品阶，炼化了它反而会因为药力失衡对自身相性造成损伤。"

白猿的话一出口，李洛眼中的狂热瞬间消散，险些吐出一口老血，他眼睛冒火地盯着白猿，这巨大的落差感，让李洛险些破口大骂。

敢情这半成品的神药，不仅没效果，还是一颗毒药？！真是下头！

李洛情绪激荡，眼前都发黑了。

"圣使大人，你怎么了？"白猿见到李洛摇摇晃晃的，赶紧伸出爪子扶住他的手臂，关切地问道。

"你莫挨我，我想静静。"李洛疲倦地叹了一口气，双目无神。

白猿抓抓脸，道："以前我们这里确实有个叫静静的小童子。"

李洛麻木地道："白猿前辈，宗门将这么大的重任交给你，消耗了无数珍贵材料，怎么是这么一个结果？你让我很失望哪。"

白猿顿时满脸涨红，连忙辩解道："这、这神药太难研制了，毕竟如此效果纵观古今怕也不多见，而且、而且也不算完全没成功吧，虽然现在还是半成品，但根据我的推演，它距离成功就一步之遥了！

"它还差最后一步，如果能加入一种古老、精纯的生命能量，应该就能中和药性，最终成形！"

李洛一怔，道："古老精纯的生命能量？一些顶尖的天材地宝应该具备吧？"

"一般的还不够，得那种真正举世罕见之物！"白猿说道。

它突然从怀里掏出一本古老的册子，递给李洛，指着某物道："比如这种。"

李洛看去，只见册子上画着一棵无法形容的参天大树，大树遮天蔽日，弥漫着古老与沧桑的气息，同时又有磅礴的生机涌现。

他看着这棵树，感觉有点熟悉，数息后他灵光一闪，失声道："这不就是相力树吗？！"

在圣玄星学府他见到的相力树就是这模样，只不过从规模及古老程度，远不及册子上的。

"相力树？"白猿挠了挠头，有些茫然。

李洛微怔，忘记了无相圣宗存在于远古时代，那个时候学府联盟或许还未兴起，而且相力树明显是后来改的名字。

圣玄星学府的高级相力树或许不够，那些古学府的原始相力树应该可以。

也就是说，借助古学府的原始相力树，他能够将造化神浆炼制完成？李洛刚刚死去的心瞬间又活了过来。

虽然他能猜到补全造化神浆的生命能量用相力树定然也不容易，但终归是个盼头。

李洛沉默了数息，然后冲白猿露出温和的笑容，道："白猿前辈，你说的那棵树，宗门倒是有些消息。这样吧，你将未完成的造化神浆交给我，我带回宗门，为它补全。"

说出这话的时候，李洛的心都提到了嗓子眼，目光死死盯着白猿，等着它回应。

灵相洞天开启不易，下次得数年之后，对李洛而言太久了，所以他必须这次就将造化神浆带走。只是，他不确定白猿能否允许他取走。

"要带走吗？"白猿听到李洛所说，眼中掠过不舍，毕竟它为了造化神浆倾注了太多心血。

"白猿前辈，我们的目的相同，都是为了让造化神浆圆满，您为它付出了无数心血，这点宗门是知道的，所以来时我就跟宗门提议过，此物如果能炼制成功，我们就将它的名字改成'白猿造化神浆'！"李洛信誓旦旦，满口忽悠。

"哦？"白猿闻言眼睛顿时一亮，笑呵呵地道，"圣使大人这个提议倒是不错。"

"既然如此，圣使大人就带走吧，反正缺少最后一味材料，留在这里也无用。"白猿终于答应。

李洛狂喜，继而郑重地道："一定不负前辈所托。"

白猿笑了笑，而后爪子合拢，变幻出道道印法，而随着印法变幻，只见那座巨大的金色鼎炉开始逐渐缩小。

短短数息后，十数丈大的鼎炉化成巴掌大小。白猿伸出手，金色小鼎飘来，落在它手中。

"拿去吧，这座金鼎可以保存造化神浆，只要你找到最后一味主材，投入其中，金鼎自会帮你完成最后一步。"白猿说道。

李洛赶紧接过，整个人都在微微颤抖。与此物相比，不论是金露台的还是天

第一〇二七章 造化神浆

罡轮的机缘，都显得微不足道了，因为这可是代表着九品相性！

李洛深吸一口气，压抑着躁动，小心翼翼地将金色小鼎收入空间球。

白猿有些意兴阑珊，挥挥手就打算离开。

李洛刚要跟上，却见到旁边的鼎炉里有一些熟悉的东西，一眼看去，发现竟然全部都是本源玄心果，只不过大多都焦黑破碎了，只残留了一点微弱的能量。

李洛眨了眨眼睛，虽然这些只是残留品，但还保留着本源玄心果的一点药性，被白猿萃取后随意丢弃了，实际价值可不低。

草庐外面，可还有一群人连本源玄心果的味道都没闻过呢。

于是李洛赶紧道："白猿前辈，这些东西我能取走吗？"

白猿瞥了一眼，诧异道："只是一些垃圾罢了……圣使大人倒是节俭。"它摆摆手，"随你吧。"

李洛赶紧一挥手，将众多残留的本源玄心果卷起，稍作挑选，留下了一些还有药性的干枯果子。

他露出心满意足的笑容，这一次的收获满到他甚至有点心虚。

于是李洛双手合拢，作祈祷状："无相圣宗的先贤们，不是小子诈骗，只是为了未来将我无相圣宗的威名发扬光大，莫怪。"

祈祷完了，他这才笑眯眯地跟上白猿的脚步，走出主屋。

只是当他出来后，面色猛然一变，因为他见到，草庐外的天空此时已被染成了血红色。

滔天血色映在眼中，李洛脸上的笑容陡然凝固。

第一〇二八章
漫天血雾

血色弥漫天地，视线所及皆如被鲜血浸染了一般，极为可怖。

李洛呆滞了数息方才清醒过来，虽然上空被血光笼罩，基本看不清楚发生了什么，但李洛依旧能够感觉到激烈的能量碰撞，必然是在进行惊天大战。

"李洛龙首，这是怎么回事？"

一道凝重的声音传来，原来秦漪也出来了，面对剧变，她绝美的容颜瞬间色变，快步走向李洛。

李洛皱眉摇头，道："我也不知道，看样子外面似乎正在发生战斗。"

秦漪俏脸变幻，道："不可能是我们的人在厮斗！"

她与李洛尚在草庐内取宝，有什么矛盾也是待他们出来才会爆发，此时争斗的必然不是他们的人。

"难道是古树里的鹰群爆发了？"秦漪猜测道。

李洛面色阴沉地摇摇头，血光散发出的能量阴冷诡异，充满着不祥，与青铜金爪神鹰完全不同，而且那股能量绝非各方势力强者所拥有，反而……有点类似异类。

想到此处，李洛突然想起在黄金大殿遇见的蚀灵真魔，这两者倒是极为相似。

"难道……潜入灵相洞天的蚀灵真魔不止一头？"李洛瞳孔陡然一缩，如果是这样，那必然是冲着李灵净来的。

一想到此，李洛心头不由得焦急起来。

"李洛龙首猜到什么了吗？"他的神情刚变，便被秦漪敏锐地捕捉到，当即问道。

李洛看了她一眼，微微沉默，道："还记得我们在黄金大殿的遭遇吗？"

秦漪俏脸剧变，震惊地道："难道潜入灵相洞天的异类不止一头？"

"从眼前的情况来看可能是的，而且这头恐怕比黄金大殿的更可怕。"李洛点点头，说道。

"外面出现了一道很强的陌生能量波动，不弱于大天相境，而且还有不断增强的迹象。"此时，一旁的白猿突然说道。

"大天相境？怎么可能！"秦漪娇躯一颤，灵相洞天不是有规则压制吗？能进来的修炼者都只在小天相境左右，眼下又是怎么回事？

"白猿前辈，那股陌生能量波动乃入侵我们灵相洞天的敌人，还请您出手，将它斩除！"李洛心头一动，赶紧说道。

秦漪眼前一亮。对了，她忽略了白猿，看它自身似乎实力不弱，如果出手，那个神秘的敌人应该不足为虑。

白猿却并未答话，而是神色落寞地在捣药石台处坐了下来，叹了一口气，道："我是什么状态，你们还不知道吗？"

李洛与秦漪一愣，对视一眼，道："前辈您什么意思？"

白猿掏出了一杆青铜烟枪，往里面塞了点药草，指尖一搓，将它点燃，带着药香味道的烟雾升腾，将那张布满风霜的猴脸遮得若隐若现，沧桑的声音从烟雾里传出："我应该是个死物吧？我想，无相圣宗是不是已经没了？我应该是因为执念才留下的，再加上灵相洞天的缘故，方才一直以这种特殊的形式残存。

"所以你们说的东西有些我听不懂……这里应该也不是曾经的灵相洞天了，在外面，我没有感受到熟悉的气息，只有一股死寂的尘封之气。这天地已是大变了模样。"

李洛沉默，然后对着白猿抱拳行礼："抱歉了前辈。"

白猿摇摇头，笑道："执念你已帮我化解，我的任务算是彻底完成了。我倒想帮你们最后一次，但可惜……踏出这座草庐我就会化为一缕青烟而散。"

听到此话，李洛与秦漪有点失望，面上却丝毫不显。

"虽然我没办法帮你们解决外面的敌人，却能够保你们平安，只要你们留在草庐，外面的东西伤不到你们。"白猿说道。

李洛苦笑着摇摇头，他大哥、二姐还有吕清儿、李灵净都在外面，他怎么可能自己躲在草庐里，坐视他们经历生死。

秦漪则问道："前辈，那能否让外面的人都进来草庐避难？"

白猿抖了抖烟杆，无奈地叹道："我只是一个残留物，如何更改得了草庐的规则？他们没有宗内身份，进不来的。"

李洛闻言不再多说，而是抱拳道："前辈的好意，晚辈心领了，但晚辈还有亲人好友在外，我不能丢下他们。"

秦漪沉默了一下，同样轻声道："我也有族人在外，若是弃他们而去，实属内心难安。"

白猿默默点头，道："都是有情人，我便只能在这里祝你们顺利了。"

李洛与秦漪再次对着白猿行了一礼，然后转身对着草庐大门行去。

在即将推开被岁月侵蚀的木门时，李洛耳朵微动了一下，因为他听见了有细微的声音从后方传来。

是白猿传来的一段话。

李洛手掌微微顿了顿，将传音记在心里，然后不再犹豫，果断地一用力，将木门推开。

木门之外血雾弥漫，遮蔽了视野，诡异的低语声传来，令人心生恐惧。

但李洛的面色没有变幻，他手掌一握，金玉玄象刀闪现而出，天龙逐日弓也被他悬挂在背后，体内相力奔腾流转，三颗璀璨天珠于身后陡然浮现。

秦漪同样俏脸平静，她伸出玉手，只见一只淡蓝色的玉净瓶闪现而出，瓶身上流转着强横的能量波动，引得李洛偏头看来。

"秦仙子藏了不少手段。"李洛笑道。

秦漪的玉净瓶分明是一件三紫眼宝具，威力不俗。

"比不过李洛龙首，我想，你此前展露的也不是全部底牌吧？"秦漪嫣然一笑，道。

李洛不置可否，没有再多说，而是手握古朴直刀，眼神凌厉地盯着令人不安的浓郁血雾，然后直接迈步走入。

秦漪紧紧跟上，这里的异类比黄金大殿的那头更强横，虽说她有些手段，但在巨大的实力差距面前还是有些危险，所以最好与李洛一同行走，才有更多把握。

第一〇二八章 漫天血雾

当二人走进血雾时，无数诡异的低语声从四面八方传来，声音传入内心深处，拨动着心里的阴暗情绪，若是心志不坚定，恐怕就会渐渐沉陷于其中，继而被吞没神志。

李洛两人显然不是容易被引诱的人，他们皆紧守心神，快步前行。

眼下最重要的事情还是找到各方队伍，与他们会合，一同对付异类。

当他们寻找了片刻后，前方突然传来了脚步声，两人当即神情一凝，相力随之涌动，戒备着。

脚步声逐渐接近，前方血雾波动，一道身影走出，落入李洛、秦漪视线中。

"灵净堂姐？！"李洛见到熟悉的身影，顿时惊喜出声。

来人正是李灵净，她此时周身能量剧烈涌动，似乎经过了一场大战，手上的碧竹青蛇杖不断有鲜血滴落，变得有些污秽。

"李洛，你们从草庐出来了？"李灵净见到李洛，一脸惊讶。

"灵净堂姐，外面发生什么事了？"李洛疑惑地问道。

"在你们进入草庐后不久，一头异类出现了，实力比之前遇见的强上许多，我们各方势力联手对抗，却死伤惨重，而后它召出血雾遮蔽天地，试图分开我们，逐个击杀。"李灵净沉声道。

"还好你们出来了，随我来吧，我带你们去与其他人会合。"她说着，转身就在前带路。

李洛笑着点点头，然后说道："灵净堂姐，你那青蛇杖太脏了，我帮你洗一下。"

李灵净背对着李洛摆了摆手："现在哪还顾得了这些。"

李洛脚步一顿，脸上的笑容渐渐收起，盯着李灵净背影的眼神也变了。

"怎么了？"秦漪敏感地问道。

前方的李灵净停下了脚步。

李洛握上腰间的金玉玄象刀，淡淡道："灵净堂姐有洁癖，每次杀了人都会第一时间清洗武器，碧竹青蛇杖是我送给她的，每次杖身见血她都会仔细清洗，不会让它沾染一点污秽。"

李洛眼神冰冷地盯着前方熟悉的背影。

"所以……你不是灵净堂姐，你是那头异类。"

第一〇二九章
水芒宫殿

李洛阴沉的话音刚落，秦漪浑身泛起一股寒意，如清泉般的雄浑相力从体内呼啸而出，在周身化为无数水珠，形成了防御姿态，身后四颗璀璨天珠凝现，吞吐着天地能量。

她戒备地盯着前方的"李灵净"。异类果真诡异，竟然能完美地变换形态，让人看不出外在的破绽。

虽然李洛的怀疑有些牵强，可能更多的是在试探，但眼下这种环境，谨慎才是保命绝招。

李洛紧握刀柄，目光冰冷而忌惮地盯着那个熟悉的身影。

在李洛两人戒备时，"李灵净"的娇躯似乎轻轻抖动了起来，然后笑声传出。

只不过笑声却并非从她嘴里传出，而是来自脑后浓密的长发，只见长发自动分开，后脑勺处竟出现了一张惨白扭曲的面庞，阴森的视线盯着李洛二人。

扭曲脸庞发出尖锐的笑声，仿佛蕴含着诡异的力量，光是听着就让人生出无数的负面情绪。

见到这一幕，李洛与秦漪彻底断了念想，眼前的"李灵净"果然是异类所化。

李洛的试探并非白费功夫，同时这异类也没兴趣与他们继续演下去。

"嘶嘶！"

扭曲的鬼脸爆发出尖厉刺耳的声音，黏稠的血红能量从嘴里喷涌而出，将满头黑发化为了血红色。

下一瞬，血红头发犹如变成了活物，迅速交缠，形成了两条满嘴利齿的血蛇，血蛇一甩，以一种惊人的速度洞穿虚空，对着李洛二人暴射而去。

充满污秽与负面情绪的阴冷力量呼啸而来，李洛的呼吸微微一滞，但手上的速度不慢，古朴直刀已经率先一步斩下。

刀光掠过，虚空被撕开一道痕迹，狂暴的水流声涌现，下一瞬，一条威严十足、栩栩如生的黑龙挟着森寒冥水出现，冥水迅速与黑龙融合，顿时令黑龙气势暴涨，龙爪挥动，地面出现了一道数十丈长的深深爪痕。

爪痕处有腐蚀之力散发，不断消融着地面，破坏力惊人。

封侯术黑龙冥水旗，大圆满境！面对不知深浅的异类，李洛不敢有半点小觑，一出手便是强悍杀招。

秦漓同样俏脸凝重，身后四颗璀璨天珠高速旋转，一道与她一模一样的虚影浮现，正是水灵使。

水灵使一出现，便引得天地间的水属性能量纷纷涌向秦漓。

她伸出手掌，只见掌心有青玉之光流转，玉指如拨弄琴弦般弹动，发出了玉石般的清脆声，而后玉光爆发，化为一个数丈大的青玉手印，与呼啸而来的血蛇相撞，封侯术摘星青玉手！

轰！

下一瞬，狂暴惊人的能量冲击波爆发，地面被撕出道道深痕。

在碰撞处，两条鲜血凝结的血蛇突然张开满是利齿的巨嘴，里面竟伸出一双惨白的人手，它们结出诡异的印法，黏稠的血雾顿时呼啸而出。

血雾掠过，不论是李洛的黑龙冥水旗还是秦漓的青玉手印，皆在顷刻间消融。

李洛、秦漓见状纷纷色变，刚才的攻击他们可没有半点手下留情，却没想到如此轻易就被破解。

在他们震惊时，前方的"李灵净"突然诡异地消失了。

消失的同一瞬间，李洛面前的血雾突然蠕动起来，"李灵净"凝聚而出，手中的碧竹青蛇杖变成了森森白骨。

"李灵净"手中的白骨轻飘飘地对着李洛的脑袋砸了过来。

磅礴雄浑的血光在白骨上席卷咆哮，隐隐间变成了狰狞的鬼脸，无数凄厉的惨叫声传出，迷惑人心。

一骨头砸下，李洛顿时感觉到一股可怕的力量席卷而来，力量之强远非天珠境可比!

李洛眉心的九鳞龙印爆发出璀璨之光,身躯表面隐隐有龙鳞浮现,血肉震动间也爆发出了强悍的力量。

"九鳞天龙战体,九龙之力!

"雷鸣体!五重雷音!

"三重象神力!"

顷刻间,李洛将道道秘法尽数爆发,雷鸣体更是达到了五重雷音层次,这是因为他的龙雷相进化,体内雷霆之力强盛,令此术终于圆满。

李洛体内的相力涌动,融为磅礴雄浑的双相之力,相力流淌间,灵痕若隐若现,让相力充满着灵性,身后的三颗天珠更是璀璨夺目,疯狂吸收着天地能量。

李洛持刀,一刀斩出,刹那间如星光流转,磅礴之力令虚空微显扭曲,与砸下的森白骨头硬撞在一起。

当!

刀骨碰撞,狂暴能量震荡,金铁声伴随着火花溅射,李洛所立之处的地面顿时龟裂、崩塌。

一股沛然巨力如洪流般倾泻,即便李洛催动了诸多秘法,他依旧被震裂了虎口,鲜血顺着手掌流淌。

刀身上流转的双相之力更是被那污秽的血红能量不断侵蚀,若非里面蕴含着灵痕,恐怕顷刻间就会彻底溃败。

"李灵净"施展出的力量几乎无法阻挡。

就在李洛的刀光即将崩碎时,秦漪赶忙来支援,只见她红唇一张,一颗蓝色水珠呼啸而出,里面仿佛蕴含着湖泽汪洋,看似不起眼,却重如山岳,飞掠出去时连虚空都被压得扭曲了。

此物正是秦漪的双紫眼宝具——浩瀚重水珠。

重水珠化为水光,重重地撞在"李灵净"挥舞的白骨上,嗡鸣声响起,磅礴重力笼罩而下,将那白骨上咆哮的血红鬼脸震得停滞了一瞬。

李洛则趁此机会暴退,出现在秦漪身旁,握住刀柄的手掌不断颤抖,道:"多谢秦仙子出手相助。"

秦漪道："你若死在它手里，我也跑不掉。"

"它的实力应该在小天相境左右，没有白猿前辈说的那么强，我想，它并非异类本体。"李洛迅速说道。通过刚才的接触，他已摸清了眼前这头异类的实力。

"小天相境也足够杀你我二人了。"秦漪美眸看向李洛，道，"李洛龙首，再不掏出你之前斩杀田缈、重伤赵阁的底牌，恐怕我们就很难脱身了。"

他们两人，一个三星天珠境、一个四星天珠境，即便都是同辈中的顶尖高手，但以寻常手段，显然不可能解决掉这头异类。

"这东西能融入血雾，鬼魅难测，若不困住它，我也很难一击毙命。"李洛望着异类，它的身躯此刻又散去了，与血雾融在一起，消失不见。

这种形态的异类更难对付，李洛若催动三尾天狼之力，它感受到危机暂时隐藏起来，只会让李洛陷入有力无处使的尴尬境地。

秦漪闻言，美眸望着弥漫的血雾，微微沉吟，道："这个问题我能解决。"

"哦？"李洛眉头微挑，秦漪竟然有手段困住一头实力达到小天相境的异类？

"看来李洛龙首忘记了龙池之争的事。"秦漪淡淡一笑，然后不欲多说，纤细玉手陡然结印，洁白耳垂上挂着的宝石耳坠掉落，绽放出无数光线。

光线交织，渐渐化为一座水芒宫殿，将这片区域覆盖。

望着熟悉的水芒宫殿，李洛顿时记起了龙池之争时秦漪召唤出一座水殿奇阵，拦截李天王一脉天骄的事。

水芒宫殿是一座奇阵，具备复刻之力，谁若是落入其中，就会被复刻出的水影缠住。

随着水芒宫殿成形，原本弥漫四处的血雾渐渐消退，前方某处，血影浮现，化为李灵净的异类现身了。

就在血影出现时，它脚下如镜子般的地面顿时变幻出光影，一道一模一样的"水影假身"被复刻了出来。

"水影假身"一出现，便挟着浓郁的污染能量，对着"李灵净"扑了过去。

"李灵净"发出诡异的笑声，磅礴雄浑的污染能量卷下，将"水影假身"不断消融。

"水影假身"终归是假的，不可能真的抵挡住"李灵净"。

"李洛龙首，还请快些，今天我可没有火莲营的加持，复刻之力削弱了不少。"秦漪紧咬红唇，催促道。

李洛轻轻点头，手腕处的猩红镯子有狼啸声传出，下一瞬，狂暴至极的猩红能量如洪流般席卷而出，灌入李洛体内。

轰！

李洛的气势瞬间攀升，能量波动以惊人的速度增强，短短片刻，就再次达到了灵相洞天允许的极限，小天相境！

感受着体内流淌的惊人能量，李洛颇为平静，没有为此沉浸陶醉，好歹执掌着八千旗众，掌控过封侯级力量的人，小天相境级别的能量在他眼里只是小意思。

李洛染着血的手掌再度抓紧刀柄，目光冰冷地注视着被困在水宫内的"李灵净"，脚掌猛然一踏，狂暴能量如山洪倾泻，顿时虚空生雷，轰鸣声炸响。

李洛如雷光般暴射而出，杀机四起。

第一〇二九章 水芒宫殿

第一〇三〇章 一刀枭首

秦漪紧盯着李洛，"李灵净"虽然只是小天相境，但异类诡异难缠，比同等级的人族对手更难对付，李洛若无法以雷霆之势斩杀，一旦让它再次融入血雾，就更难消灭了。

在秦漪紧张的注视下，短短一个呼吸间，李洛便出现在"李灵净"前方。

"李灵净"察觉到强烈的危机，当即一掌拍碎面前的"水影假身"，后脑勺的鬼脸咆哮出声，向李洛发出了莫名诡异的低语声。

音波扩散，可乱人神志。

然而此时李洛的镯子里也传出了凶煞至极的狼啸音，震散了这股音波。

"李灵净"姿态扭曲地不断后退，鬼脸嘴巴张开，只见黝黑的嘴巴深处，惨白的手掌结出印法。

熊！

下一瞬，惨白色的火焰汹涌，火焰中有无数痛苦扭曲的人脸，它们正以惊人的速度互相吞食，刹那间就彻底相融，继而化为一只燃烧着火焰的惨白九指骨掌，迎上李洛斩来的刀光。

李洛望着九指骨掌，感受到上面强横的污染能量，寻常小天相境面对这一掌，未必敢正面相迎，他却无所畏惧，眼里反而是一片森冷寒意。

"腌臜东西，不要顶着灵净堂姐的模样！"

他低吼一声，刀光猛然斩下，而且在那一瞬他心念一动，体内的众相龙牙剑阵水、木龙牙剑皆爆发出剑吟声，两道霸道的剑气倾泻而出，融入刀光。

刀光落下，与九指骨掌相撞。

嗤！

碰撞的瞬间没有任何惊人的声响，唯有刀光悄然划过的声音，如炽热刀锋划过热油。

李洛如鬼魅般出现在"李灵净"身后，眼中杀意渐渐消退，直刀缓缓入鞘。

"李灵净"的九指骨掌陡然碎裂，它的脖颈处出现了一道血线，两股霸道的剑气在那里疯狂肆虐，短短数息，"李灵净"的身体便砰然爆碎，变成满地蠕动的血虫，继而化为血气纷纷消散。

李洛深深吐出一口气，身上流淌着的凶煞能量尽数褪去。

斩杀"李灵净"后，李洛转身看向秦漪，发现对方正怔怔地瞧着自己，似被他干脆利落的一刀惊到了。

秦漪察觉到李洛的目光后，神色迅速恢复，而后如释重负地道："李洛龙首的战绩，又要增加亮眼的一笔了。"

李洛摇摇头，道："如果不是你困住它，我很难使出这一刀。"

说话的时候他掏出玄木羽扇，给自己扇了两道白光，加速相力恢复，眼下还身处险境，他必须时刻保持状态。

秦漪刚欲说话，却眼神突变，她察觉到不远处的血雾再次传来了动静。

她迅速上前两步，来到李洛身旁，掌心一抬，浩瀚重水珠升起，化为一道水光，将李洛与自己护在其中。

李洛眉头紧皱，难不成斩杀了异类分身，引来了更强的本体吗？

在李洛、秦漪戒备时，前方血雾蠕动，下一刻，一道道身影掠出，警惕的目光投来。

当视线碰撞在一起，双方皆是一愣。

因为来人并不陌生，赫然是李灵净、吕清儿、李凤仪、李武元、宗沙、朱珠等人。

"清儿、二姐、灵净堂姐？"

"李洛？！"

"秦仙子！"

双方一惊，却都没有靠近，反而神色戒备，看模样都吃过异类化形的亏。

"李洛，你没事吧？我们察觉到这边有能量波动就赶了过来。"吕清儿盯着

第一〇三〇章 一刀枭首

李洛，关切地问道。

"刚才遇见了一头异类，变幻成灵净堂姐的模样，但最后被我们斩杀了。"李洛说道。

李灵净闻言眸光顿时泛起寒意。

他们经过一番沟通与试探，发现言语间没有纰漏后方才确认身份。异类虽然能够化形，但若是细究终归有破绽。

双方松了一口气。

"外面究竟发生了什么事？"与大部队会合后，李洛紧绷的身体放松了些，连忙问道。

"不知从哪里又冒出来一头异类，实力强横，竟然突破了灵相洞天的规则压制，达到了大天相境，我们所有人联手与它大战一场，方才侥幸击退。

"但随后异类掀起血雾，遮蔽天地，我们队伍失散，它以分身化形，潜伏着不断袭杀，等我们会合时，已经损失了不少人员。"朱珠面色铁青，破口大骂。

其他人同样面色阴沉，显然是吃了极大的亏。

李洛环视一圈，发现人的确少了许多，唯有各大势力的一些精英抱团，方才苟活下来。

好在李凤仪、李鲸涛他们没事。

李灵净手持碧竹青蛇杖，沉默了一会儿，然后对着李洛道："你不该从草庐出来。"

草庐明显有力量护持，李洛如果待在里面，异类奈何不了他。

"你这笨小子，好好的安全地你不待着，乱跑出来干什么！"李凤仪气得敲了敲李洛的手臂。

他们见过异类是何等可怕，就算李洛有小天相境级别的战力，也未必能在异类手下逃生。

李鲸涛叹了一口气。

李洛则露出一个灿烂的笑容，道："你们又不是不清楚我的性格，怎会坐视你们陷入险境不管。现在不说这些了，还是想想怎么对付那头异类吧。"

天元古学府的宗沙苦笑道："那异类乃大天相境的实力，而且我总感觉这可能还不是它的极限。我们与它纠缠这么久，它未必是惧怕我们，而是在戏耍我们。

"在它的眼里，我们就是一群拼命逃窜的老鼠，供它取乐。"

听到宗沙的话，众人面色都十分难看，他们也早有这种感觉。

"该死的，好好的灵相洞天怎么会出现一头又一头异类？外面镇守的封侯强者在干什么？！"朱珠怒骂道。

这个问题无人能答，因为以前灵相洞天从未出现过这种变故。

"咦，血雾正在变淡？"此时，江晚渔突然出声。

众人闻言一惊，果然见到弥漫天地的血雾正在逐渐变淡。

"怎么回事？"大家面面相觑，眼神惊疑不定，异类并未受创，血雾却在变淡，事出反常必有妖。

他们的惊疑没有持续多久，便听见远处传来水流声。

声音越来越响亮，浓郁的血腥气随之飘来。

这一刻所有人都察觉到了不对，急忙聚在一起，目光戒备地盯着前方，数息后，他们瞳孔一缩，只见血雾之中有滔天血河滚滚而来，卷起百丈浪潮，不断将虚空拍打得粉碎。

一朵血莲徐徐升起，血莲之上，一名身穿白色僧袍的俊美少年正悲悯地注视着他们。

他光溜溜的脑袋上，如虫子般的血红纹路缓缓蠕动，然后在他的额头处汇聚，一点一点钻进血肉。

血红纹路最终化为两根血红色的弯角，如恶魔一般，而且最诡异的是，弯角的尖端还有两只苍白的眼球，令人不寒而栗。

然而这一刻让人感到恐惧的却并非异类的模样，而是他们察觉到，从异类身上散发出的能量强度竟在节节攀升，短短十数息便越过了大天相境，直达封侯境！

感受着恐怖的压迫感，心志不坚的人甚至会一屁股瘫坐下去，面露绝望之色。

封侯境的异类，凭他们这些人怎么可能挡得住？！眼下此处，已是死局！

第一〇三一章
血棺封印

"封侯境？！"

"怎么可能！"

望着盘坐在血莲上的可怕存在，在场所有人都变了脸色，即便是一直沉默的李灵净，握着碧竹青蛇杖的玉手都在缓缓用力。

李洛同样倒吸一口凉气，面色变幻不定。

还有些人在惊骇欲绝下忍不住崩溃："灵相洞天不是有压制力量的规则吗？为什么它能提升到封侯境？！"

他们最强的也就几个小天相境，之前异类只是大天相境时他们虽然应对得很困难，但凭借人数优势，好歹有抗衡之力，可异类突然暴长成了封侯境，根本无法抵挡了啊。

此时，李武元、宗沙、朱珠、牧曜等人面露绝望，神色麻木地望着端坐血莲、目光悲悯的异类。

简直就是幼狼的狩猎场闯进了一头成年猛虎，众人的士气跌到了谷底。

俊美少年望着崩溃的众人，笑容愈发温和，它很喜欢这种充满恐惧的情绪。

"我的目标是她，如果你们将她擒住交予我，我可放过其他人。"俊美少年伸出手指向李灵净，温声说道。

此言一出，所有人一惊，他们惊愕地望向李灵净，异类竟是冲着她来的？

"李灵净，是你引来了这头异类？！"赵神将厉声喝道。

"李灵净，你不要害了大家，如果是你引来的，你就应该自己解决！"牧曜也阴沉沉地说道。

其他人也有些惊疑不定，不知道为何李灵净会与异类扯上关系。

面对他们的目光，李灵净则漫不经心地道："想出手便出手吧，看看异类在享受完我们的自相残杀后，会不会真的慈悲心发作，放你们离去。"

众人闻言一滞。指望异类慈悲，无疑是昏了头。

"你们长点脑子吧，它只是想看我们自相残杀、供它取乐而已。"李洛此时冷声说道。

"那又怎样？难道我们还能与一头真魔抗衡不成？！"牧曜怒道。

"想逃就自己逃，如果谁想对灵净堂姐动手，就得问问我手里的刀同不同意！"李洛手中的古朴直刀寒光流转，雄浑相力徐徐升起，身后的三颗天珠愈发璀璨。

李茯苓、李凤仪、李鲸涛他们立即站出来表示赞同。

李武元、李观等其他人稍作犹豫，没有短视地在这时候选择与李洛、李灵净决裂，他们也不蠢，此时分道扬镳没有任何好处，反而让人看了笑话。

吕清儿率领着金姐等护卫，同样坚定地站在了李洛这边。

"我们不可内斗，需齐心协力方能寻得一线生机。"宗沙叹了一口气，劝诫道。

赵神将、牧曜见众人这般表态，顿时有些悻悻的，明白不可能将李灵净推出去了。

血莲上，异类笑容温和地望着众人，然后惋惜地摇摇头，道："看来你们选择了一条死路。也罢，你们都是天骄，天资过人，也是可口之物，如果放走，我还有些舍不得。"

它本就有吞食天赋之能，眼下都是天骄，在它眼里堪称一场盛宴。

话音落下，它袍袖一挥，身下的滔天血河顿时发出巨大的轰鸣声，众人色变，见到血河以碾压之势，宛如破堤而出的洪水对着这方天地滚滚而来。

李洛等人首当其冲。

李洛背后伸出能量龙翼，龙翼扇动，急忙升空。其他人也纷纷运转相力，腾空而起，不敢沾染黏稠阴冷的诡异血水。

只不过，一头真魔异类的攻击显然不会这么简单。随着血河扩散，化为血海，这片地域被尽数覆盖了。

真魔异类盘坐血莲，它笑眯眯地望着仓皇躲避的众人，指甲突然划过胸膛，竟从中取出了一截森白的骨头。

随后它将骨头随意掰断，扔进血海。

轰轰！

骨头顿时被染红，同时迅速膨胀，短短数息就化为一副副血红的骨棺，静静地矗立在血海之上。

"各位，还请入棺吧。"真魔异类露出笑容。

众人见到这一幕骇然不已，哪敢停留，纷纷暴退，试图离开这片区域。他们看得明白，真魔异类在血海上手段诡异难测，根本无法抗衡。

李洛同样是这般想法，他身后能量龙翼扇动，便欲暴退。

可是，就在退后的那一瞬，他感觉到眼前莫名一黑，空间仿佛出现了扭曲，然后就感觉后背碰到了什么东西，凝神一看，面色忍不住剧变。

因为血棺不知道何时出现在了身后，随着他一退，整个人自动撞进了血棺里。

这般诡异手段让李洛心头生寒。

还不待他施展相力脱离，血棺便爆发出恐怖的吸力，让他动弹不得，棺盖飞落，啪的一声封死了血棺。

在血棺被封死的一瞬，他见到其他人都同他一样被封了进去。

血海上方寂静无声，唯有一副副血棺静静悬浮着。

真魔异类一出手就展现出了近乎碾压的实力，李洛他们这些天珠境、小天相境根本无还手之力。

双方的实力完全不在一个层级。

真魔异类盘坐在血莲上，手肘抵着膝盖，手掌撑着下巴，笑眯眯地望着血棺，然后手掌轻轻往下一压，只见这些血棺徐徐落在血海上，血水流淌过来，在它们外面化为狰狞的面孔。

他张开嘴，露出猩红的舌头，如芯子一般。

"先吃谁好呢？"它的眼睛在血棺上来回扫视着。它的血棺一旦封印，这些天珠境、小天相境的小崽子不可能逃得出来。

"嗯？"

就当真魔异类选好一副血棺，准备来个小小的开胃菜时，它的眼瞳突然一凝。

它看过去，却见到四副血棺竟缓缓震动起来，里面似乎正在迸发一种强横的力量，破坏着封印。

"哦？有点能耐。"真魔异类轻笑一声。

轰！

下一刻，四道磅礴能量席卷而出，血棺爆碎，四道光影冲天而起，凌空而立。

第一○三二章
最后四人

当李洛自血棺里破封而出时，立刻察觉到了另外三道能量波动，当即望过去，一眼就见到了李灵净。

对于她能破封而出，李洛并不意外，毕竟李灵净情况特殊，看似是九星天珠境，但连他都摸不透她真正的实力。

他主要想看看另外两个人是谁，然而一看过去，他的神色便变得有些惊异，竟是秦漪与吕清儿。

这出乎李洛的意料，原本还以为会是牧曜、李武元这些小天相境，但没想到他们都没能突破封印，反而是实力弱一些的秦漪与吕清儿出来了。

李洛的目光扫过吕清儿，然后就发现她的一头长发正在逐渐变成冰蓝色，一股难以形容的极寒能量缓缓从其体内释放。

她立于虚空，天地间的寒冰能量急剧涌来，在脚下形成凌空的冰层，若是仔细看去，则会发现她的皮肤表面有一枚枚玄妙的冰纹若隐若现。最显眼的还是她身后的寒冰双翼，如同冰晶凝结，晶莹剔透，扇动间极寒之气流转，有粉末般的冰晶不断洒落。

此时的吕清儿宛如冰雪天使。

李洛惊诧，因为从吕清儿体内散发出来的力量已经超越了牧曜等人，但或许是灵相洞天规则压制的缘故，让那股力量很难超出小天相境的极限，但即便如此，凭借品阶极高的寒冰之力，吕清儿依旧突破了血棺封印。

秦漪同样如此，她长裙飘飘，风姿卓绝，一轮淡蓝色的皎洁明月于身后浮现，明月之内仿佛蕴含着一个无边无际的湖泽世界，巨浪奔涌，拍击苍穹。

秦漪身上散发出强大的能量威压，若仔细追溯就会发现，那并非来自她自身，而是她身后皎洁的蓝月。

李洛望着爆发出强悍能量的两人，忍不住摇摇头。他还是小瞧了背景不俗的天骄，他能借用三尾天狼的力量，其他人也有类似的手段。

"你们倒是藏得深。"李洛感叹道。

吕清儿看了他一眼，嗓音如寒雪般冷厉，但又带着一丝熟悉的柔和："都是最后的保命之术，如果不是这般绝境，哪会轻易动用？"

秦漪也轻声道："就怕即便如此，也很难破眼下的危局。"

虽然他们四人各自借助手段破开了血棺封印，但真魔异类是难以抗衡的存在，封侯境的实力是他们用任何手段都无法逾越的鸿沟。

李灵净靠近李洛，红唇微动，细微的声音传入他耳中："蚀灵真魔是冲着我来的，若最后实在不敌，我来拦住它，你伺机退走，只要离开这片区域，利用灵相洞天的奇阵保护，它未必能杀死你。"

李洛则笑着摇摇头："没必要，我不信它能弄死我。"

见李洛冥顽不化，李灵净有些气恼，道："你理智一点，虽然你有底牌，但你现在只是天珠境，也没有青冥旗八千众，面对真魔异类，逃跑是最明智的！"

李洛叹了一口气，仍然摇头。李灵净落入蚀灵真魔的手中，下场必定是被吞食，他怎么可能会眼睁睁坐视她以性命换自己逃跑的机会。

李灵净还欲说话，蚀灵真魔却笑眯眯地抬起手，指间结出扭曲的印法。

咔！

印法结成，李洛四人的面色忽地一变，因为他们见到，漂浮在血海之上的血棺，棺盖竟然缓缓滑落了。

棺盖滑落，四人却没有觉得欢喜，心头反而泛起浓浓的寒意。

棺材打开后，原本被封印的众人缓步走出，可他们的脸上出现了一条条血红的光纹，好似刺入了血肉，如虫子一般吞食着他们的力量。

每一个人的眼瞳都变成了纯黑色，半点眼白都看不见。

"小心，他们都被侵蚀控制了！"秦漪俏脸剧变。

李洛眼神微沉地望着那些熟悉的身影，李凤仪、李鲸涛、李荻苓他们都陷入

第一〇三二章 最后四人

了被控制的状态，浑身流淌着血水。

蚀灵真魔明明拥有压倒性的力量，却偏偏不亲自出手，而是操控四人曾经的同伴与他们厮杀，显然是故意为之。

它以一种猫戏老鼠的心态，打算将四人慢慢折磨到绝望。

李洛心中升起一股怒火，异类当真是一种扭曲的物种，集合了无数人族的阴暗情绪，手段无情而残忍。

轰！

随着同伴们走出血棺，他们冲天而起，朝着李洛四人暴射而来。

血红的污染能量在他们身上升腾，经过蚀灵真魔的侵蚀，大家的实力都比正常时强了不少。

"他们数量太多，我来把他们分开。"吕清儿望着一道道暴射而来的身影，率先说道。里面不乏熟悉的人，如果厮杀起来，他们会束手束脚，暂时困住反而是最好的。

吕清儿摘下冰蚕丝手套，露出完美无瑕的玉手，背后的寒冰双翼缓缓扇动，刺骨的寒气弥漫开来。

咔嚓咔嚓！虚空中仿佛有冰霜凝结，下一瞬，冷厉空灵的声音响起："封侯术，白莲冰封术！"

当声音落下的一瞬，暴射而来的众人身形突然一僵，寒冰能量迅速汇聚而来，短短几个呼吸的时间，一朵朵白色的冰莲就在他们脚下绽放，可怕的寒气呼啸，转瞬间就将所有人都冰封了。

只是，冰莲封印虽然困住了李凤仪、李鲸涛、邓凤仙等人，但如牧曜、李武元、宗沙这些实力强横的人却在血红能量的帮助下，生生消融了冰莲，带着尖啸声冲了过来。

李灵净俏脸冰冷，她手握碧竹青蛇杖，九颗天珠爆发出璀璨光芒，吞吐着天地能量，巨大的玄蛇之影也浮现了出来。

她疾射而出，迎上牧曜、宗沙，以一敌二。

秦鹰划破天际，手中长枪化为无数血红枪芒，朝着李洛轰去。

"秦鹰族兄。"

秦漪的轻叹声响起，手里的浩瀚重水珠嗡鸣震动，深蓝色的重水呼啸而出，直接化为一条巨大的水龙，将秦鹰以及数位秦天王一脉的强者拦截下来。

吕清儿腾出手，玉手对着金姐等人一握，顿时冰霜凝结，尖锐冰刺暴射而出，将金姐等人逼得纷纷躲避。

她们各自负责拦截自己队伍的人，虽然以一敌多，好在依靠这些底牌，也并未落入下风。

李洛此时扇动着能量龙翼，望着前方以李武元为首的一众李天王一脉强者，包括李茯苓、李观这些熟人，他们的脸孔狰狞，眼神充满杀机。

李洛单手握住玄象刀，面色平静地迎上了他们，手腕处的猩红镯子里，三尾天狼凶煞的能量如洪流般涌出。

一场激烈的混战于血海上空爆发。

远处，蚀灵真魔望着这个精彩的互相残杀的场景，神色看上去更加悲天悯人了。

"好厉害呢，这四个果然是顶尖的天骄，如此美味的食物，这么多年都很少遇见啊。"

李洛四人爆发出强横的能量，不断击退被它操控的傀儡，但每当这个时候，蚀灵真魔就会操控血海，为傀儡补充力量，导致李洛他们陷入了源源不断的持久战。

照这样下去，不论他们有什么手段，都会被慢慢耗死。

"加油吧，最后的胜利者将会获得奖励……那就是被我一口一口地吞食进肚。"蚀灵真魔温和地笑道。

它望着四人逐渐变化的脸色，笑容愈发灿烂。

然而某一刻，它突然有一种莫名的不对劲的感觉，那是来自本能的感应，似乎有什么东西被自己忽视了。

蚀灵真魔的笑容微微收敛，目光在四人之间来回扫视，数息后，视线陡然停在了李洛身上！

就是他！这个小子，不对劲！

第一〇三三章

寻得关键

就在蚀灵真魔感到不对劲时，它的眼神变得阴冷下来，心念一动，下方血海陡然卷起巨浪，一只生有十指的巨大血掌破浪而出，挟着恐怖的能量威压直接朝李洛拍去。

血掌遮天蔽日，所过之处，虚空崩裂。

它之前会有猫戏老鼠的心态，只是因为局面尚在掌控中，封侯境的实力对李洛四人几乎造成碾压，所以才会觉得有趣。但现在，李洛出现了一点意外，蚀灵真魔自然没兴趣继续拖下去，而是要把这个隐患彻底抹除。

虽然还不知道李洛究竟为何会让它感觉到不安，但不管如何，趁早杀了便是。

蚀灵真魔的突然出手，让正在与李武元他们纠缠的李洛面色一变："糟糕，被发现了！"

蚀灵真魔难缠得超乎想象。

十指血掌破空而来，浓郁的血腥气息弥漫天地，血掌拍下，空气流动似乎都停止了，李洛身处其中，犹如陷入蛛网的蚊虫。

这一掌蕴含着恐怖的力量，根本就不是李洛能够承受的。

"李洛！"

不远处，吕清儿、李灵净脸色剧变，急忙朝他疾掠而去，打算支援。

但来不及了，面对堪比封侯强者的攻击，她们不到小天相境的实力哪应付得了。

此时此刻，她们只能眼睁睁看着那恐怖的一掌对着李洛拍去。

咻！

就在她们的心头下沉的一瞬，原本被困住的李洛，背后突然有一对青色的羽翼伸展开来。羽翼一扇，李洛化为一道青色遁光，以一种难以想象的速度消失在了原地。

血掌拍下，虚空都崩塌了，李洛却出现在数千丈之外的天空。此时的他颇为狼狈，衣衫被血掌余波震碎大半，体内气血剧烈翻涌，嘴角甚至出现了血迹。

虽然避开了致命攻击，但封侯强者的一击，即便被余波波及也不好受。

他偏头看了一眼青色羽翼，这是当初他在圣杯战得到的一个奖励，名为"幻灵翼遁术"，乃一道三品王侯烙纹，此术没其他作用，就是能化为一道速度极快的遁光，刚才如果没有催动它，他必然不可能躲开。

"哦？速度类的王侯烙纹吗？但这能救你几次？"

蚀灵真魔见一击失手有些讶异，旋即目光投向李洛的另外一只手。这只手之前一直被李洛藏在袖中，现在衣衫被震碎，它便暴露了出来。

他的左手似乎握着一盏青铜灯，指尖鲜血不断滴落，落进灯内，透明的火焰燃烧起来。青铜灯散发出一股奇异的波动，这股波动正在融入天地，或者说融入灵相洞天，这就让李洛渐渐与这方洞天更加契合。

"原来如此。"蚀灵真魔恍然。

李洛竟然在借青铜灯以某种特殊秘法祭炼，让自己避开灵相洞天的规则，到时这方天地就会对他失去压制效果。

如果再有其他增加力量的手段，李洛就能打破小天相境的限制，如它一般肆无忌惮地使用力量。

不过看样子这种祭炼并不容易，所以李洛才会在暗中进行，拖延时间，打算等祭炼完成给它来个出其不意。

"差点给了你机会。"蚀灵真魔眼神阴冷，变得愈发残忍，虽然它不认为李洛打破了压制就能改变什么，但也不打算给他一丁点希望。它想看见的是李洛四人绝望的面孔。

"看你这王侯烙纹还能施展几次？"蚀灵真魔袍袖一挥，血海剧烈翻涌，又有一只巨手遮天蔽日地探出，同之前的巨手一起上下合力，恐怖的能量席卷天地，将这方虚空都压实了，人处于其中仿佛深陷泥沼。

李洛毫不犹豫地继续催动幻灵翼遁术，化为青色遁光出现在数千丈外，他手掌紧紧抓住青铜灯，身上的伤势越来越重，因为虽然躲开了致命攻击，但每一次血掌的余波依然震得他气血翻涌。

那可是等同封侯强者力量的一击啊，当真是擦着就伤、挨着就死。

"神木回春甲！"

李洛身上出现了一副青色战甲，包裹了身躯的每一个部位，同时散发出强烈的生命力，将他的伤口逐渐修复。

李洛眉头紧锁，看了一眼手里的青铜灯。祭炼之法正是白猿前辈告知他的，可是此法很烦琐，他从草庐出来后一直在悄无声息地做准备，原本是想等众人聚齐，待他暗中完成祭炼后再去寻蚀灵真魔，但没想到后者来得如此迅速，根本不给他时间。

蚀灵真魔以同伴为傀儡，想坐看他们自相残杀取乐，李洛虽然愤怒，但这其实也给了他拖延时间的机会……可惜，他低估了蚀灵真魔的敏锐知觉，它竟然察觉到了他隐藏的细微异动。

"果然，封侯之下皆为蝼蚁。"李洛暗叹。如果不是幻灵翼遁术的速度极快，蚀灵真魔的两手可能真的取了他性命。

嗷！

正在李洛狼狈时，他手腕处的猩红镯子震动起来，充满杀伐气的狼啸声隐隐传出，是三尾天狼在暴动。它察觉到了蚀灵真魔的威胁，也明白李洛此时的险境。

李洛如果死在了这里，它的下场也不会好到哪里去，所以三尾天狼有些急躁，狂暴的能量源源不断地涌出来，却因为灵相洞天规则压制，超出的能量根本无法帮助李洛。

"别急别急，再等等！"李洛感应到三尾天狼的暴动，赶紧安抚。

谁知，又有弥漫着恐怖威势的攻击席卷而来，李洛只能继续催动幻灵翼遁术逃窜，只不过王侯烙纹乃消耗物，再来几次，恐怕就会因能量耗尽而消失。

李洛被追杀得上蹿下跳，这般狼狈模样他已经许久没有体验过了。

但没办法，面对封侯强者，他没有太多制衡手段，唯一可用的或许是金玉玄象刀深处的王者印记，但那是绝地翻盘的最后底牌，在没有摸清蚀灵真魔的底细前轻易动用，万一被它以避死之术逃开，他就彻底没了指望。

当李洛被追杀时，李灵净、吕清儿、秦漪面色焦急，她们没想到，一直坐视他们自相残杀的真魔竟然会突然对李洛出手。

"李洛定然有什么手段能对真魔造成威胁，它才会直接出手。"秦漪的声音传入李灵净、吕清儿的耳中。

"我们得帮他！"吕清儿立即道。

李灵净的眼中掠过阴冷之色，纤细五指紧握青蛇杖，心中生出一股戾气，又弥漫着浓郁的杀机。

她想帮李洛，但凭现有的力量无法对一号异种造成威胁。她需要更强的力量！

李灵净看了一眼秦漪与吕清儿，眼瞳里出现一抹赤红，一个莫名的声音在她的脑海里响起。

"吃了她们，增强力量！"

李灵净眼神变幻，数息后她深吸一口气，压制下翻滚的负面情绪，同时伸手摸了摸怀里，那里有一个封印着二号异种的玉瓶。

在李灵净陷入挣扎的时候，吕清儿看着血海，突然道："真魔始终漂浮在血海上，即便对李洛出手都没有离开，我感觉，血海于它而言应该是非常重要的存在。或许，这就是它能无视灵相洞天规则压制的关键所在。"

秦漪与李灵净闻言神色一动，这个推测有些道理。

"但就算知道这片血海是关键，我们也奈何不得它。"秦漪沉默了数息，道。

她们虽然施展秘法手段大大提升了实力，但也没有超出小天相境的范畴，以这种实力想要撼动汪洋血海似乎不太可能。

吕清儿凝视着血海，又看了一眼远处不断遁逃的李洛，似乎做出了某种决定，只见她银牙一咬，平静中仿佛蕴含着凛冽冰雪风暴的声音传出。

"这片血海，我来把它冰封了！"

第一〇三四章
冰封血海

吕清儿的声音落下,李灵净、秦漪对她投去了惊诧的目光。

"清小姐能冰封这片血海?"秦漪感到不可思议。血海乃真魔所化,想要冰封,恐怕唯有封侯强者才能做到。

吕清儿身后的寒冰双翼轻轻扇动,道:"当然不是靠我自己的力量,只是利用一些保命底牌而已。"

秦漪道:"使用这种逆天之术恐怕付出的代价不小吧。"

吕清儿微微沉默,她看着逃窜的李洛,没有犹豫地道:"总不能看着李洛死在我眼前。"

秦漪眸光微动,她打量着吕清儿,对方雪白的肌肤上流转着晶莹之光,冰肌玉骨一词仿佛是为吕清儿量身打造的,精致的容颜,窈窕的身姿,如此人儿连向来孤傲的秦漪都在心里轻赞一声。

"李洛龙首有你这样的朋友,是他的运气。"秦漪道。

吕清儿摇摇头,神色复杂:"我并没有什么能力,帮不了什么,如果是他的未婚妻在这里,想来就算是真魔,也定然没可能将他逼得如此狼狈。

"她一直将李洛保护得很好,有她在,李洛就不会出事。"

如当初大夏之变,即便洛岚府面临那般绝境,甚至还有沈金霄的袭击,姜青娥都宁可祭燃光明心,也没有让他伤到李洛。

说到此处,吕清儿扫了李灵净与秦漪一眼,两女的神色都微微一动。

秦漪眼波流转,微笑道:"已经不止一次听说李洛龙首在外神州有一位未婚妻,难道是真的?不过不管他的未婚妻是否存在,也不至于让清小姐如此妄自菲薄。"

在她看来，吕清儿已经是同辈中的顶尖人物了，不论容颜气质还是显露的手段，莫说在外神州，就算在天骄如云的内神州都是璀璨夺目的。而正因为吕清儿太优秀，对李洛那位能令吕清儿都黯然失色的未婚妻，秦漪方才抱着不相信的心态。如果真有那样的人，又怎会出现在贫瘠的外神州？

她以为这只是吕清儿的谦逊之言，也是为了给李洛面子，毕竟，他们男人最在意这些东西。

吕清儿在与秦漪说话的片刻，她皮肤上的冰霜纹路开始变得愈发明亮，一股可怕的寒气正渐渐从其体内释放，看来她早就在做着准备。

"以后你会遇见她的，如果那时候你仍与李洛作对，你就会感受到什么叫作全面压制。"吕清儿淡笑道。

秦漪轻轻颔首，不动声色地道："我倒是有些期待。"

秦漪感觉到了吕清儿言语间的戏谑，并未因此动怒，但也被激起了一点好胜心。她虽然看上去温婉可人，但内心的骄傲不弱于任何人，她不觉得自己会比别的女子差。

全面压制？她可不信。

李灵净没有参与两人的对话，即便听到吕清儿说李洛的未婚妻，她也没有多少情绪波动，纤细五指只是握着青蛇杖，眼眸深处既冰冷又阴沉。

"两位，还请帮我拦住他们。"

吕清儿玉手结成印法，如冰湖般的眼瞳里有冰蓝色扩散，瞳孔映着被操控的李武元等人。

话音落下，她不再多言，双掌变幻出令人眼花缭乱的印法，一股可怕的寒气陡然自其体内爆发，甚至连虚空都被冻结了。李灵净、秦漪连忙后退。

吕清儿红唇间喷出一缕冰蓝气雾，她感受着体内渐渐被释放的冰寒力量，眼眸闭拢。

"圣种之力，冰神迹。"一道低语声自吕清儿心中响起。

这就是她最后的底牌，在族里接受了圣种的考核后，她体内遗留了一缕圣种之力，只不过这股力量太霸道，她根本无法操控，所以她现在要做的就是将这股力量粗暴地释放出来。

但正如秦漪所说，这种手段必定会付出极大的代价，圣种之力冰封一切，自然也会冰封她自己。而且这种从内到外的冰封手段无法解除，谁也无法预料会不会真的一冻不醒，吕清儿此举无疑有些冒险。

但眼下情势危急，她顾不得其他了。

愈发恐怖的寒气席卷而出，吕清儿背后的寒冰双翼一动，便直接对着下方的血海俯冲而去。

咻！凛冽寒风呼啸而过，犹如在天际挂起了一条冰河。

扑通！

数息后，吕清儿径直冲进血海深处，无数诡异的低语声涌入心间，令人心烦意乱，但此时她内心弥漫着冰寒，低语污染自然无法干扰她，恐怖的寒冰之力陡然爆发。

咔嚓咔嚓！寒冰之力所过之处，翻涌的血海顿时凝固，化为血红色的冰层。

而后寒冰以惊人的速度扩散，短短十数息，原本剧烈翻滚的血海便化为了一条看不见边际的寒冰山脉，翻涌的巨浪甚至在跃起的瞬间凝结成了一座座百丈冰山。

天地间的温度骤然降低，血浪的呼啸声也戛然而止。

高空上，已经使用了最后一次幻灵遁术的李洛望着镇压而来的巨大血掌，一手握住了金玉玄象刀，在没有王侯烙纹的速度加持后，他不可能避开蚀灵真魔的攻击。

如果不得已，就只能提前动用王者印记了。

就在李洛抓紧刀柄、准备动手的那一瞬，血掌突然震动起来，然后凭空化为漫天血雨，呼啸而下。

李洛被淋了个满身，看上去更加狼狈了。他一脸愕然，不明白为何这关键的一击突然消散了。

此时他才感觉到下方的剧变，低头一看，血海竟然变成了一座座冰山。

"好可怕的寒冰之力，是清儿？！"

李洛心头一震，升起了不妙的感觉。他目光扫过冰层，最后盯在一处，在寒冰深处，他见到了吕清儿的身影。

她蜷缩着身子，寒冰从体内弥漫出来，将她彻底冻结，远远看去，仿佛凝固的天使冰雕。

显然，是吕清儿爆发了特殊的力量冰封了血海，她自身也因此陷入了冰封之中。

李洛生出浓浓的担忧，但他明白，这是清儿为自己争取的宝贵时间，他只能按捺下忧心，加快速度祭炼青铜灯。

与此同时，远处的蚀灵真魔因为血海被冰封变得震怒，它完全没想到，这四个在它眼里如蝼蚁般的存在，竟然会给自己带来巨大的麻烦。

正如吕清儿猜测的那般，血海对蚀灵真魔极其重要，它需借此血祭通过金露台的人，才能屏蔽灵相洞天的压制，而今血海被冰封，它体内的污染能量变得紊乱起来。同时天地规则对它的压制又开始出现了，虽说还很弱，但终归不是个好兆头。

蚀灵真魔杀意大盛，它知道今天不能再玩了，必须尽快解决这些蝼蚁。

它眼神阴冷诡异地盯着李洛，首先要除掉这个人。

想到此处，它化为残影暴射而出，磅礴的污染能量遮天蔽日地涌现，仿佛天灾降临，另外又催动那些被操控的傀儡，过去纠缠住李灵净、秦漪。

李灵净见到蚀灵真魔本尊对李洛出手了，眼神一变，对着秦漪道："能拦住他们吗？"

秦漪看着暴射而来的秦鹰、李武元等人，轻叹了一口气，道："清小姐都付出了这般代价，我自然会全力出手。这些人交给我吧。"

"只不过此后我将无再战之力，后面只能交给你们了。"

局面到了这时不是你死就是我活，秦漪明白，想要活命，就要拿出最后的手段了。

她一步踏出，足下水波荡起涟漪，身后那轮明月变得愈发皎洁，她抬起手，一颗绽放着玄光的蓝色水珠出现，正是她的浩瀚重水珠。

秦漪的指尖滴下精血，落在浩瀚重水珠上，顿时将它染成了血红色。

做完这些，她玉手一抬，浩瀚重水珠飘落到身后的明月之中，又出现了裂痕，直至最后彻底化为粉末。

浩瀚重水珠消失，秦漪的脸色变得苍白。身后的皎洁明月是她的保命之术，施展此术会大量消耗精血，一个不慎甚至会影响根基。

这次之后，即便她有下九品水相的修复能力，恐怕也会陷入一段时间的虚弱期。

"水月洞天，九曲天水。"

秦漪手托玉净瓶，屈指一引，玉净瓶与明月形成连接，好似一个泄洪口，下一瞬，清澈明亮的水流自瓶口倾泻，化为天河之水席卷虚空，也将冲来的秦鹰、李武元等人卷了进去。

第一〇三五章
自爆天珠

当秦漪拦截李武元、秦鹰等被操控的人时，李灵净也化为流光暴射而出，她手握青蛇杖，直冲蚀灵真魔而去。

蚀灵真魔因为血海被冰封，自身受到了不小的影响，它原本凭借血海来遮蔽灵相洞天的规则压制，现在身上自然出现了破绽。

因此从蚀灵真魔体内散发出的恐怖威压在不断减弱，它的实力无疑是在锐减。

咻！

一道碧绿毒光匹练贯穿天际，挟着异香轰向了蚀灵真魔。

感受到袭来的攻击，蚀灵真魔身影一顿，它伸出手掌，掌心血肉蠕动，竟化为一张扭曲的人面，人面张嘴嘶啸，喷出一道充满着污染气息的黑光。

黑光与毒光相撞，毒光被迅速消融。即便蚀灵真魔的力量被大大削弱，但依旧远远超过了九星天珠境的李灵净。

不过李灵净并未畏惧，她身影一闪，就挡在了前方。

蚀灵真魔望着李灵净，脸上现出一抹异色，忍不住伸出猩红如芯子的舌头，舔了舔嘴唇，阴冷的声音响起："三号，你我皆是异种，结果你现在竟然会去保护一个人族，真是可笑。"

李灵净眼神阴鸷地盯着一号异种，淡淡地道："不要将你与我相提并论，你只是一个连自我都不知道的废物，你已经沉沦在无数负面情绪之中，现在的你可还记得自己曾经的名字？"

蚀灵真魔怔了数息，眼神似乎有些茫然，它的确已经不记得自己的名字了，那它究竟是谁？

茫然持续了一会儿，陡然有无尽的负面情绪涌出，它的面庞愈发扭曲与诡异，眼神垂涎地盯着李灵净："三号，你的确很独特，正因为如此，我今天必定要吃了你！"

"吃了你，我就会成为最完美的蚀灵真魔！未来甚至会成为异类的王！"

话音落下，蚀灵真魔张嘴一吐，一道数百丈大的血光喷出，血光内伸出一只巨大的惨白手掌，掌心血肉蠕动着，渐渐钻出一根尖锐的血肉骨刺。

嗡！

血肉骨刺洞穿虚空，以一种难以想象的速度朝着李灵净袭杀而去。那攻击凌厉至极，所过之处连虚空都被割裂。蚀灵真魔虽然因血海冰封而导致能量削弱，但出手的威势依旧强到可怕，远非小天相境可比。

李灵净身形暴退，碧竹青蛇杖挥出无数道毒光，然而毒光匹练与血肉骨刺一接触便被消融，他们之间力量等级的巨大差距显而易见。

李灵净见状深吸一口气，眼眸渐渐变得赤红，浓郁的杀戮、暴戾情绪升起，然后，她单手结出一个印法。

嗡嗡！

她的身后，九颗璀璨的天珠疯狂震动起来，血红色扩散，短短片刻间，九颗天珠竟完全转化成了血红色。

血红光珠转动，猩红的颜色刺得人眼睛都睁不开。

李灵净原本绾起的长发此时如瀑布般倾泻，垂至纤细的腰肢处，发丝随风而动时，让她很有些魔女的味道。

李灵净身后，巨大的玄蛇浮现，玄蛇原本黝黑的蛇鳞也被染成了血红色，远远看去仿佛吞天血蟒。

面对可怕的蚀灵真魔，李灵净顾不得其他，只能施展出一切手段，因为她必须拦住它，为李洛争取时间。

李灵净手握青蛇杖，直接迎上了血肉骨刺，血红玄蛇游荡而下，缠绕在蛇杖上。

她挥动杖身，带起磅礴的能量，玄蛇长嘶，与巨大骨刺硬撞在一起。

当当当！

短短片刻，双方在高空便交锋了十数次，每一次青蛇杖与血肉骨刺的碰撞都会爆发出可怕的冲击波，甚至令虚空崩裂出道道裂纹。

每一次蛇杖之上的血红玄蛇都会发出痛苦的嘶啸，但李灵净不为所动，已经变得血红的眼瞳里满是疯狂的杀意。

随着她一次次近乎疯狂的攻击，最后一次杖影落下时，血肉骨刺终于轰然爆碎。

李灵净闪退，长发飘动，握着青蛇杖的手掌满是鲜血，刚才的交锋，光是反震之力就令她掌心崩裂。

"三号，你也曾沉沦于黑暗，没想到竟然会以蚍蜉撼树的姿态去保护一个人，你明知道你我之间力量悬殊，再打下去你会死的。"蚀灵真魔眼神怪异地瞧着李灵净，道。

"你虽然还保持着自我，但你终归是一个无情的人，这种情感对你而言太多余了。"

李灵净眼眸微垂，猩红的眼睛里杀机暴戾流转，她紧握青蛇杖，杖身传来的冰凉触感让她内心深处泛起了一缕波澜。

蚀灵真魔不懂，正是因为她见过绝望的黑暗，才想要保留最后一缕光。

那缕光是路标，也是寄托。

在西陵李氏荒废的后院，枯坐在轮椅上等待神志消散的她，见到了那个突然来到眼前的少年。那一瞬间，李灵净在他身上看见了希望的曙光，于是她递出玉佩，下定了殊死一搏的决心。

那一缕光是李洛。

失去了这缕光，她就再不是李灵净了，而是……蚀灵真魔。

李灵净握紧青蛇杖，面无表情，身后的九颗血红天珠突然有一颗发出了破裂的声音，似乎是因为疯狂压缩崩碎了，可崩碎之后却有一股惊人的能量轰然爆发。

李灵净自爆一颗天珠，以此换取短时间内力量的增强，这是天珠境强者最后的手段。

"螳臂当车，无可救药。"蚀灵真魔见状，漠然地摇摇头。

它额上的两只黑角蠕动起来，角尖处两颗血红的眼球缓缓睁开，里面好像有重影一般，不断出现一个又一个瞳孔，宛如无尽变化的万花筒。

"无尽死眼！"

血红眼球震动，一道纯黑色的死光喷出，所过之处，一切皆被湮灭，甚至连天地能量都变成了死寂的状态，不复活力。

李灵净深吸一口气，碎裂天珠带来的狂暴能量被她尽数灌注于青蛇杖。杖身上的三枚紫眼变得耀眼起来，下一瞬，杖身化为一条巨大的青蛇。

青蛇盘踞，将李灵净守护在里面，此为青蛇座！

轰！

死光穿过虚空而至，轰在青蛇身上，青蛇嘶啸，蛇鳞开始迅速融化。

李灵净眼神微沉，然后毫不犹豫地再次自爆一颗天珠！

轰！

狂暴能量呼啸而出，为青蛇加持。

"垂死挣扎。"蚀灵真魔的笑容狰狞，又是一道死光自魔角眼球里喷出，将青蛇撕开了巨大的口子。

面对蚀灵真魔的可怕攻击，李灵净始终面无表情，即便嘴角溢出了血，她也毫不在意。

她一颗又一颗地自爆天珠。

轰！轰！天珠的爆炸声不断响起。

远处，正缠着其他人的秦漪忍不住投去目光，有些动容。如此自爆天珠，李灵净就不怕伤及根基吗？李洛……值得她如此拼命吗？

秦漪的眼神略显复杂。

当天珠自爆到第四颗的时候，李灵净的情况已非常糟糕，鲜血自嘴角不断溢出，顺着尖尖的下巴不断滴落。

轰！

此时，漆黑的死光已彻底将青蛇撕裂。

李灵净知道，再自爆天珠也无法阻拦对方的攻击了，于是她玉手一握，一个玉瓶出现在手中。

轰隆！

死光贯穿而来，青蛇彻底崩碎，最后化为暗淡的青蛇杖从天而坠。

余波将李灵净震得倒飞出去，她望着追击而来的漆黑死光，忍着体内剧烈翻涌的气血，就要捏碎玉瓶，吞食里面的二号异种。

死光在眼里急速放大，而就在这一瞬，李灵净突然撞到了什么，再然后，她就感觉到一只有力的手臂揽住了自己的腰肢，体内肆虐的狂暴力量也被尽数化解。

李灵净惊愕地抬头，见到了那张熟悉的俊逸面庞，正是李洛。

此时的李洛浑身升腾着凶煞的猩红能量，原本灰白的头发变成了血红色，一股恐怖的威势如同飓风一般于天地间升起。

他一只手揽住李灵净，另一只手持刀，随意地斩下。

嗡！

那一瞬，一道刀光乍现，刀光猩红，充满着煞气的狼啸音震荡天际，天穹仿佛都被斩开了。

刀光划破虚空，与死光相撞，瞬间，死光就破碎了，化为漫天光点。

狂风呼啸，天空上，李洛手持直刀凌空而立，眼神狰狞、暴戾地盯着远处的蚀灵真魔，声如暴雷。

"狗东西，嚣张够了吗？

"是不是该轮到我了？！"

第一〇三六章
大虚归湮

李洛的喝声如雷暴响起，远处正在竭力阻挡李武元、秦鹰等人的秦漪投来震惊的目光，特别是当她感受到李洛爆发出的恐怖威势时，脸色忍不住变幻。

"封侯之力？！"秦漪失声叫道。李洛散发出的能量波动已远远超越了大天相境，必然是属于封侯境的力量！李洛竟然还藏着这般底牌？难道他真的突破了灵相洞天的规则压制？！

秦漪眼神复杂，这李洛……真是令人看不透。

不过，李洛有这般底牌，今日总算有了破局的希望。

与此同时，蚀灵真魔面色阴沉，它恼怒至极，这个小子果然藏着一手，难怪能让它感觉到危险气息。

如今血海被冰封，它的实力减弱，李洛却具备了封侯境的力量，局势顿时反转了。

李洛将入侵李灵净体内的狂暴力量化解后，松开了手臂，他看了一眼她自爆的数颗天珠，轻声道："灵净堂姐，多谢了。"

如果不是她这么拼命，为自己争取了一点宝贵时间，恐怕局势会更凶险。

李灵净脸色苍白，她摇摇头，伸出手一抓，之前坠落的碧竹青蛇杖飞回。她看了看杖身上的裂纹，眼中闪过一抹心痛，然后将它小心翼翼地收起。

"需要帮忙吗？"李灵净又悄无声息地收起玉瓶，然后说道。

李洛哀求道："灵净堂姐，你的风头已经出得够多了，给我留一点吧，不然风华榜记录的就只有一句'李灵净风姿无双，李洛是无耻挂件'了。"

听到这话，饶是李灵净的性子，都想用青蛇杖敲一下李洛的脑壳，当即没好气地道："谁想要出风头，你想要全给你好了。"

不过被李洛一打岔，李灵净的情绪缓和了一些。

李洛笑眯眯地转过头，目光投向蚀灵真魔时，眼里的煞气便再也遮掩不住，满是杀机。

猩红镯子里疯狂涌出的凶煞能量正将他的身体冲击得传出剧烈的刺痛感，三尾天狼愤怒的咆哮声不断在他脑海里响起。

显然，之前的种种也让三尾天狼惊怒无比，如果李洛被蚀灵真魔所杀，那它也会受到前所未有的重创。

可是因为有灵相洞天的压制，它无法用全部力量加持李洛，只能憋屈地在镯子里干等着，如今李洛终于化解了灵相洞天的压制，根本不待李洛招呼，三尾天狼就已经迫不及待地将力量尽数灌注过去。它怕晚一点李洛就被搞死了，还连累它。

"莫急，接下来就到我们表演的时间了。"

李洛皱眉安抚着，三尾天狼的猴急粗鲁真的很让人无奈，如果不是打不过，他真想一巴掌拍过去，懂不懂什么叫作循序渐进。

想着这些，李洛盯着蚀灵真魔的眼神愈发森寒，到了这个地步，可以免去试探了，他现在要做的，就是以雷霆之势直接将它轰杀。

啪！

李洛双手合拢，印法变幻，他直接引动了体内的众相龙牙剑阵。

嗡！

刹那间，天地间有嘹亮的剑吟声响起，无数剑气自他体内呼啸而出，而后于上空凝结成一座古老、晦涩、神秘的剑阵。

当剑阵出现的时候，整个天地间的能量仿佛都剧烈波动起来，剑阵散发的凌厉剑气令虚空不断震颤。

剑阵之中，两柄龙牙剑静静悬浮着，一蓝一绿，剑芒交织，一股恐怖的波动散发。

这是李洛第一次召唤出众相龙牙剑阵，以前他只是以龙牙剑杀敌，可面对蚀灵真魔，李洛不打算有任何保留。

普通的龙牙剑攻击未必能将它重创，异类的生命力太变态了。唯有以剑阵对敌，才有把握击杀蚀灵真魔。

李洛面无表情，体内磅礴的能量如潮水般涌出，灌注剑阵，令它愈发明亮。

剑吟响彻。

剑阵出现的时候，远处的蚀灵真魔面色骤变，因为它感觉到了一种毁灭般的气息，剑阵给它带来了无与伦比的危险味道。

这一刻，蚀灵真魔不敢再掉以轻心，它化为残影，疯狂暴退，同时张大嘴巴，惨白的手掌伸出，结出诡异的印法。

轰！轰！

当印法结成的瞬间，只听见冰封的血海里突然传出低沉的爆炸声响，仔细看去，竟然是里面的尸骸爆碎开了。

尸骸爆碎，化为一道道血光冲天而起。

蚀灵真魔张嘴一吸，无数血光被吞入，它原本因为血海冰封而削弱的力量再次节节攀升。

它利用这种方法，短时间内提升了力量。李洛对此没有任何意外，而且也不在意，他以三尾天狼的全部力量催动众相龙牙剑阵，这一击绝对有斩杀封侯强者的力量。

他印法一变，剑阵内，水龙牙剑与木龙牙剑剧烈震动起来，下一瞬，两道剑光喷出。

剑光于剑阵之内流转，轨迹十分玄妙，远远看去，犹如两条龙在登天而行，两道剑光竟然出现了融合的迹象。

这一刻，李洛感觉到体内的能量在以恐怖的速度消失，他暗暗咋舌，众相龙牙剑阵的消耗实属惊人，如果没有三尾天狼，他觉得就算自己身怀三座相宫，也未必能召唤出剑阵。

李洛的目光紧紧盯着融合的剑光，这才是众相龙牙剑阵这道无双雏术真正厉害的地方。

"呼。"

李洛深吸一口气，印法一凝，低喃声响起。

"众相龙牙剑阵！双相龙牙，大虚归溟剑光。"

两道剑光消散，取而代之的是一道约莫百丈的灰黑色剑光，它静静流动着，宛如流水，然而当它淌过时，空间被悄无声息地划开了幽深的裂痕。

李洛注视着灰黑色的剑光，他感受到了一种无法形容的危险气息，好像正如其名，能够将任何物质都归于虚无。

这就是……真正的众相龙牙剑阵吗？

李洛伸出手指凌空一点，下一瞬，大虚归湮剑光就消失在了剑阵中。

它消失的瞬间，远处的蚀灵真魔浑身有了一种刺痛感，这一刻，它生出了大难临头的感觉。

于是，它一声咆哮，化为无数道残影疯狂暴退，头顶的魔角之眼流出漆黑的血液。

然而再快的速度都没用，前方的虚空突然破裂开来，灰黑色的剑光悄无声息地出现，然后直接斩下。

剑光落下，一切湮灭。

砰！蚀灵真魔疯狂尖啸，两颗魔角之眼直接爆碎开来。

"无尽死眼！"

尖啸声中，两道漆黑的死光陡然自破碎的眼球里射出，蕴含着浓郁的死气，比起此前攻击李灵净时不知强悍了多少。

死光直接与落下的灰黑色剑光碰撞在一起。

然后……令蚀灵真魔亡魂出窍的事情出现了，凝聚了它最强力量的死光竟然在接触的瞬间就直接化为虚无。

蚀灵真魔的眼中有恐惧涌出，然而还不待它说什么，大虚归湮剑光就已经划破了虚空，穿过了它的身躯。

蚀灵真魔暴退的身影陡然停止。它低头，看见自己的胸膛处出现了一抹黑线，它正在以惊人的速度扩散，所过处不论是血肉还是骨骼都凭空消失了。

身为异类，蚀灵真魔的生命力顽强得超乎想象，可这一次，一种恐怖的毁灭之力在它体内扩散，将一切生命力都湮灭了。

短短数息，蚀灵真魔就彻底消失了，是真正的消失，尸骨无存！

望着这一幕，李灵净与秦漪震惊不已，李洛的那道剑光竟然恐怖到这种程度！

一剑灭真魔！

第一〇三七章 再起变故

冰冻的血海随着蚀灵真魔的身躯烟消云散，这片天地都变得安静了。

原本被秦漪缠住的李武元、秦鹰等人，因为蚀灵真魔力量的消退，眼里的血光开始消散，然后如断翅的鸟儿般纷纷坠落。

秦漪玉手一抬，清泉凭空涌出，接住了众人。

然后她失神地望着蚀灵真魔消失的地方，喃喃道："一道剑光直接灭杀真魔了吗？"

秦漪清楚异类有多难斩杀，但李洛的剑光蕴含着一种恐怖的力量，竟然能够湮灭异类的生机。

秦漪看了一眼李洛头顶正在渐渐散去的神秘剑阵，它散发出来的波动令她感受到了刺骨寒意，甚至多看几眼，眼睛都会被散逸的剑气刺得生疼。

李洛的剑阵必然是一道品阶极高的封侯术！

秦漪一声轻叹。她还记得数月前的龙池之争时，李洛虽然借助青冥旗的合气大放异彩，但相力等级还是落后于同辈的顶尖天骄，可到了如今，他的三星天珠境已不遑多让，而且种种深不可测的手段更是让人心生忌惮。

李洛才回龙牙脉一年而已，若再等两年，莫说同辈，恐怕上两辈的天骄都未必能压制他。

灵相洞天出现这种天骄，之后定会在天元神州引起关注，李洛也会随之声名鹊起。

在秦漪心思转动的时候，李洛重重地吐了一口气，他眼底赤红一片，心里的杀意也翻滚不休，这是因为三尾天狼的力量太过凶煞。

与青冥旗的合气相比，三尾天狼的力量更霸道，因为八千旗众虽然合为一体，但只输出纯净的相力，而三尾天狼的力量却充斥了它的意志。

幸得三尾天狼与李洛达成了一致，否则它若是反抗，李洛的后遗症会变得更严重。

"总算解决了。"李洛自语着，眼神疲惫。

"不，它还没死透！"

就在此时，身后的李灵净突然出声。

李洛闻言面色剧变，他明明已经感觉到蚀灵真魔的气息完全消散了，怎么还没死透？

李灵净没有多说，她的眸光扫视这方天地。一号异种的肉身的确消失干净了，但它的气息还有一点隐晦的残留，如果不是因为她对异种太熟悉，恐怕也无法察觉。

李灵净身影一动，对着前方疾掠而去，李洛见状赶紧跟上，他原本还打算散去三尾天狼的力量，眼下只能再咬牙坚持一会儿了。

两人掠出了一段距离，李灵净降下身子，落在冰冻的血海上。

她眸光死死地盯着冰块深处，那里有一具扭曲的骸骨，被寒冰包裹，没有任何异动传出。

李洛却没有任何迟疑，直接一刀斩出，血色刀光将冰层迅速割裂，划向骸骨所在的位置。

就在刀光迅速接近时，一直没有动静的骸骨猛地一颤，下一瞬，一道血光自骸骨内暴射而出，然后以一种惊人的速度破空而去。

李洛看得仔细，血光里似乎是一个巴掌大小的血红肉球，肉球上冒出了一张张诡异的面孔，发出令人心悸的尖啸声。

血红肉球跑得快，但李洛早有准备，一道磅礴凶煞的能量席卷而出，犹如囚牢一般直接把它困住了。

肉球上的面孔喷出黑色烟雾，传出凄厉的惨叫声，烟雾侵蚀着能量囚牢，试图逃脱。

但这是无用功，蚀灵真魔的本体被消除，力量已大大减弱，如果它没被发现，还有机会悄然溜走，但可惜，它被李灵净揪出来了。

"看来你的命该绝于此处。"李洛望着剧烈挣扎的蚀灵真魔，淡淡说了一声，然后催动磅礴凶煞的能量对着肉球席卷而去。

在这等能量的侵蚀下，那些扭曲面孔渐渐被熔化，片刻后，血红肉球再没了动静，静静地悬浮在那里。

李洛瞧着，便掏出金玉玄象刀，准备将它彻底毁去。

"李洛，将它交给我处理吧。"此时，李灵净突然说道。

李洛一怔，看向李灵净正色道："灵净堂姐，这东西太邪门了，你留着恐怕是个隐患。"

李灵净眼带犹豫。

李洛见状则直接一刀劈向血红肉球，他知道李灵净的打算，可蚀灵真魔太诡异了，他不想李灵净再与它有牵扯。

然而，就在即将劈中的那一瞬，肉球突然裂开一道缝隙，紧接着一只干枯的手掌冒了出来，对着李洛斩下的刀光轻轻一拍。

砰！

蕴含着三尾天狼全力一击的刀光竟然直接破碎，金玉玄象刀也爆发出刺耳的哀鸣。

李洛被震得不断后退，周身凶煞能量剧烈翻涌起来。

猩红镯子里，三尾天狼猛地从匍匐状态站起，浑身毛发竖起，獠牙利嘴里发出低沉的咆哮声。这一瞬间，连它都察觉到了一股难以形容的危险气息。

"情况不对，快退！"

李灵净一把抓住李洛的手腕，急忙后退。

李洛难以置信地望着干枯手掌，这东西竟然轻易挡下了三尾天狼的力量？！它究竟是什么？！

在李洛、李灵净暴退的时候，血红肉球中响起了一道如从幽冥深渊传出的沙哑的声音："小子，她说得对，这东西交给她就好了。"

随着声音响起，又一只干枯手掌冒出来，紧接着，两只手掌一用力，李洛便惊骇欲绝地见到，一道人影硬生生从肉球里钻了出来。

来人身披黑袍，黑袍上铭刻着一只血红色的眼睛，犹如活物一般不断转动着，无尽的邪光散发，光是看一眼就让人内心生出了无数邪念。

他身形佝偻，模样看上去是一个慈眉善目的老人，但他的出场方式却让李洛惊怖异常。

从蚀灵真魔本体钻出来的东西能是善类？！而且刚才一刀之下，李洛已明白，这诡异老人绝非他们所能抗衡！

李洛惊骇万分，心里对镇守在灵相洞天门口的各大势力强者破口大骂：怎么什么东西都能放进来？！

在李洛惊得呆住了时，身披血目长袍的诡异老者抬起了面庞，他并未在意李洛，而是将目光投向李灵净，眼神中充满令人毛骨悚然的欢喜之意。

"三号，还记得我吗？"诡异老人微笑着问道。

李灵净望着老人，脑海里的记忆突然剧烈翻涌起来，一些尘封的东西被打开了。

很久之前，她前往西陵暗域历练，那时候她还是西陵贵女，有着无限美好的前程。

在暗域，她与一头异类进行了一场殊死之战，正当她斩杀了异类的时候，眼前的老人也以刚才这种方式，从异类体内伸出了手掌，在她的眼皮子底下生生钻了出来。

记忆中，老人对她露出了一个和善的笑容，然后她的视线就渐渐变得黑暗，再度清醒过来时，一切都变了，西陵贵女变成了一个浑浑噩噩等死的人。

李灵净的眼睛瞬间变得血红。就是眼前这人，将她变成了如今的模样！

望着李灵净的眼睛，老人笑了，温和的声音传来。

"自我介绍一下，我来自归一会。

"你们可以叫我……灵眼冥王。"

第一〇三八章
灵眼冥王

"灵眼冥王。"

当披血目黑袍的老者说出这句话的时候，李洛的头皮仿佛在这一瞬间炸开了，如潮水般的恐惧顷刻间自心灵深处涌出，竟然是一名王级强者！

李洛无法理解，灵相洞天不是有规则压制吗？连封侯强者都很难进来，怎么能混进一个王级强者？！

好像是感应到了李洛的想法一般，灵眼冥王的声音刚落，天地能量突然剧烈躁动起来，一股股恐怖威压正在迅速凝聚，针对的目标赫然便是灵眼冥王！

天地能量汹涌而至，凝结成一枚枚玄奥的能量符印，这些符印古老晦涩，纷纷朝着灵眼冥王镇压过去。

面对来自灵相洞天的排斥与攻击，灵眼冥王则呵呵一笑，黑袍上的血瞳散发出滚滚血雾，升腾间在其上方形成了一片血红色庆云，将那些符印尽数接下。

两者碰撞之处，虚空悄无声息地破碎开来，隐隐散发出的一丝丝余波都令李洛感觉到了毁灭般的气息。

灵眼冥王笑呵呵地道："灵相洞天的规则压制的确不同凡响，老夫以如此隐秘的方式潜藏进来，还是被察觉了，所幸来的不是老夫的本体，否则真要大费一番手脚。"

"眼下嘛……支撑一段时间倒是问题不大。"

他看向李灵净，笑道："三号，从你恢复自我的那一刻，老夫就一直在关注你，你真的让我很意外，原本以为你只是我的实验体里比较普通的一个，但没想到，你竟然给我带来了如此巨大的惊喜。"

"你拥有完美的潜质。一号、二号与你比起来，只是无聊的残缺品。"

他的眼神狂热："所以这一次，我亲自来了。"

当他这句话落下的瞬间，李洛一把抓住李灵净的手腕，然后疯狂暴退。

然而下一瞬，李洛的面色陡然变化，因为他发现自己明明在带着李灵净逃离此处，与对方的距离却并没有变远，反而在不断朝着灵眼冥王靠近，犹如他在带着李灵净自投罗网。

这里的空间似乎都被灵眼冥王翻转了，王级强者的手段太匪夷所思了。

灵眼冥王笑眯眯地望着接近的两人，伸出干枯的手掌，就要抓向李灵净。

李洛见状，心头涌起无边怒意。老东西将灵净堂姐害成这般模样，竟然还不放过她，又想将她抓走！

"给我滚！"

李洛眼睛赤红，心念一动，猩红镯子里三尾天狼的力量被尽数抽出，加持自身。

这一次抽离乃李洛借猩红镯子内的封印奇阵强行而为，没办法，因为灵眼冥王出现时，三尾天狼就被吓得发抖，它只是封侯境的实力，面对一名王级强者自然是毫无战意。

狂暴的能量冲进李洛体内，他浑身的皮肤都裂开了，露出了血肉，身体更是传出了剧痛感。

但李洛无动于衷，他把所有力量都灌注在金玉玄象刀上，然后毫不犹豫地朝灵眼冥王劈下。

璀璨刀光带着森森寒意，脚下的冰层瞬间被斩裂。

然而，面对李洛这惊天一刀，灵眼冥王只是淡淡一笑，道："藏了一只封侯境的大精兽在镯子里吗？封印手法倒是精妙，不是一般人能做到的。但这些手段小孩子玩玩就罢了，怎么还想在老夫面前显摆？"

他笑着伸出手掌，一根手指探出，于虚空处轻轻一弹。

砰！

手指弹下，这片空间顿时爆碎开来，化为一片漆黑地带，无形的波动扩散，与李洛斩下的刀光相碰。那一瞬，刀光上的磅礴能量几乎是被摧枯拉朽地消融，看似凶煞的刀光，却连半点水花都没溅起。

李洛听见了细微的咔嚓声，他低头一看，面色大吃一惊，只见镯子竟然出现了裂纹，而且里面也传出了带着痛苦的狼啸声。

灵眼冥王的力量竟然传进了猩红镯子，伤到了隐藏在里面的三尾天狼！

随着三尾天狼被重创，原本自镯子内涌出的凶煞能量瞬间消失，连镯子都变得暗淡无光了。

他们之间巨大到无法形容的差距彻底显露。莫说李洛，就算是三尾天狼，在灵眼冥王眼里都如同蝼蚁一般。

三尾天狼的力量突然中断，李洛顿时变得极其虚弱。

"李洛，快走！"

李灵净察觉到李洛的情况，玉手一翻，便要将他震退，她知道灵眼冥王是冲着自己来的，李洛一直护着她，必定会引发对方的杀心。

一名王级强者，就算不是真身，也绝非他们所能抗衡的。

然而，李灵净这一掌却没有将李洛震退，相反，李洛伸出一只手，紧紧抓住了她的手掌。

李灵净看向李洛，却见到对方眼神坚定地摇摇头，低沉的声音传入她耳中："我不会让他抓走你的！"

李灵净心头微震。

李洛紧握金玉玄象刀，眼神疯狂，既然已是绝境，那就顾不得什么了，王级强者又如何！

李洛再没有丝毫犹豫，他的心神沉入金玉玄象刀深处，直接激活了隐藏在里面的王者印记。

无边无尽的金光涌出，刀身上原本斑驳的痕迹仿佛都在此刻被一种神秘的力量抚平了，古老的象吟声穿透遥远的时空传来。

恐怖的力量如洪流般蔓延，整个灵相洞天都震动了起来，无尽的能量以李洛手里的金玉玄象刀为源头不断涌来。

能量洪流贯穿天际，伴随着不断碰撞，里面诞生了无数神妙的符文，每一枚都散发着一种本源之力，这是天地能量极致凝炼的表现。

李洛的面色如古井无波，完全不理会双臂被消融的血肉，里面的骨骼甚至都出现了裂纹。天地能量太沉重，以他的肉身根本无法承受。

　　他将爆发出无尽金光的直刀对着灵眼冥王缓缓斩下，这片古老的平原悄然地被一分为二，甚至连天穹都由此裂开。

　　面对李洛这一刀，这一次，灵眼冥王苍老的脸庞终于出现了一抹惊愕之色。

　　"竟然是……王者印记？"

第一〇三九章 金刀血目

金色刀光斩下，被血色冰层覆盖的平原出现了一条数千丈长的深渊，可怖的破坏力可谓毁天灭地。

灵眼冥王眼神愕然地看着李洛这一刀，身为王级强者，他很清楚王者印记的分量，这绝非哪个王级强者随随便便就能留下的。它既需要王级强者付诸心血，也需要以一种与自身契合的寄托之物承载。

很少会有王级强者花费大量精力与心血来铭刻这种东西，所以当李洛施展出时，连灵眼冥王都感到了诧异。

"是李惊蛰给你的？但这股力量似乎与他并不相符。"灵眼冥王自言自语，然后轻叹了一口气，道，"原本以为会很轻松，结果还是得认真起来，被一个天珠境的小子逼成这样，真是笑话。"

他的目光终于从李灵净身上移开，投向了李洛。

灵眼冥王苍老的面庞变得漠然，他望着将大地与天穹都斩开的金色刀光，双目竟缓缓地闭拢了。

那一瞬，李灵净感觉到天地变得血红一片，连流动的能量都被染成了红色，而且好像已经不能再被吸收了，因为里面似乎掺杂了其他东西……是一种意志。

那股意志属于灵眼冥王。

也就是说，这片天地此刻已经属于灵眼冥王，在这里，封侯强者都无法再调动天地能量。

这就是王级强者的恐怖之处，以自身意志操控一方天地，在这里封侯强者也无法汲取天地能量，相力只会不断减弱。

血红天地间，唯有那道金色刀光依旧璀璨夺目，未被天地能量排斥与消融。李灵净猛地抬头，只见灵眼冥王的上空突然出现了一只巨大无比的血红眼睛，如同星辰，大到令人恐惧。

血瞳缓缓转动，散发着无尽的恐惧情绪。在这种情绪冲击下，李灵净都忍不住身子颤抖，眼角流出血泪，她赶紧低头，不敢直视血红巨眼。她明白，如果再看下去，自己会双目失明，如洪流般的恐惧也会催毁她的神志。

血红眼睛带着一股森然之意，注视着划破天穹的金色刀光，血红火焰流淌下来，以燎原之势席卷天地，然后与金色刀光相撞。

两者接触的瞬间，整个天地失去了一切声响，这种层级的碰撞，以李洛、李灵净的实力根本无法看见，唯有借助感知，才能察觉到有一种无法形容的力量正在产生。

大音希声，大象无形，似持续了一瞬，又仿佛过了很久。

当李洛、李灵净的知觉再度恢复时，碰撞已经结束。李洛失神地望着四周，血海冰层此刻已尽数融化，大地残留着血红火焰，它悄无声息地燃烧着，以天地能量为食，仿佛永远不会熄灭。

如果任由火焰燃烧下去，任何地域都会变成永恒的焦土。但灵相洞天有守护力量，所以天地能量此时自动凝结起来，形成一种连绵细雨倾洒而下，遏制血红火焰蔓延。

但李洛没心情关注这些，因为他听见了一个细微的破碎声响。

李洛低头望着金玉玄象刀，一道道细微的裂痕正在刀身蔓延，隐隐地，充满悲意的象吟声传出。

咔嚓！金玉玄象刀终于崩裂开来，化为碎片脱落。

李洛心头震颤，这柄陪伴他许久的称手宝具，在历经诸多大战后终于还是报废了。

虽然从品阶来说，金玉玄象刀算不得多高，但李洛对它的喜爱甚至超过了三紫眼品阶的天龙逐日弓。

如今，它在斩向一名王级强者后终是破裂。

李洛感觉到，庞千源留在里面的王者印记也在这一刻随之消散了。

他缓缓抬头，看向灵眼冥王，此时对方面庞漠然，双目一睁一闭，闭上的眼皮上有一道深深的刀痕。

依靠王者印记催发的一刀也让这位王级强者付出了不小的代价，李洛重重地吐了一口气，一股难以遏制的疲惫感涌出。他尽力了，面对一名王级强者，即便并非真身，那种强大也足以让人感到绝望。

即便他有王者印记，但依旧未能斩杀灵眼冥王的分身。这也在意料之中，王者印记再强，也不过是王级强者留下的一个手段，金玉玄象刀的品阶限制了庞千源，让他无法为这道印记注入更多力量，而灵眼冥王却是实力不弱于庞千源的存在。

浓浓的无力感，让李洛明白了自身的渺小。

远处的半空，秦漪正呆呆地望着那边发生的一切，她之前察觉到异动就立即赶了过来，然后就见到了李洛劈斩大地与天穹的一刀。

如此恐怖的一刀，她的母亲秦莲都无法施展，但更恐怖的是，这一刀竟然被那个神秘的老人阻挡了下来。

"王级强者……"近乎绝望的声音从秦漪嘴里传出，她无法理解，为何此次灵相洞天历练会出现这么多变故，连王级强者都过来了。

秦漪露出苦涩的笑容，面对王级强者，她甚至连逃命的念头都没有，因为那毫无意义。

眼下唯一的指望就是镇守在灵相洞天外的各大势力的强者能察觉到里面的异动，前来救援。

"好凶的小娃子……"灵眼冥王摸了摸左眼的刀痕，隐隐散发出的滔天刀意令他的眼睛微微刺痛。李洛等人无法看见，他却知道此时那股刀意正与他的血瞳进行何等恐怖的碰撞，他的这只眼睛恐怕好些时候都难以睁开了。

灵眼冥王盯着李洛笑了笑，只是那笑容仿佛深渊里看不见尽头的巨兽一般令人恐惧："李天王一脉出了一个好苗子啊。"

他没有立即出手击杀李洛，而是将视线又投向了面色苍白的李灵净，温和地道："三号。"

"我不叫三号！我有名字！我叫作李灵净！"李灵净的声音充满了憎恨与愤怨。

然而灵眼冥王没有因此动怒，反而有些欢喜地道："对对，能够在无尽沉沦中保持自我，只有这样的你才是我一直追求的异种。

"与你相比，我此前的杰作全都是废物！你将是我毕生追求的完美之道！"

他苍老的脸庞浮现出狂热的光，看着李灵净的目光犹如在看一件没有瑕疵的艺术品。

"李灵净，跟老夫走吧，老夫会带你走向一条与众生不同的圆满之道。"灵眼冥王温和地说道。

"不……"李洛急忙出声，然而第一个字才刚刚出口，他便见到灵眼冥王朝自己投来了淡漠的一瞥，那一瞬李洛感觉感官都仿佛被剥离，世界寂静一片，身体动弹不了分毫。

同样陷入这种状态的还有远处的秦漪，她似乎更惨，两只眼睛里流出血来，犹如陷入了无尽黑暗之中。

整个天地间，唯有灵眼冥王与李灵净能开口说话。

灵眼冥王露出一个微笑，道："李灵净，你比任何人都清楚你的内心，你应该知道走哪条道路更适合你。

"灵相洞天发生了这种事，此后回到龙牙脉，你定会受到猜疑与厌恶，你觉得那里真的适合你吗？其实你很讨厌龙牙脉，在那里你的生死随时受人掌控，李灵净，你的内心深处有着巨大的野心，龙牙脉是无法满足你的。"

他苍老的声音缓缓地响起，犹如恶魔的引诱。

"你以为我是天真的稚童吗？论邪恶残忍，谁能比得过你这怪物？你创造的异种毁了多少人？"李灵净冷冷道。

灵眼冥王不以为意地笑道："为了我追寻的道，即便众生都毁灭，老夫也不会犹豫。

"李灵净，跟老夫走，未来你会成为世界上的最完美之物，甚至超过我。老夫知晓你憎恨我，正因为如此，你才更应该跟我走，否则你在龙牙脉永远不会有出头的机会与可能。"

"当然，更重要的是……"灵眼冥王的笑容愈发温和，"你不跟老夫走，老夫就会……侵蚀你的神志，然后用你的手——"

"杀了他。"他伸出干枯的手指，指向李洛。

第一〇四〇章
灵净抉择

当灵眼冥王说出这句话的时候，李灵净的眼里顿时有阴森至极的杀意迸发，她用力握住碧竹青蛇杖，发出细微的嘎吱声响，手指都发白了。

灵眼冥王的威胁实属阴毒！

然而，看着李灵净愤恨的眼神，灵眼冥王却毫不在意，因为她反应越大说明他的威胁越有效果。

他身上的黑袍缓缓摆动，那只血瞳盯着李灵净，仿佛具备着生命力，竟然流露出诸多人性化的情绪。

"李灵净，这是你的一次机会，直视你的野心吧，你比任何人都想变强。如果你真的对这条完美之路没有兴趣，那你何必留着二号异种？将它彻底毁灭不是更好吗？

"你在龙牙脉，李惊蛰为你化解异类污染，你看似配合，实则却将一丝污染潜藏于内心深处。"

李灵净眼神一寒："你胡说！"

灵眼冥王微笑道："是不是胡说你自己最清楚。所以……你最终如何选择？

"老夫的时间可不多了，这里的动静太大，已经引起了各方势力的注意，再拖下去，说不定连天王脉的王级强者都会出动。"

望着灵眼冥王的脸，李灵净明白，对方已经下了最后通牒。她沉默片刻，然后缓缓转头看向李洛，后者一动不动地僵立在原地，如琥珀中的蚊虫，动弹不得，而且感官也被剥离，无法看见、无法听见，更无法触碰。

"可以让他听见我的话吗？"李灵净声音沙哑。

灵眼冥王手指一弹，李洛就听见了外界的风声，只不过依旧不能说话。

听觉恢复，李洛却本能地感觉到不安，然后他听见李灵净低低的声音传来。

"李洛，我应该不能再跟你回龙牙脉了。"

李洛心头翻江倒海，愤怒地想要开口，却无法发出声音，甚至连身体的扭动都无法做到。

"你不必为我感到愤怒，这个选择虽然带着几分强迫，但从我内心而言，未必就有多少抗拒。

"龙牙脉很好……但是不适合我。从你带我走出西陵城时，我就一直在思考未来的道路。在龙牙脉，我曾经试过忘却这些年的经历，尝试融入大家，然后进入龙牙卫修行。

"但最终我发现，我并不喜欢。那些年的沉沦已经铸就了我的无情与漠然，这样的我留在龙牙卫对任何人都没有好处。

"所以，让我离开吧。

"李洛，除了姑姑外，你就告诉其他人李灵净已经死在了灵相洞天，我想或许也没有太多人关注我。

"谢谢你送我的青蛇杖，我会好好保存它的。

"李洛……珍重。"

听着一句句轻轻传入耳中的话，李洛的心情无比沉重，他知道，李灵净的离开已经无可更改，他想与她好好道别，却无法做到。这一刻，李洛再一次感受到了自身的无力，他还是太弱了。

李灵净的声音落下，她注视着李洛俊朗的面庞，微微笑了笑。她对李洛的感情十分特殊，不是男女之间的情爱，以她如今的心性，男欢女爱对她而言实在有些远。

李洛是她在最绝望之际看见的一缕光，她把他视作路标与寄托。有了这一份寄托，她就能在沉沦与侵蚀中守住自我。如果有一天她发现李洛死了，或许她就会忘记自己的名字，彻底与黑暗相融，届时世间再无李灵净。

"李洛，你可要好好活着。"李灵净在心里轻轻自语。

然后她不再犹豫，玉手紧紧握住冰凉的碧竹青蛇杖，转身走向了灵眼冥王。

灵眼冥王微笑道："恭喜你选择了一条正确的路，未来，你会感谢今天做出的选择。"

"那一天，或许就是你的祭日。"李灵净平静地说道，言语间毫不掩饰对他的杀意。

灵眼冥王闻言，笑容反而愈发温和，他笑道："如果真有那一天，老夫可能会很开心，因为它证明老夫创造了一条伟大的路。"

他袍袖一抖，衣袍上的血红眼瞳竟跳跃出来，血光流转，形成了一个血红旋涡，不知通往何处。

"走吧。"

李灵净望着血红旋涡，微微沉默，然后没有犹豫地迈步上前，就在将要踏入旋涡时，她的脚步还是停顿了一下。

她想要回头，但冰凉的青蛇杖让她克制了下来，最终，她一步迈出，进入了旋涡，身影瞬间消失不见。

李灵净消失后，灵眼冥王脸上的笑容方才渐渐散去，然后视线投向李洛。

"好像我并没有说，做对了选择就会放过他？"灵眼冥王摸了摸左眼的刀痕，眼神阴冷。

他另外一只眼睛盯着李洛，眼中有血红色的火焰流淌。

然而就在他显露出杀意时，李洛手腕上佩戴的空间球内突然升起一缕微光。微光悬浮在李洛头顶，里面是一枚古朴的令牌。

令牌上铭刻着一个古老的"李"字，此时，"李"字之上流转着光泽，隐隐间似乎有一股莫名的气息释放出来。

在这道气息下，灵眼冥王顿时色变，面色渐渐变得凝重起来。

他盯着令牌，缓缓道："没想到一个天珠境的小辈竟然能够引起李天王的注意。"

灵眼冥王眼中的血红火焰渐渐消散，他知道，是刚才自己流露出的杀机引动了令牌。

令牌里的气息来自那位天王级强者，李天王李钧。这是对灵眼冥王的警告，如果他还有进一步动作，或许就会引来李天王的意志。

虽说李天王现在应该正在镇压天渊，但那等存在动起手，他会遇到非常大的麻烦。

灵眼冥王果断放弃了击杀李洛的意图。

"冒犯了。"他笑了一声，对着令牌微微欠身，然后一步步后退，血红旋涡陡然扩张，将他吞没。

随着灵眼冥王消失，这方天地再度安静下来。李洛头顶的令牌又化为一缕流光，落进空间球。

李洛从感官封闭的状态恢复过来，他望着空旷的四周，空气里似乎还残留着淡淡的馨香。

残香犹在，伊人已去，再见之时不知何年，也不知是否物是人非。

甚至……是敌非友？李洛神色复杂，他不知该如何面对眼前的局面，李灵净被灵眼冥王带走，他明明应该焦急愤怒，想尽办法将她救出，但……正如李灵净所说，这个选择未必全因灵眼冥王的胁迫，她的确不想留在龙牙脉，因为正常的生活已经不适合她了。

李洛茫然地站着。说到底还是他太弱了，如果他有足够的实力，吕清儿不必冰封自身来帮助他，李灵净也不会落入灵眼冥王手中，最起码，当李洛够强，她就能多几个选择，不会被人胁迫。

"灵眼冥王……"李洛眼中闪过杀机，虽然他们现在的实力差距非常悬殊，但该记的仇还是得记。尽管他刚才被封闭了，但想都不用想就知道，灵眼冥王必定用自己作为筹码威胁了李灵净。

李洛低头捡起金玉玄象刀的碎片，灵眼冥王太遥远，眼下他最主要的目标还是尽快突破到封侯境。

李洛沉默许久，望着空旷的前方，最终化为一声轻叹。

"灵净堂姐，珍重。"

第一○四一章
历练落幕

当李洛情绪低落时,后方传来破风声,只见秦漪飞掠而来,落在他身旁。

她已经恢复过来,但绝美的容颜依旧带着一丝震惊,她看着前方,问道:"李洛,那神秘的王级强者呢?"

李洛收起情绪,道:"走了。"

"走了?"秦漪感到莫名其妙,王级强者潜入灵相洞天什么都没做,就这样走了?这里究竟发生了什么?

"灵净小姐呢?"秦漪这才发现李灵净不见了踪影,当即心头一惊。

李洛没有回答,而是转身朝后面走去。秦漪见到他的反应,脑海里闪过恐怖的念头,难道李灵净被神秘王级强者杀了?以那位的手段,解决他们这些天珠境简直不费吹灰之力。而李洛或许是因为拥有李天王一脉的护身至宝,才能保下性命。

在信息不多的情况下,秦漪只能如此推测。

至少,神秘王级强者已离去是一个好消息,因为从他之前的手段看,恐怕并非善类,若他稍微动点杀心,他们所有人都得死在这里。

李洛没有理会秦漪,他来到后方,在一座冰雕处停下,冰雕内正是被冰封的吕清儿。她蜷缩在冰块里,双眸紧闭,恬静清丽,如雪般的肌肤在冰块的映衬下显得更加晶莹剔透,看上去如同仙子。

李洛试图打碎冰雕,却徒劳无功,他的相力一接触到寒冰便被直接凝结,反而让冰层更厚了。

李洛面色阴沉,吕清儿的冰封果然不好解,最起码不是他能够解的,如果硬来,说不定还会伤及吕清儿。

"清儿，你放心吧，如果金龙宝行没办法，我就带你去龙牙脉，请我爷爷出手，他一定能帮你解开冰封。"李洛深吸一口气，对着冰块里的睡美人低声说道。

吕清儿是为了帮他才陷入这种状态的，他绝不会袖手旁观。

当李洛在查探吕清儿的状态时，不远处传来了嘈杂的声音，原来此前被蚀灵真魔操控的李武元、秦鹰他们醒了过来。

由于刚才蚀灵真魔没精力理会他们，所以除了被短暂地操控了神志外，大家都没有出现太重的伤势。

众人面色茫然地爬起身，呆滞了数息后，似猛地想起了什么，当即骇然张望，相力同时爆发。很快地，他们脸上都是浓浓的惊愕。

因为充斥天地间的血海不知何时已经消失了，曾给他们带来极大威胁的真魔异类也没了踪影。

天地一片清明，仿佛他们刚刚经历的那些只是一场幻觉。但是，身上隐隐残留的污染气息又明明白白地告诉他们，真魔异类真的存在过。

"那是什么？！"有人突然失声叫道，目光呆滞地望着出现在眼前的一条深渊，那条深渊看不到尽头，几乎将整片平原贯穿。

他们记得，此前这里分明没有深渊！也就是说，这是在他们昏迷后出现的？

是人为的吗？如果是，那是何等强者出的手？

众人面面相觑，从各自眼中看见了浓浓的惊疑与茫然。

"李洛，这里发生了什么事？真魔异类呢？"李武元瞧见不远处的李洛，看他神色平静，没有如他们一般惊疑不定，当即问道。

李洛看了他一眼，却懒得回应，而是看着李凤仪、李鲸涛问道："大哥、二姐，你们没事吧？"两人茫然地摇摇头。

"李洛，灵净呢？"李茯苓揉了揉额头，突然发现不见李灵净的身影，当即疑惑地问道。

李洛闻言，陷入了沉默。

"小姐！"金姐突然面露惊恐，冲向了不远处的冰雕，脸色惨白，"小姐，你怎么了？李洛，小姐她为何变成了这样？！"

其他人投去震惊的目光，一时间局面混乱，因为任谁都看得出来，在他们失去神志的那段时间必然发生了巨大变故。

见到一派乱糟糟的景象，李洛疲惫地叹了一口气，实在没有心情与他们过多解释。

"诸位，还请冷静。"秦漪缓步而来，轻柔的声音安抚着众人。她看了一眼情绪低落的李洛，然后将发生的事情简略地讲了一遍。

众人听完顿时陷入了一阵更长久的沉默，一道道目光难以置信地盯着李洛。

"李洛你……你斩杀了真魔异类？"天元古学府的江晚渔瞪大了眼睛，再也顾不得维持形象，因为秦漪所说的实在是太匪夷所思了。

李洛只是三星天珠境，虽说斩杀田绺显露出了不弱于小天相境的战斗力，但与真魔异类比起来简直差得太远了，那可是封侯级实力的异类啊！

李武元、李红鲤等人感到不可思议，即便是秦漪说出来的，他们还是觉得很荒谬，李洛手段再强，又怎么可能斩杀真魔？

秦漪神色复杂，她轻声道："在斩杀了真魔异类后，又出来了一个神秘的王级强者，想来他才是幕后真凶。"

全场鸦雀无声，所有人都是一副你在逗我玩的表情！

王级强者？！灵相洞天只是一场小辈的历练而已，实力层级压制在了小天相境，结果现在秦漪告诉他们，刚才这里竟出现了一名王级强者！

王级啊！那在各大天王脉都是顶梁柱，跺跺脚，整个天元神州都会抖一抖，然而现在这种级别的强者竟然混入了他们的这场历练？

感觉好像一群幼狼的捕食训练赛闯入了一头巨龙。

"虽然听起来有些不可思议，但这的确属实，你们看见的这条深渊便是李洛斩向王级强者时造成的，当然，这并非李洛自身的力量，我想或许是龙牙脉脉首赐予他的保命之物。"

大家的脑瓜子再度嗡嗡响，神色已经麻木。

这条贯穿平原的深渊是李洛造成的？！他还向一名王级强者挥刀了？大家都是人，为何你就这么勇猛？

这一刻，他们反而没有怀疑了，因为秦漪说的实在是匪夷所思，就算要骗人，也不至于编造出这么可笑的故事。

"那……那名王级强者最后怎么了？你可别告诉我他被李洛杀了。"说话的是天元古学府的宗沙，他露出一个受到惊吓的表情，如果秦漪敢点头，他感觉自己的三观都会崩塌。

好在秦漪只是微微苦笑一声，摇摇头，道："当然不可能，王级强者出手，我们都被封闭了感知，当我再次醒过来时，王级强者已经消失了。而且，随之消失的还有李灵净，我觉得她应该是……遇害了。"

说到此处，秦漪的神色微微黯然，王级强者要杀他们太简单，李灵净虽然是九星天珠境，但在王级强者眼里也只是蝼蚁。

"什么？！"

此言一出，众人骇然。

"灵净堂姐遇害了？！"李凤仪、李鲸涛失声叫道。

反应最大的是李茯苓，她脸色煞白，连连摇头："不可能，不可能！"

然而，当他们瞧见一直默不作声、情绪低落的李洛时，只能相信这件事。

李武元、李红鲤同样色变，他们与李灵净没有多深厚的关系，但对方毕竟是李天王一脉的人，如今就这么不明不白被杀了，难免兔死狐悲。秦鹰这些人则在震惊之余有些窃喜，李灵净天资卓越，又修成了九星天珠，想来之后踏入天相境更会一飞冲天，现在她身死道消，让他们未来少了一个有力竞争者。

就在众人沉浸于秦漪带来的巨大冲击时，天际边飞来了群鸟，鸟身流转着能量符文，当它们出现时，一个洪亮的声音随之响起。

"灵相洞天历练到此结束，所有势力队伍立即退出！

"立即退出！"

群鸟俯视大地，身上的能量符文散发着极强的波动，仿佛在搜寻着敌人。看来镇守灵相洞天的各方势力知晓了这里发生的变故，施展特殊手段前来探测。

但是……现在只能打扫场地了。

群鸟经过探测未发现敌人后，又俯冲而下，于众人前方形成了一座座能量旋涡。

望着这些能量旋涡，所有人都如释重负地松了一口气，灵相洞天的历练总算结束了。

第一〇四一章 历练落幕

第一〇四二章 分配宝贝

能量旋涡成形，众人彻底放松下来，此次灵相洞天的历练超乎想象的危险，他们能够活下来运气实属不错。

不过，却没有人直接进入能量旋涡，他们目光移转，扫向了李洛与秦漪。

"咳，秦仙子,不知道你在草庐得了什么宝贝，此前你说过会分配，还算数吗？"说话的是金龙宝行的牧曜，他干咳一声，似玩笑般问道。

此话一出，不少曾与秦天王一脉联手的队伍向秦漪投去热切的目光，他们也想分一杯羹。

面对这些目光，秦漪眸光微闪，然后轻笑道："既然说过，自然会算数。"

秦漪长袖善舞，这些曾经与她联手的各方天骄是一股不弱的力量，她不打算为了蝇头小利就得罪他们。

听到秦漪的话，众人大喜，牧曜冲她抱拳，笑道："秦仙子果真仗义。"

秦漪伸出手，掌心浮现出三枚晶莹剔透如宝石般的东西，其表面还铭刻着玄妙的纹路，隐隐间流淌着一种特殊的波动。

望着三枚物品，不少人目光闪烁，因为他们感觉到了和本源玄心果相似的波动。

"此物是我在草庐的最佳收获，我猜应该是以本源玄心果炼制而成的，效果或许也相似。"

"不过我仅仅找到三枚，我与秦鹰族兄各留一枚，最后一枚……"秦漪收走两枚，托起最后一枚，面带为难之色。

"当然要以贡献来分，在下不才，倒是觉得自己够格。"牧曜一步踏出，袍袖一挥，一道相力便卷起灵核，直接霸道地收入囊中。

其他人见状，顿时面露不悦，特别是炎魔殿的人，他们死了一个领头人，损失惨重，结果好处反而轮不到他们，怎能不心头愤懑？而赵天王一脉随着赵阎殒命同样群龙无首，赵神将虽然天资不错，但资历还差了点，无法统率众人，他们见到牧曜抢先，只能皱眉。

牧曜背景雄厚，而且实力强横，他们没了田缈、赵阎带头，不可能与他争夺，所以只能怒视他表达不满。

牧曜察觉到他们的怒意，但对此毫不在意。

秦漪此时微微一笑，道："诸位莫急，虽说灵核只有三枚，但我还取了点其他的，虽不如灵核，可也算一种补偿。"

她抚过空间球，一粒粒微光掠出，悬浮在众人面前，仔细看去，俨然是一些黑色晶体，内部流转着奇异的波动。

"诸位略作分配，当是此前支持我们秦天王一脉的谢礼吧。"秦漪屈指一弹，玄妙的黑色晶体便射向了赵天王一脉、炎魔殿等人。

赵神将他们赶紧接过，然后就从中感应到了一点本源玄心果的气息，当即面露喜色。虽说比刚才秦漪拿出来的灵核差了不少，可胜在数量多，有这般收获也算意外之喜。

"秦仙子慷慨，日后有所指示，莫敢不从。"众人纷纷感激出声。

秦漪这一手收买了不少人心，而且最关键的是，虽然他们不知道秦漪是不是真的只在草庐得到了这些东西，但人家已经如此表态了，他们即便有些怀疑也只能认下。毕竟秦漪能进草庐靠的是她自己，而不是他们，她能拿出来分配，已是仁至义尽。

这边热闹，另外一群人看得不免眼热，如天元古学府、朱天王一脉等一直保持中立的人。

李洛此时已稍微平复了心情，他瞧着秦漪的举动，明白她是在收买人心，当即有些无奈：这个人真能找事，大家闷声独吞不就好了，你偏偏要出来当好人，岂不是把他给拉下水了吗？

到时候都说李洛喜欢吃独食，以后他还要不要在天元神州混了？

这般想着的时候，李洛摇了摇头，轻咳一声，顿时吸引了一些人的注意。

·171·

"呵呵，李洛龙首，难道也想给大伙分点汤水？"龙鳞脉的李观笑眯眯地说道。

此次灵相洞天，龙鳞脉与龙牙脉走得近，双方多次联手，如果李洛愿意，他们很有可能会分到点东西。

其他几脉的人立即投来热切的目光，但龙骨脉、龙角脉的人没好意思开口，因为他们一直是跟着龙血脉走的。

但其实，此次灵相洞天历练，他们跟着龙血脉没得到多少好处，虽然嘴上没说什么，心头却对李武元颇有微词：你这个带头大哥，能力有点差啊！

看着两脉人员投来的目光，李武元面色僵硬，暗自恼怒，这些人为了蝇头小利就对他不满，当真愚蠢。

秦漪拿出来的东西里就三颗灵核比较贵重，李洛又能拿出什么？

在李武元这般想着的时候，就见李洛掏出了一把东西，待对方张开手掌后，强烈的光芒绽放出来。

一颗颗饱满、晶莹的灵核如同最完美的宝石，在日光下流转着诱人的光泽，玄妙的韵味从中散发。

这片区域瞬间陷入了一片寂静。

李茯苓、李观以及其他各脉的人仿佛被扼住了喉咙，眼睛死死地盯着那些灵核，他们立马看了出来，这些灵核正是秦漪拿出来的那种，而且……李洛手里的更饱满且富有灵气，品质的高低一眼就能看出。

最重要的是……秦漪只拿出了三颗分配，可李洛直接抓了一把出来！如果不是能清晰地感应到灵核散发出的特殊气息，他们甚至怀疑这些是假货。

这里的动静引起了其他人的注意，朱天王一脉、天元古学府的人吞了一口口水，两眼放光。

秦漪那边，众人脸上的笑容一点点变得僵硬。没有对比就没有伤害，刚才他们还觉得秦漪大气，可再看李洛拿出来的东西，差距立即就显露了。

连牧曜都面色铁青，因为他手里的灵核品质远不如李洛的。

一些人的目光忍不住瞟向秦漪，他们开始怀疑她藏了真正的宝贝。

面对这些目光，素来从容优雅的秦漪，脸上的笑容渐渐变得僵硬起来，胸口微微起伏，显露出内心的怒意与委屈。

她虽然的确没有拿出所有宝贝，但这三颗灵核真真切切是她此次最大的收获，她能取出来分配，已经显示了最大的诚意。

当时她本想取走更多，却被白猿告知已是极限，她只能不甘地放弃……可现在，当她见到李洛掏出一把高品质灵核时，不禁倍感委屈。

凭什么这家伙就能拿这么多？！白猿未免太厚此薄彼了吧！

第一〇四三章 李洛大气

当秦漪满肚子怨愤的时候,李洛随手一挥,数颗灵核直接落向李凤仪、李茯苓等人,龙牙脉人手一颗。

当时李洛从主屋取了好几瓶灵核,加起来数十颗是有的,所以他对这些不太看重。而且在得到造化神浆后,草庐内的其他宝贝他都看不上眼了。

龙牙脉众人欢天喜地地接过,连李茯苓都强行振作精神,煞白的脸恢复了点血色。

李洛转向一直眼巴巴盯着他的李观,其身后的龙鳞脉众人眼神也一直跟着灵核转动。

"此次与龙鳞脉合作愉快,希望以后还有机会。"李洛取出三颗灵核弹射过去。

"灵核不多,无法做到人人都有,若是不觉得寒碜,就用此物凑合一下吧。"

李洛伸出手掌,只见十数枚黑色晶石般的碎片出现在掌心,和刚才秦漪掏出的一样,也残留着一些本源玄心果的气息。

这东西就是炼制造化神浆的残留物,在主屋被白猿当作废料丢弃了,李洛搜刮了不少。

李洛自然瞧不上眼,但残留的本源玄心果气息对其他人还是很有吸引力的,用来大派送正是收买人心的好机会。

李观先接过灵核,然后又手忙脚乱地接下黑色晶石,他身后的陆卿眉等人皆面露喜色。李洛给了不少,他们也能分一杯羹。

一时间,龙鳞脉众人看向李洛的目光都多了一分感激。

"哈哈,李洛龙首大气,以你的能力,恐怕不久后就能直接进入龙牙卫,到时候咱们两卫之间或许还能有更多的合作。"

"等回去后，我也会在咱们龙鳞卫好好宣扬李洛龙首的本事，想来那些统领会很感兴趣。"

李洛现在是三星天珠境的实力，已经不适合留在二十旗了，唯有进入规模更大、品阶更强的龙牙卫，才能获得更好的修炼资源以及机缘。而且经过灵相洞天，李观愈发看好李洛，这小子就是个妖孽，等他进了龙牙卫，势必会搅动风云，说不定在云集了李天王一脉数届顶尖天骄的天龙五卫，李洛都能崭露头角。

李洛闻言只是笑笑，然后瞥了一眼龙角脉、龙骨脉的队伍，随手各丢过去两枚灵核以及黑色晶石。

"好歹并肩作战过，你们拿去分配吧，就是不知道李武元族兄是否允许？"龙角脉、龙骨脉的领头人对视一眼，然后看了看脸色发黑的李武元，最终不顾对方难看的神色收了下来。他们两脉虽然唯龙血脉马首是瞻，但以前跟着龙血脉是因为有肉吃，而如今李武元两手空空，根本填不饱两边的队伍，也怪不得他们。

"多谢李洛龙首。"拿人手短，龙角脉、龙骨脉的领队皆冲着李洛感激地道谢。

李洛摆了摆手，他知道光靠这点利益还不会动摇龙角脉、龙骨脉与龙血脉的关系，不过没关系，墙脚总是要一点点挖，小恩小惠累积起来，总会有效果的。

他又看向面无表情的李武元，叹道："武元族兄性格刚烈，想来看不上这些东西，如果你没兴趣，我就送给龙角脉、龙骨脉的兄弟吧。"他抬了抬手，掌心还剩下两颗灵核以及一些黑色晶石。

李武元闻言，眼角忍不住抽搐了两下，他其实很想硬气地说"拿着东西滚，我不稀罕"，但他目光一转，见到龙血脉的人都在紧紧地盯着李洛手里的东西，当即明白，他若是拒绝，龙血脉其他人嘴上固然不会说，心里多半会怨他，反而有损他的威望。

特别是当他在见到龙骨脉、龙角脉的家伙正用期待的眼神看着他时，就更是气不打一处来。

这届小弟很反骨啊！

最终，李武元闷哼一声，伸出手，道："那就多谢李洛龙首了。"

李洛随手将东西扔了过去。

当李洛分配完毕后，手上的那把灵核就瓜分殆尽了，秦漪见状稍稍松了一口气。但还不待她完全放松，只见李洛手掌一掏，又抓出一把亮闪闪的灵核。

"来，宗沙学长、江学姐，咱们投缘，说起来之后我还有事要前往天元古学府，到时候麻烦你们多多照顾。"李洛在众人的目瞪口呆中走向天元古学府一众，将两颗灵核递给一脸错愕的宗沙与江晚渔。

"我们也有吗？"宗沙吞了一口口水，不好意思地道。江晚渔则贝齿轻咬着红唇，眸子盯着亮晶晶的灵核，高冷的性子让她想说无功不受禄，可话到嘴边又变成了："李洛学弟太客气了，你到天元古学府后有什么需要帮忙的地方尽管找我们便是。"

宗沙闻言也顺水推舟地接过来，露出温和的笑容，道："李洛兄弟之后要来咱们天元古学府？那可真是欢迎之至。"

李洛与两人笑谈了几句。等回了龙牙脉后，他稍作休整恐怕就会前往天元古学府，九纹圣心莲必须尽快送到姜青娥手里。

他要先在天元古学府的人面前刷点好感，宗沙他们回去后必定要跟学府汇报，得先让高层知道他的名字。

这边刷完好感后，李洛又走向朱天王一脉，取出两颗灵核递给朱珠与朱大玉。

朱珠有些吃惊，此前李洛与赵天王一脉争斗的时候他们朱天王一脉并没有帮忙。

"李洛兄弟，咱们也没帮忙，哪能拿你的灵核，实在不行，你给点黑色晶石让我们过过瘾就行了。"朱大玉尴尬地道。

"你们没帮他们就是对我最大的帮助，而且此次收了我的东西，下次总不会再袖手旁观了吧？"李洛笑道。

朱大玉用力点点头，道："下次我一定坚定不移地站在李洛兄弟这边！"说完，他又对李洛低声道，"李洛兄弟，刚才的鸟是我朱天王一脉的手段，我收到了秘法传信，灵相洞天的变故在外面引起了各方势力关注，赵天王一脉不知道收到什么风声，说潜入灵相洞天的异类是冲着你和李灵净来的，你待会儿出去后，还是尽快躲进李天王一脉的队伍中，免得赵天王一脉的强者先下手为强。"

李洛目光微闪，朱大玉带来的这个情报太及时了，赵天王一脉损失惨重，赵阁被他和李灵净斩杀，想来他们会想方设法挽回颜面的。

"多谢了。"李洛低声说道。

在李洛搞灵核大派送到处拉好感的时候，秦漪已被他的两把灵核搞得心态失衡，直接转身钻进能量旋涡，迅速消失不见。

她这一走，赵天王一脉、牧曜率领的金龙宝行一行以及炎魔殿的人就纷纷退场了。

临走时，赵神将眼神森冷地看了李洛一眼，嘴巴动了动，声音传了过去。

"李洛，你别得意，这事没完！"

听到赵神将的话，李洛面无表情，未加理会，他走向金姐，送了两颗灵核给她，问道："金姐可知清儿的冰封该如何解决？"金姐经过刚开始的惊慌后，现在已冷静下来，她说道："小姐应该是动用了体内残留的圣种力量，才造成了自身冰封，这种力量很特殊，恐怕需尽快送小姐回山。"

李洛点点头，道："若有任何需要帮忙的地方，尽管来找我。"

他想了想，掏出一只玉瓶，里面正是他在草庐里获得的破极玄天露，是除造化神浆外最珍贵的东西。李洛将它分作了两份，另一份他也不打算留，而是想送给李鲸涛，李鲸涛距离虚九品仅一步之遥，有了破极玄天露，就能多一分成功的机会。

"麻烦金姐带着此物，之后清儿若是醒过来，帮我转交给她。"

望着李洛郑重递来的玉瓶，金姐感受到此物的贵重，暗自点头，小姐付出这么大，李洛还算有良心。

将一切分配妥当后，李洛再次看了一眼这片天地。在灵相洞天深处似乎还潜藏着许多的秘密，但现在他还没资格探测，等未来再找机会来这里吧。

于是，他不再多想，与众人招呼一声，便果断地踏进了能量旋涡。

能量旋涡流转，一道道人影被吞没。片刻后，这方天地再度变得安静下来，待再次开启时，或许会是另外一番独特的风景。

第一〇四四章

舌战众人

天星大平原。

一座座巍峨的高塔矗立着，与进入灵相洞天前的气氛相比，此时则压抑许多。

顶尖势力打造的高塔皆爆发出无数道玄光，遮天蔽日，将天际尽数覆盖，犹如天罗地网。

同时，各势力派来的顶尖强者封锁虚空，面色阴沉。

因为灵相洞天出现异类的消息已经传出，各方势力十分惊怒。异类在他们眼皮子底下溜进去，偏偏他们没有察觉到丝毫。这是一件可怕的事，异类能够瞒过他们的监测潜入灵相洞天，岂不是也能潜入他们治下的城市？更何况此次进入灵相洞天的是各顶尖势力的年轻骄子，而那异类乃一头真魔，拥有封侯级的实力，而且最让各方强者感到不可思议的是，真魔异类竟然能破解灵相洞天的规则压制，这可是连他们都没做到的事！

而最令人惊骇的是，他们甚至感应到了一股可怕的气息。这里皆是来自各大天王级势力的强者，如李天王一脉的李极罗、赵天王一脉的赵金乌，都是八品封侯的实力，而连他们都感到心悸，就只有一个原因，说明那股气息可能属于一位王级强者！

为何会有一名陌生的王级强者潜入灵相洞天？

当他们发现这个情况时，立马明白了此次灵相洞天历练恐怕出现了岔子，必须尽快结束，因此第一时间将这里的变故传信至各自的总部。

各方强者各据虚空一方，一名体形壮硕的中年男子率先开口，声如惊雷，震得天地能量都在为之而动："我已通知灵相洞天里的小崽子们，让他们尽快撤离。

不过经过玄鸟术探测，我没有发现真魔异类的行迹，也完全没有感应到王级强者的气息。如果所料不差，他们应该已经退走了，但不知他们的目的究竟是什么。"

说话的男子名为朱罡，乃此次朱天王一脉的领队，同样是八品封侯的实力，在天元神州名气极大。

其他强者闻言神色放松了点，王级强者已经退走，他们的压力小了许多。

他们眼下更关心的是，王级强者为何会出现？

"我听自灵相洞天退出的人说，他曾听见真魔异类似乎是冲着李天王一脉的李洛与李灵净而去的，难道是他们引来的？"一个突兀的声音带着冷笑响起，引起众多强者注意。

一道道目光望过去，只见一名男子负手而立，其身材魁梧，一头金发璀璨夺目。他立于虚空，隐隐间散发着无尽耀眼强光，令人难以直视。此人名为赵金乌，乃赵天王一脉的领队，同样是赫赫有名的八品封侯强者。

"赵金乌，你在胡说什么，两个天珠境的小辈怎么可能引得真魔出动？"赵金乌的话音刚落，性子火暴的李金磐便眼睛一瞪，怒骂出声。

"我看你是怕你们赵天王一脉的小辈被我李天王一脉的小辈打残吧！"

赵金乌讥讽地一笑，道："做你的春秋大梦，你们李天王一脉这几届何时占过上风？上一次灵相洞天最后是谁气急败坏、丢人现眼的？"

李金磐顿时被引动怒火，身后虚空动荡，七座巍峨如山岳的封侯台若隐若现，每一座都散发着磅礴的能量波动，似乎能镇压天穹。

"这么多年了还止步于七品侯，看来你的潜力已到头了。"面对李金磐身后出现的七座封侯台，赵金乌淡淡地嘲笑道。

他一步踏出，身后虚空破碎，无尽金光喷出，八座金色的封侯台矗立，无边无尽的压迫感席卷而出，覆盖了整个天星大平原，李金磐的滔天威压顿时被压得节节后退。

"嘿，我止步于七品侯又如何，当年我三弟在时，你赵金乌连话都不敢大声说！"虽说气势被压制，李金磐嘴上却丝毫不让。

听到此话，赵金乌面色一沉，心中羞恼，因为他清楚当年面对李太玄的自己究竟有多么不堪。

第一〇四四章 舌战众人

"当年是当年，李太玄远离天元神州多年，说不定这些年毫无进步，否则他又怎么连天元神州都不敢回！"赵金乌反击的同时，八座封侯台爆发出震动天穹的轰鸣声，形成的威压令虚空不断破碎，仿佛无法承受。

就在此时，一道玄光喷薄而起，化为横亘虚空的金虹，将赵金乌八座封侯台爆发的滔天压迫尽数隔绝。

"赵金乌，说话就说话，动手动脚反而没风度。"一道淡笑声响起。

赵金乌目光投去，淡淡道："李极罗，你好歹是龙血脉倾力培养的下一任掌山脉首，龙牙脉的人也该管管了。"

出手的正是金血院大院主，李极罗。他是此次李天王一脉的领队，自然不会坐视赵金乌咄咄逼人。

听着赵金乌话里有刺，李极罗只是笑了笑，道："我龙血脉虽然是掌山一脉，但管不到龙牙脉，赵金乌你莫要折腾了。"

赵金乌冷哼一声，袍袖一挥，身后虚空渐渐平复，八座巍峨封侯台消散了。

"赵金乌有句话说得不错，真魔与王级强者如果真是被李洛与李灵净引来的，那此次各方势力的骄子折损，他们得负些责任。"此时，一道冷厉的声音突兀地响起，众人看去，便见到秦天王一脉众多强者处，一名美妇面容冰冷，负手而立，大家对她都不陌生，乃秦天王一脉火莲殿殿主秦莲。

李金磐又要忍不住开口，却被李青鹏给拦下，只听李青鹏温和地笑道："无稽之谈秦莲殿主莫要轻信，王级强者如果轻易就能被引动，未免太可笑了。眼下只是无端猜测，等会儿小家伙们出来了再仔细问问，想来就有答案了。"

秦莲面无表情，盯着立于虚空的巨门，眼神深沉。各方势力强者也不再言语，皆屏息等待着。

没有等待多久，巨门突然绽放光芒，下一瞬，众多流光射出，化为一道道年轻的身影，立于半空。各方势力强者立即将目光投去，找寻己方骄子。

李洛也在人群里，他记得朱大玉的提醒，一出来就瞧向了李天王一脉，身形一动，打算先过去。

然而他刚动，就察觉到一道冰冷的目光注视着自己，一股莫名的力量笼罩而来，令他动弹不得。

李洛面色微变，视线投去，就见到一名模样熟悉的美妇冷冷地盯着他。

秦莲！李洛心里怒骂，这个泼妇，盯着他干什么？！

与此同时，赵金乌看见了赵神将等人，旋即面色一变——因为他没见到赵阎。那是他们赵天王一脉这次进入灵相洞天最强的骄子！

赵金乌顿感不妙。

"神将，赵阎呢？"赵金乌喝问。

还不待赵神将回答，赵惊羽就厉声喊道："金乌叔，赵阎被李洛与李灵净联手杀了！"

赵金乌一怔，面色剧变，森寒目光直接看向李洛。

"小杂碎，好大胆！"随着雷鸣喝声响起的，还有令虚空爆碎的庞大能量，一只生有三趾的金光巨爪以覆盖天地之势，对着李洛狠狠抓了下去！

第一〇四五章 探测小辈

赵金乌突然出手，让李洛面色微变，他没想到赵天王一脉的封侯强者竟然会不顾脸面直接出手，看来赵阎之死让对方受到了冲击。

不过李洛脸上没有任何惧色，反而眼神平静地注视着落下的金光巨爪。如此猛烈的攻击，在出现的一瞬间就封锁了他的四周，他无从躲避。

而且，就算赵金乌是赵天王一脉的封侯强者，可李洛也不是毫无背景的散修，想要当众擒杀自己，恐怕赵金乌还没这个本事。

果然，正如李洛所料，就当金光巨爪罩过来的时候，一道怒喝声陡然炸响："赵金乌，堂堂八品侯竟对小辈出手，你还要不要脸了？"

是李金磐的怒吼，随后他直接一拳轰出，浩荡拳光穿破天际，散发着滔天的锋锐之气，将万里天穹都撕裂了。

轰！

拳光与金光巨爪相撞，但显然还是赵金乌更胜一筹，巨声轰响间，金光巨爪将浩荡拳光生生抓碎，但攻击也被挡了下来。

李洛身前，一道人影凭空闪现，正是李青鹏。

他袍袖一挥，漫天青光席卷，卷起无边罡风，吹得变暗淡的金光巨爪摇摇欲坠，最后彻底碎裂，化为金光破碎开来。

李青鹏将李洛挡在身后，素来挂着和善笑容的脸上此时十分严肃，他冷声道："赵金乌，真当我龙牙脉无人不成？"

李天王一脉诸多强者面露怒意，一道道强大的能量波动爆发，令天星大平原的天地能量都变得躁动起来。

李极罗也出声了，他道："赵金乌，赵天王一脉输不起吗？你们杀我李天王一脉的天骄就行，我们杀你们的天骄就不行？赵天王一脉什么时候成了天元神州无人可犯的霸主了？"

各方强者见到两边又剑拔弩张起来，冷眼旁观着。这两大天王脉恩怨极深，谁也劝服不了谁。

赵金乌面色阴沉，他目光森寒地看了一眼被李青鹏护住的李洛，而后神色渐渐平复，冷冷地道："我出手可不是因为赵阎，而是要问李洛与出现在灵相洞天里的真魔异类究竟有什么牵连！"

"赵金乌，你不要含血喷人，我还说真魔异类是你们赵天王一脉带进去的呢！那我要不要把你们那些小辈都抓起来审问一番？"李金磐立即质问道。

"胡搅蛮缠！"赵金乌冷哼道。

"赵鸟人，我看你当年是被我三弟打得太狠了，见到他儿子才丧心病狂地想以大欺小！"

"对了，不只我三弟，我弟媳当年也不知道把你打伤了多少次。"李金磐脾气火暴，毫不留情地讥讽道。

当年的丑事被李金磐当着众小辈的面一件件揭开，气得赵金乌额上青筋直跳，盯着李金磐的眼里满是杀气。

"李金磐，你莫要转移话题，这些小辈遭遇了真魔异类，眼下还是检测一下为好，看看他们身上是否还潜藏着异类。"此时，秦天王一脉的秦莲淡淡出声。

此言一出引得所有人点头，异类最擅长隐匿，这些小辈接触了真魔级异类，首要之事就是进行检测。

秦莲屈指一弹，一缕火光升起，渐渐在半空化为一面燃烧着的镜子，上面刻着九朵莲花神纹。

"我这'九莲离火真镜'至刚至阳，有克制异类之效，用来探测极为合适，你们觉得如何？"

各方强者闻言没有异议，他们都听过秦莲这九莲离火真镜的威名。

秦莲见状没有迟疑，直接催动了九莲离火真镜，镜面上熊熊火焰燃烧，对着从灵相洞天出来的众多天骄照了过去。

众天骄顿时感到有一道炽热的光芒落在身上，火光之霸道引得身体都出现了灼痛感，好在很快便转走，迅速扫过其他人。

李洛同样感觉到火光落在身上，其炽热令皮肤传来阵阵刺痛感，他没有说什么，而是强行忍受着。但很快他就感觉到不对劲，落在他身上的时间明显比别人更久。

火光极为霸道，让他仿佛要燃烧起来一般。

就在此时，一只宽大的手掌落在李洛肩上，青光席卷而过，带起罡风，吹散了火光。

李青鹏出手了，他皱眉盯着秦莲，道："秦莲殿主，你盯着李洛一直扫是什么意思？"

秦莲面色不变，淡淡道："既然他有嫌疑，我自然要加大检测力度，李青鹏院主不必这么着急。"

李青鹏道："那你检测出什么了？"

对结果显然有些失望的秦莲摇摇头，然后面无表情地一招手，火焰镜子卷回。她冲其他强者道："这些人身上都没有找到异类的痕迹。"

众多强者闻言松了一口气。

秦莲则继续问道："秦漪，你将灵相洞天发生的事情细细地说一遍。"

秦漪微微颔首，然后语气平静地将在里面的遭遇仔细说了一遍，包括在黄金大殿与异类的首次遭遇。

当众多势力强者听见李洛最终斩杀了真魔异类时，皆神色惊诧。

一些人敏锐的目光投向了李洛手腕上的猩红镯子，从那里隐隐察觉到了一股狂暴凶悍的能量，镯子内封印了一头封侯级的大精兽。

可是……封侯级的力量，区区一个天珠境不怕被侵蚀吗？

但不管如何，李洛以天珠境斩杀真魔的战绩令见多识广的顶尖强者都感到惊艳。

"哈哈，好小子，干得不错，有你老爹的风采！"李金磐很高兴，拍着李洛的肩膀赞扬道。

李洛苦笑道："依靠外力而已，不算什么。"

李金磐嗤了一声，道："你以为谁都能用？把这股力量给其他天珠境，恐怕用一个残一个！"

李青鹏也笑呵呵地道："小洛要声名大振了，天珠斩真魔，即便有水分，也足够在风华榜留下一笔了。"

与此同时，秦漪终于说到了神秘的王级强者。

众多顶尖强者面色纷纷变得凝重，道："可知王级强者有什么目的？"

秦漪摇摇头，平静地道："我看见的最后一幕就是李洛挥刀斩向王级强者，之后再度醒过来时，王级强者已经不见了。"

众人闻言忍不住微微震动：李洛挥刀斩向王级强者？这小子这么不怕死吗？这跟蝼蚁冲击巨龙有什么区别？面对王级强者，就连他们都发自内心地保持敬畏，李洛竟然有直面的勇气，这小子这么艮吗？

秦莲皱眉看着秦漪，心想这妮子平日挺聪明的，怎么现在说个事还尽挑李洛的高光时刻？这是在找碴儿还是在给他扬名呢？

众人陷入了沉默。

此时，赵金乌幽冷的声音响起："诸位，这里面你们就没发现什么不对吗？

"异类出现的地方皆有李洛与李灵净，最后的神秘王级强者也是他们二人在面对，如果异类不是冲着他们来的，未免太巧合了吧？

"所以……我怀疑这些异类就是被这二人引来的！他们才是造成此次灵相洞天各大天骄折损的罪魁祸首！

"而且更让我好奇的是，他们身上究竟有什么东西，竟然能够引得王级强者亲自潜入灵相洞天？"

当赵金乌最后一句话落下时，众多强者眼神陡然一凝。

第一〇四六章 李洛遭疑

随着赵金乌声音落下，各方顶尖强者皆目光微凝，看向李洛。能够引得王级强者出动，绝非寻常之物，虽说赵金乌只是猜测，但还是让大家生出了好奇心。

如果王级强者真是冲着李洛与李灵净去的，那他们身上有什么东西竟然能让那般巅峰强者觊觎？

要知道，他们这些在天元神州声名大噪的上品侯都无法引起王级强者的关注。

被那么多封侯强者盯住，李洛感觉到一股无形的压力，若是心志不坚定，光是这些锐利的眼神就已经让人两股战战了。但李洛神色平静，他连王级强者的威压都承受过，这些上品侯虽然是响彻天元神州的大人物，但要让他失态恐惧显然也不可能。

"这位前辈既然不知晓灵相洞天里的情况，还是不要妄加指责为好，虽然我理解你因为赵天王一脉天骄损失惨重的心情。"李洛淡笑道。

李金磐讥讽地笑道："气急败坏，丢人现眼。"他把赵金乌说过的话尽数还了回去。

赵金乌脸上的肉抖了抖，冷冷地盯着李洛，道："那你倒是将里面的情况说个清楚，为何真魔以及王级强者会冲着你们来？"

李洛淡定地回道："在与真魔异类交手的时候，我的确知晓了一点它的底细，此物名为'蚀灵真魔'，它拥有一种古怪的能力，就是可以吞食天资卓越的天骄进化自身。"

此言一出，众封侯强者微微色变。可以吞人天赋的异类？当真是极少见。

"至于为何会盯上我与灵净堂姐……当然是因为我们两人天资卓绝，乃此次进入灵相洞天最出类拔萃的天骄，我们被盯上有什么好奇怪的？"李洛撇撇嘴，道。

众多强者面面相觑，你小子的天赋有多卓越尚且不知道，但自诩第一的厚脸皮确实没人能比。

"秦漪身怀下九品水相，比你弱不成？"秦莲冷冷开口，看不惯李洛的吹嘘。

"所以在黄金大殿，她也一起碰到真魔了，岂不是更能说明我所说的属实？"李洛说道。

秦莲一滞，皱眉问道："最后的王级强者呢？他可不是异类，在秦漪失去感知的那段时间发生了什么？还有李灵净呢？王级强者的目的究竟是什么？"她接连逼问，语气尖锐。

李洛沉默了一下，道："那名王级强者自称'灵眼冥王'，来自归一会。"

"灵眼冥王？归一会？！"这个信息一出来，众人纷纷变了脸色，变得凝重起来。归一会这个诡异的势力外神州或许还少有人知，但在内神州，各方势力都不陌生，甚至还打过交道。

因为归一会太不安分，他们与异类走得近，而且宣扬的理念也与整个人族存在冲突，信奉所谓的"善恶归一"，认为不能封锁异类，反而应该将它们放进整个世界，以此达成大融合。为此，他们兴风作浪，主动引出异类，造成异灾肆虐，形成万里鬼域，导致生灵涂炭。

这么多年，不知道多少势力被归一会引发的异灾摧毁，大家都对它深恶痛绝。

但无数的仇视都没有妨碍到归一会，它几乎是天地间最神秘诡异的势力，历史悠久、底蕴深厚，远比众多天王级势力强横，学府联盟与它纠缠那么多年，都未有对策。

不论人族还是精兽种族，都对归一会满怀忌惮与戒备。

而此次灵相洞天不仅出现了归一会，而且还是一位王级强者！王级，即便在归一会这等神秘诡异的地方都是核心人物！

所以，当众人听见李洛的话时都感到十分惊骇。

"这些都是王级强者自己说的，至于究竟为了什么而来，我也不知道，因为我和秦漪一样被封闭了感知，等我醒过来时，王级强者已经不见了，灵净堂姐也被他杀了。"李洛声音低沉地说道。

大家陷入了短暂的沉默。

但很快，赵金乌便冷声说道："你说李灵净被杀，可见到她的尸骨？"

李洛皱眉道："王级强者出手，随随便便就能将我们变成尘埃，还留得下尸骨？"

"那就是没看见。说明李灵净未必真的死了，说不定她是跟灵眼冥王走了，他们早就是一伙的，甚至正是因为李灵净，才会导致真魔异类以及王级强者穿透我们的防御，潜入灵相洞天！"赵金乌冷笑道。

"李灵净的嫌疑的确非常大！"秦莲淡淡道。

"李洛，你帮李灵净掩盖也脱不了干系！"出声的是一名头发火红的老者，他盯着李洛的目光有杀机流动。

这名老者身穿火焰长袍，上面有炎魔殿的徽纹。

看来这位来自炎魔殿的强者已经得知田绱被李洛斩杀的消息，看向李洛的目光充满仇恨。

听着这些话，各方势力强者的眉头紧皱起来。

"赵金乌，李洛是我龙牙脉嫡脉，你随意给他扣帽子，还得问问我龙牙脉同不同意。"李青鹏脸上的和气彻底散去，言语冰冷。

"你们的天骄死伤惨重，就去找归一会算账，当我龙牙脉的人好欺负不成？"

李极罗点头，道："此事是归一会导致，诸位不要嫁祸于一个小辈。"

"此事非同小可，牵扯到归一会的阴谋怎能让你们三言两语就带过。你们若心里无鬼，就应该将李洛交出来，由我们共同审讯，如果最后真与他无关，我们可以向他赔礼道歉！"赵金乌一步踏出，厉声说道。

他话音刚落，身后虚空震荡，八座巍峨封侯台再度出现，巨大的威压覆盖了整片天星大平原。

"我也觉得，还是把李洛交出来审问最好，也好给各方势力一个交代！"秦莲冷声说道。

"炎魔殿赞同！"红发老者沉声喝道。

其他强者见到三大势力对李天王一脉发难，神色微动，一时间没有说话。

"我看谁敢！"李金磐怒声说道，一步踏出，身后七座巍峨封侯台浮现，引得天地能量咆哮。

"李金磐，今日你护不住他！"赵金乌一声冷笑，身后虚空八座封侯台爆发出巨响，引得天地都在震颤，继而有无边无际的金色火焰席卷而来。

火焰遮天蔽日，整个天穹都被覆盖，那一幕壮观到极点。

金色火焰朝着李金磐席卷而去。

众多强者见状，眼神变得凝重。赵金乌身怀金乌相与火相，两者结合而生的"金乌之火"霸道绝伦。

李金磐面色冷厉，七座封侯台震动，顿时无数道黝黑的流光冲天而起，每一道里都出现了一枚十数丈长的黑色龙牙。

黑色龙牙宛如形成了一片剑海，每一根都蕴含着贯穿天穹之力。

下一瞬间，黑色龙牙呼啸而出，化为黑色天河，挟着无法形容的凌厉之气，与金色火海相撞。

嗤嗤！

碰撞的瞬间，虚空仿佛都崩塌了，但金色火海所过之处，龙牙纷纷消融。

两者的碰撞，还是实力达到八品侯的赵金乌胜一筹！

片刻后，金色火海震荡虚空，彻底将黑色龙牙熔化。赵金乌冷笑一声，伸出金色火手，对着李洛盖去。

然而就在此时，天地间似有风声呼啸。

下一瞬，无边无际的青风从虚空呜咽着呼啸而出，青风里好像蕴含着一种玄妙湿气，片刻便化为覆盖万里的连绵雨云。

青风卷雨而过，金色火海顿时被浇灭。

这般变化让赵金乌微微色变，因为出手的并非李极罗！那又是谁？竟能灭他的金乌火！

赵金乌如电的目光投去，便见到大腹便便的李青鹏踏空走出两步，其身后虚空震荡，一座又一座巍峨封侯台带着巨大的能量波动浮现。

共有八座！

赵金乌瞳孔陡然一缩，失声叫道："李青鹏，你何时进入了八品境？！"

第一○四七章
王者之怒

李青鹏突然出手,令众多顶尖强者惊愕不已,对方身后八座巍峨封侯台静静矗立,散发着力量强悍的波动。

八座封侯台,八品封侯!

大家用震惊的目光望着李青鹏,这张往日带着和气笑容的脸此时却显得十分冷肃,一股莫名的压迫感从他体内散发。

各方势力对李青鹏并不陌生,但对他的印象仅仅停留在李太玄的大哥,因为李青鹏对外显露的性格实在太温和,根本没有攻击性。

相对李青鹏而言,李金磐的名气更响亮。

然而谁都没想到,不显山不露水的李青鹏竟然不知何时进入了八品侯境界。莫要小看七品与八品之间的差距,看似只有一级,却是潜力与底蕴的体现。很多封侯强者年轻时都是惊才绝艳的存在,封侯境之前实力勇猛精进,可一旦封侯境后,实力的增长就变得缓慢了,因为这个境界稍稍前进一步都需要极大的潜力。一旦潜力消耗殆尽,想要再提升就当真难如登天了。

所以当众人见到李青鹏在不声不响间突破到八品时,皆十分吃惊,连李极罗都对李青鹏投去惊愕的目光。

赵金乌的面色变幻一阵,然后目光锐利地盯着李青鹏,缓缓道:"都说龙牙脉脉首一系唯有李太玄有顶梁之姿,现在看来,你也不遑多让,低调得当真让人难以想象。"

李青鹏淡笑道:"过奖了,与我三弟比起来,我这又算什么?"

"我不愿与你们起冲突,但你们若以为我龙牙脉软弱好欺,我今日就只能领教一下了。"

赵金乌面容冰冷，道："李青鹏，我对李洛出手并非因为他杀了赵阎，灵相洞天的争斗生死有命，赵阎死了只是因为他无能。但是，归一会灵眼冥王一事非同小可，他突然出现在灵相洞天必然有所图谋，我们需要更多的情报。审问李洛，只是为了确保情报的真实性，如果他没有撒谎或者隐瞒，我们自然会放了他。

"你若执意阻拦，岂不是有包庇李洛、纵容归一会的嫌疑？"

赵金乌开口便扣下各种帽子，归一会是各方势力最忌惮的存在，如果哪个势力与之有牵连，势必会被群起而攻之，就算是李天王一脉也承受不住。

"交出李洛，由我等审问。李青鹏，就算你是八品侯，今日也保不住他！"秦莲冷冷开口，话音落下的同时一步踏出，八座封侯台显露，令虚空震荡。

秦莲对龙牙脉心怀怨恨，更何况李洛还是李太玄与澹台岚的血脉，有今日这个机会，她自然不想让李洛好过。

她不仅表明了态度，而且心念一动，八座封侯台上竟有神妙的滚滚浓烟冲天而起，遮天蔽日。

此为封侯神烟，乃封侯台特有的手段，玄妙异常，可衍变万物，是封侯强者最喜欢施展的一种对敌手段。

升起的浓烟凝结成了一朵千丈赤莲，它流淌着赤红火焰，以一种焚灭苍穹的恐怖之势直接对着李青鹏压下。

"秦莲殿主，你们当我李天王一脉无人不成？"就在赤莲压下来时，一个低沉的声音响起，是李极罗。

虽说龙血脉与龙牙脉有诸多摩擦，但不管如何，两脉都属于李天王一脉，赵金乌、秦莲他们要联手擒住李洛，就是挑衅他们李天王一脉，李极罗不可能袖手旁观。

当李极罗的声音响起时，虚空陡然破碎，一只数千丈大的金色龙爪探出，龙爪之上，金色龙鳞闪着耀眼的光芒。

金色龙爪与千丈赤莲相撞，龙爪伸展，将后者生生抓爆，化为漫天赤火。

"李极罗！"秦莲脸色阴沉地望着站出来的中年男子。与李青鹏、李金磐相比，李极罗可是威名赫赫，在李太玄离开天元神州后，李极罗是李天王一脉王级以下最有话语权与威慑力的强者！

据说，他有冲击九品侯的潜力，有朝一日一旦晋入，那距离王级只有一步之遥了。万一再被他得到什么机缘，说不定龙血脉就又要多一位王级强者了。

对于这般人物，秦莲也怀有几分忌惮。原本她还抱着侥幸心理，觉得龙血脉与龙牙脉不和，而且龙血脉此前还想缓和与秦天王一脉的关系，李极罗应该不会出手，但眼下来看，事情没有如她所愿。

"真当我怕你不成？！"

秦莲也不是善茬，即便见到李极罗出手，她仍没有罢手，八座封侯台齐齐轰鸣，喷出漫天神烟，整个天地都震动起来，一股恐怖的能量威压席卷天地。

赵金乌喝道："田焰，李洛与归一会牵扯，连累炎魔殿天骄损失惨重，你侄子田缈也死在里面了，你不打算做点什么吗？"

听到此话，炎魔殿的赤发老者眼神变幻了数息，然后果断地一步踏出，爆发出惊天的能量波动，喝声如雷："李极罗、李青鹏，我们审问李洛只是问一下有关归一会的情报而已，又不会伤他性命，你们连这都要阻挠，未免太过分了。此次灵相洞天各方势力天骄损失惨重，总得有个交代吧！"

"赵天王一脉听令，擒住李洛！"赵金乌更是一脸煞气，直接下达了命令。

赵天王一脉的强者闻言，毫不犹豫地爆发出强悍相力，一座座封侯台浮现。他们与李天王一脉素来有仇怨，有了这个由头，自然没什么克制。

李天王一脉众多封侯强者见状，立即催动相力，虚空震荡间，一座座巍峨封侯台矗立天际，冒着浓郁神烟，犹如镇守蛮荒边关的古老城池。

其他势力见到这个阵仗，顿时心头一惊，他们知道，这是赵金乌找由头跟李天王一脉干一场，这种情况以前不是没有出现过。

两边势如水火，他们就没必要插进去了，免得被牵连。于是各方势力强者开始后退，任由他们剑拔弩张。

最终，赵金乌率先打破僵局，他眼神冰冷，一步踏出，八座封侯台轰鸣震动，神烟喷出，化为一枚巨大无比的金印，金印之上铭刻着三足金乌。

"李洛，你爹娘没教你诚实做人，我今天就代他们教教你！"赵金乌的喝声响起，金乌印直接对着李洛拍下。

李青鹏冷哼一声，就欲出手。就在下一个瞬间，他突然感觉到天地能量停止了流动，甚至连他自己的封侯台都停止了轰鸣。

李青鹏心头微动，然后他听见一个淡淡的声音穿透空间，于天星大平原回荡。

"我李惊蛰的孙子，轮得到你这玩意教训？"

当这个声音响起的瞬间，金乌印竟然开始崩解了，上面流淌的巨大能量更是如泄洪一般，消散于天地。

"李惊蛰！"赵金乌大惊失色，他怎么都没想到，龙牙脉脉首竟然会亲自出手，这也太以大欺小了吧？！

王者不可轻动，这是众所周知的规律，李惊蛰怎么就不爱惜羽毛呢？！

赵金乌头皮发麻，急忙喊道："李前辈莫要生气，我等……"

然而他求饶的话尚未说完，这片天穹就破裂开，一根看不见尽头的龙牙从中伸出，然后对着虚空之下的赵金乌轻轻一划。

轰隆！

随着龙牙划下，赵金乌顿时魂飞魄散，他见到自己的八座封侯台出现了一道深深的裂痕，险些被贯穿。

扑哧！

赵金乌大口大口喷出鲜血，面色惨白，眼神惊骇欲绝。他毕生底蕴所化的封侯台在龙牙之下竟然脆弱得跟纸一般！

但他此时顾不得伤势，疯狂地后退，因为从李惊蛰的出手，他感觉到了一丝杀机，这位王级强者可能真的怀着将他斩杀的念头。

赵金乌的模样被众多强者看在眼里，所有人头皮发麻，秦莲以及炎魔殿的田焰都面色剧变。

谁都没想到，只是一次寻常的冲突，竟然会引出王级强者！李惊蛰就不怕事态升级吗？！

众多强者面色变幻，然后目光投向李洛。看来，龙牙脉脉首心里对这小子比任何人想象的都要看重。

王者不轻动，是因为一般事情无法引起王者的注意。可一旦触了王者逆鳞，王者之怒必定如神雷天降。

第一〇四八章
双王对峙

原本弥漫滔天能量波动的天星大平原突然变成了一潭死水，躁动的天地能量犹如被一只无形的巨手悄然抚平，再也溅不起丝毫浪花。

诸多在天元神州威名赫赫的封侯强者此时皆变得如鹌鹑一般，异常安静乖巧。

没办法，谁都没想到，此次的冲突竟然会引来李惊蛰，那可是王级强者啊！

在各大神州，有一条不成文的规定，即王者不轻动，因为这个层次的强者牵扯太大，一旦争斗，就会毁天灭地。

所以，当李惊蛰出手时，所有人都头皮一麻，老头子不按规矩来啊。

赵金乌面色惨白，擦着嘴角的血迹。此时他周身能量波动急剧衰退，李惊蛰看似轻描淡写的攻击，实则让他受到了重创，但他不敢表露出任何不满，因为他明白，李惊蛰真要杀他，他连逃命的机会都没有。

王级强者的恐怖，赵金乌深有体会。

在寂静的天地间，李洛前方的虚空突然波动了一下，之后一道苍老的人影站在了那里。

他明明出现得十分突然，却没有任何人生出突兀感，仿佛他原本就站在那里。

一道道敬畏的目光投过去，望着面庞冷肃的老人。

"父亲！"李青鹏、李金磐见到老人，赶紧行礼。

"见过龙牙脉首！"李极罗等其他各脉的封侯强者也连忙躬身行礼。

其他势力的封侯强者同样微微欠身，以表达对王级强者的敬畏。

李惊蛰依旧是那副冷肃、严厉的模样，他淡淡地扫了李青鹏、李金磐一眼，道："没用的东西，连个晚辈都护不住。"

李青鹏、李金磐露出尴尬的笑容，道："父亲说的哪里的话，我俩就算拼上性命，也不可能让他们欺负小洛。"

一旁的李洛赶紧道："爷爷莫怪大伯、二伯，他们已在尽力护我。"

李惊蛰对他微微点头，神色缓和了点，道："放心吧，有老夫在，不管你惹出多大的麻烦，这天都塌不了。"他言语平淡，却自有一番霸气显露。

李洛心生感动，因为他很清楚李惊蛰的性格。李惊蛰行事自有规则，此次却能打破所谓的规则，直接现身护他，虽然不知是否源于对李太玄的亏欠，但李洛都得接受这份心意。

李惊蛰目光扫向各方封侯强者，他们身后一座座封侯台矗立着，但那股贯穿云霄的肆虐神烟都已悄然收敛。

"把你们这些封侯台都给我收起来，看着碍眼。"他淡淡道。随着他话音落下，所有封侯强者都感觉到自己的封侯台发出了嗡鸣声，仿佛带着畏惧，开始不断缩小，最后化为一道道流光，没入众多封侯强者体内。

这一幕，让天星大平原无数人震惊不已。他们都看得出来，封侯台不是这些封侯强者主动收入体内的，而是被李惊蛰一言呵斥，主动乖乖退避的。

可谓口含天宪，言出法随，莫敢不从。如同世俗间的帝王罢侯免将，皆在一言之间。

赵金乌、秦莲等人看着霸道的李惊蛰，虽然心头愤懑，却不敢表现出来，因为双方根本就不在一个层次，完全没办法协调沟通。

面对李青鹏、李金磐时，还能强硬要求交出李洛，由他们审问，可面对李惊蛰，这样的话他们半句都不敢提。

李惊蛰能够现身，就已经表明了态度：他会无底线地护着李洛。

他们若是再敢说一句，恐怕李惊蛰接下来就会让他们知道什么叫作王者之怒。

就在他们沉默间，突然有一个声音从远处传来，轰隆隆地响彻在天地之间。

"龙牙王，你越线了。"

听到这声音，赵金乌眼中顿时涌现出惊喜之意。

突如其来的动静并未让李惊蛰觉得意外，他知道各大天王脉皆有王级强者关注着这里。眼下发出声音的，是赵天王一脉的王级强者。

赵天王一脉有五宫，来的便是神虎宫宫主，神虎王赵宗。

吼！虎啸音响彻天地，无数道视线见到一头看不见尽头的巨虎似跨越了虚空，出现在这片天空。巨虎不断缩小，最后化为丈许左右，虎背上，一名身穿明黄金袍的男子盘膝而坐。

男子面色威严，目光扫动间就令人生出无限的畏惧。

"拜见宫主！"赵金乌等赵天王一脉的强者见到此人连忙跪拜。

骑虎的男子摆了摆手，目光却直视着李惊蛰，淡笑道："李惊蛰，没想到素来奉守规矩的你，今日竟然会打破规则。"

"你……不应该出现的，这些事情交由下面的人处理，方才妥帖。"

李惊蛰漠然道："废话就不用说了，你们的人输不起，还想以大欺小，我就只能让他们感受一下相同的滋味。"

赵宗摇摇头，道："他们只是想询问一下而已，又不会要了李洛的性命，毕竟此事关系到归一会。"

"你真当老夫老糊涂了？"李惊蛰眼中浮现出一抹冷意，道，"这些货色都是当年被我儿李太玄压得喘不过气的废物，他们对李太玄无可奈何，如今见到有机会，就想从李洛身上讨回来。"

如此不客气的话，听得赵金乌与秦莲面色极其难看。

"至于归一会和灵眼冥王，想来他们是冲着灵相洞天深处去的，跟李洛又有什么关系？"

李惊蛰的眼神愈发冷厉，他盯着赵宗，语气变得低沉："当年之事，老夫顾全大局忍了一次，但绝不会有第二次。正好你们都在这里，老夫就说个清楚明白，同辈事同辈了，你们谁敢耍阴招对付李洛，不管是谁，我龙牙脉都与他死磕到底！"

听着李惊蛰的话，赵宗的面色也沉了下来："李惊蛰，你未免过于霸道了，你龙牙脉还能代表整个李天王一脉不成？"赵宗好歹是赵天王一脉的巨头，威望大，往日无人敢违逆他的心意，现在李惊蛰如此强硬，让他颜面无光。

李惊蛰盯着赵宗，眼神幽深："赵宗，你若不服，那就战！"

李惊蛰的话落下，无边无尽的天地能量咆哮起来，竟形成了能量潮汐，席卷了数十万里天穹。无数人惊骇欲绝，李惊蛰这是要开启王者之战吗？！

第一〇四九章
三冠之境

当李惊蛰冷硬的声音响起时,各方强者纷纷大惊失色,李惊蛰是打算直接与神虎王开启一场王者之战吗?!此等级别的战斗,即便在内神州都极为少见。

面对李惊蛰的逼人之势,神虎王赵宗面色愈发阴沉,一股无形而恐怖的压迫感散发,令天地都在震颤,天地能量随其心意而变得狂暴起来。

"李惊蛰,你太嚣张了!"赵宗的声音里有着掩饰不住的怒火。他性格强势,往日在赵天王一脉是出了名的霸道,没有任何人敢违背他的意志,而如今被李惊蛰一而再地挑衅,赵宗心里迸发出了浓烈的杀机。他也能猜出李惊蛰如此强硬的原因,他是要向所有人表明他的态度,震慑其他势力。

显然,李惊蛰对这个孙子比任何人想的都要看重。

想通了这一点,赵宗变得更加愤怒了:李惊蛰想杀鸡儆猴维护你那孙子,就找到本王头上吗?真当本王是软柿子不成?!

"李惊蛰,你真以为本王怕你?你想战,本王奉陪到底!"

赵宗冰冷的声音响起,整个天地间的温度骤然降低,恐怖的肃杀之气令封侯强者头皮发麻。

赵宗并未服软,而是接下了李惊蛰的挑战!于是各封侯强者纷纷落下去,不敢立于虚空,免得遭到余波冲击。他们在别人眼里虽说都是威名赫赫的上品侯,可在两位恐怖的存在对峙时,他们与李洛这些天珠境一样,都只是蝼蚁。

就在赵宗强硬回击李惊蛰的一瞬,他一步跨出,直接出现在虚空上,下一瞬,无数道震惊的视线就见到,他的身躯以一种惊人的速度膨胀起来,短短不过数息,便化为一个巨人。

巨人约莫有万里高，比巍峨山岳还要壮观，他庞大的身躯上铭刻着无数古老的纹路，每一道都充满着神秘的韵味，光是看着就令人感觉到晦涩。

面对这种可俯瞰大地的巨人之躯，所有人的脑袋一片空白。如此身躯，可谓开天辟地的古老神灵一般，令人望而生畏。

李洛望着仿佛能以手摘星辰的巨人，满脸震撼，这种力量太过强大，远远超出了他的想象。

"此为法相神体，乃王级强者的一种能力。"李洛身旁，李青鹏神色复杂地感叹一声，语带敬畏。

面对着这种通天伟力，没有任何人敢心怀不敬。

"大伯，王级强者可有品阶之分？"李洛虚心求教，以往王级对他来说还太远，没有详细了解过。

李青鹏笑道："自然是有的。"

他望着通天巨人，视线停留在巨人脑袋上方，只见那里有一个巨大的冠冕。

冠冕是以无尽能量凝聚所化，散发着至尊至贵的神韵，当他望着冠冕的时候，都忍不住生出要跪拜下去的冲动。

此物犹如帝王的冠冕，但比世俗王朝的帝王冠冕尊贵得多，是凌驾天地的力量。

冠冕之上铭刻着一道道古老的符文，仿佛自天地而生，每一道都代表着一种本源。

巨大的身躯矗立天地，头戴神之冠冕，此时的赵宗宛如神灵降世，让天星大平原的无数人敬畏膜拜。

"王者之境还有一个称谓，叫作'三冠境'。"

"三冠境？"李洛微微思索，忍着双目的刺痛，看了眼赵宗"法相神体"头顶戴的神秘冠冕，道，"难道是指冠冕？"

李青鹏笑着点点头，道："没错，你看见的王者神冠正是王级强者毕生底蕴衍变而成的，神冠有无穷玄妙，可引动天地本源，移山填海不过一念之间。

"据说王者神冠可衍变三层，故而被称为'三冠境'。神虎王赵宗便是一尊神冠，可称'一冠王'，以此类推，后两境则是'双冠王'与'三冠王'。"

李洛神色古怪："听起来好像有些……敷衍。"

李青鹏笑笑，道："虽然听起来简单，但当你明白它代表的伟力有多大时，自然会生出敬畏。咱们五脉唯有龙血脉的李天玑脉首可称'双冠王'。"

李洛心头一动，这么说，李惊蛰与赵宗一样是"一冠王"？

就在李洛这般想着的时候，天地间能量轰鸣，只见李惊蛰的身躯也迎风暴长，片刻后又一座如神灵般的巨人矗立天地间。

"李惊蛰，想用本王立威，本王偏不如你愿！"

赵宗笑声如惊雷，轰隆隆响彻百万里，整个天星大平原的生灵都感到耳朵震痛不已。而后赵宗头顶上的王者神冠暴射出亿万道光华，它们化为一条贯穿百万里的能量长河，尽头处，一头斑斓金瞳巨虎走出，挥动着虎爪，对着李惊蛰拍下。

轰！

漫天的光线仿佛都消失了，唯有遮天蔽日的虎爪，虚空不断崩塌，又不断自我修复。

无数空间碎片被绞成风暴，摧毁着眼前的一切。

李惊蛰的法相神体眼神漠然地望着贯穿天地的虎爪，头顶的王者神冠有无数古老符文流淌而下，它们化为一柄平平无奇的黑色长剑，剑身略薄，布满了细微的黑色印记。

李惊蛰屈指一弹，黑色长剑洞穿虚空而出，瞬间与遮天蔽日的虎爪相撞。

撞击时没有任何恐怖的碰撞声响起，因为黑色长剑几乎是在刹那间就洞穿了虎爪，剑光掠过，斑斓金瞳巨虎与横跨百万里的能量长河直接被磨灭。

赵宗的眼瞳猛然一缩。

然后他缓缓低头，他的法相神体上，一道数万丈长的深深剑痕刻在了上面，无边锋锐的剑气肆虐而出，带来了刺骨剧痛。

短短刹那的交锋，赵宗竟然神体受损！

这一幕震撼了无数人的神经，一个个惊骇欲绝。

"不可能！"赵宗爆发出难以置信的怒吼声。

李惊蛰一脸平静地望着震惊的赵宗，下一刻，如九天雷鸣般的声音回荡天地。

"没有什么不可能。

"因为我与你不一样。"

赵宗怒笑道："不一样？！什么不一样？"

李惊蛰苍老的脸上掠过一抹讥讽之色，他指了指头顶，道："这里不一样。"

赵宗陡然看向李惊蛰头顶，只见在第一层王者神冠之上突然有无尽光华涌出，古老玄妙的光纹交织，仿佛采集着世界本源，最终勾勒出了更尊贵的一层冠冕。

赵宗心头掀起惊涛骇浪，这片天地的虚空深处传出了遮掩不住的动荡气息。

两尊王者神冠！李惊蛰竟然不知何时已位列"双冠王"！

第一○五○章
晋双冠王

李惊蛰的法相神体屹立于天地，头顶两层王者神冠宛如最耀眼的存在，上面铭刻的每一道纹路都流转着本源气息，一种至尊的波动散发，李惊蛰仿若神灵般令人不敢直视。

双冠王！

这一刻，不论赵宗还是隐藏在暗处关注着两人交锋的各方势力巨头，心里都掀起了惊涛骇浪。谁都没想到，李惊蛰竟在不声不响间迈入了双冠王境界！

以往李天王一脉唯有龙血脉脉首李天玑是双冠王，现在李惊蛰也是了吗？各方势力的封侯强者都十分震撼，只不过赵金乌、秦莲这些与龙牙脉有怨的人面色铁青，李惊蛰更上一层楼，龙牙脉的实力与地位也会有所提升，对他们而言实在不是好消息。

"老爷子藏得也太深了，他什么时候突破的？！"李青鹏欢喜无比，脸上满是惊讶之色。

李金磐则无奈地道："我总算知道大哥你还有鲸涛那小子喜欢遮遮掩掩隐藏实力的性格是从哪里学来的了。"

李青鹏闻言有点尴尬，道："二弟，不是我特意要瞒，只是你知道，我若是显露了八品侯的实力，紫气院下面的人势必会起与金光院争斗之心，到时候弄得咱们龙牙脉乌烟瘴气的。"

李金磐瞪了他一眼，道："把金光院的气焰打压下去有什么不好，这些年他们太嚣张了，赵玄铭都快在我们头顶上拉屎了！"

李青鹏笑呵呵地道："不至于不至于，有老爷子在，赵玄铭再得意，也只是为我龙牙脉添砖加瓦而已。你只要看开点，就会发现老赵是个很勤奋的打工人。"

李金磐怒斥道："真是没心没肺。"

李青鹏听了也不在意，喜滋滋地望着虚空上头戴两层王者神冠的李惊蛰。他知道，随着李惊蛰显露实力，龙牙脉的声望与实力都会更上一层楼，在天龙五脉，龙牙脉已经有媲美龙血脉的资格了。

一旁的李洛听见两人说话，忍不住暗笑。他同样看着李惊蛰的伟岸身影，感受着那股莫名的压迫感，以前没有对比无法估算庞千源的等级，但现在来看，庞千源应该是一冠王。

还是老爷子更强啊。

在无数震惊的视线中，李惊蛰目光锁定赵宗，淡淡地道："还想再战吗？"

赵宗脸色变幻不定，眼神羞恼。他堂堂王级强者，今日被李惊蛰当着这么多人的面击伤，对他可谓不小的打击。

"李惊蛰，你想战那便战，我赵天王一脉不惧你李天王一脉！"赵宗厉声说道。

然而此话一出，众人知晓赵宗已经露怯了，言语间将战火扩大到了两大天王脉之间，想以此威慑，警告李惊蛰不要得寸进尺。

李惊蛰眼神幽深，头顶流转着至尊气息的神冠吞吐滔天光芒，其内衍变地风水火，覆盖天穹。无形的恐怖压迫感如天灾降临，不断堆积，令诸多封侯强者冷汗淋漓。

赵宗心头暗怒：李惊蛰打算继续动手？！

就当赵宗下不了台的时候，一个苍老的声音突然响起："贺喜龙牙王登临双冠王之境。"

声音落下时，一颗陨石从天而降，而后化为一道身影立于虚空。那人身穿星袍，上面有展翅的金凤，他披散着一头白发，看似如老人般的模样，皮肤却宛如婴儿般细腻，双目深邃如深渊，手里握着一把白色的戒尺，上面铭刻着山川河流。

当这道身影出现时，即便是李惊蛰，眼神都微微一凝。

赵天王一脉有五宫，眼前之人便是五宫之首的天凤宫宫主，天凤王赵怀瑾，一位老牌的双冠王。

"没想到天凤王也来了。"李惊蛰淡淡开口。

赵怀瑾微微一笑，道："真是没想到，龙牙王不显山不露水，反而是天龙五脉第二位进阶双冠的。往后李天王一脉坐拥两尊双冠王，我赵天王一脉得老实了。"

他手指轻轻摩挲着白色戒尺，眼中流转着莫测的光。

就在天凤王声音落下时，一道笑声也突然响起："天凤王何必妄自菲薄，赵天王一脉底蕴深厚，可远非我李天王一脉能比。"

只见有金光破空而来，一人自其中走出，看模样，俨然是龙血脉的李天玑脉首。

天凤王见李天玑现身，脸上的笑容更甚，摩挲白色戒尺的手指也停了下来。因为他知道，这老东西此前隐匿在虚空时就一直锁定着自己，他一露面，李天玑就立刻现身钳制。

"龙血王，今日之事就到此为止吧，如何？"天凤王思索了一下，对着李天玑问道。

李天玑闻言，转头看向李惊蛰，笑道："惊蛰脉首以为如何？若是你觉得不够，我可帮你拦着天凤王。"

李惊蛰面容平静，下一刻，他巨大的神体开始迅速缩小，数息之后变得正常。头顶散发着至尊气息的王者神冠也消散了，他再次变成了大家熟知的老头子。

李惊蛰没有继续施压，他明白，两大天王脉爆发战争，后果双方都无法承受。反正他今日的目的已经达到，想来神虎王赵宗胸上的剑痕会让其他窥探此处的王级强者收起心思。

李惊蛰散去凶威，赵宗庞大的身躯也恢复原貌，他面色阴沉地看了一眼胸口的剑痕，没有说话，直接转身消失在虚空。被李惊蛰斩伤，这个神虎王没脸再待在这里了。

天凤王看向各方势力强者，笑道："此次灵相洞天就到此为止吧，归一会的事情，大家回去后得保持戒备，免得他们折腾出什么事情。"

各方强者点头，天凤王这么说就是对灵相洞天一事下了结论，之后再不可能借这个由头将李洛抓起来审问。

何况人家有个双冠王的爷爷，谁敢动？而且各方势力都清楚，怀疑李洛只是神虎王赵宗的借口罢了，他们可不相信，归一会的王级强者会为了区区一个天珠境费这么大的精力潜入灵相洞天……

秦莲对这个结果很不满意，但她知道，双方王级强者都现身了，她的任何意见都不重要。

于是她冷着脸，径直转身离去。秦天王一脉强者见状，纷纷跟了过去。秦漪看着秦莲的背影，又看了一眼李洛，而后平静地跟上了大部队。

各方势力皆在默默退去，这里的气氛迅速缓和下来。

李洛悄然松了一口气。内神州的阵仗还真是吓人，动不动就是王级强者出动，规格比外神州高了不知道多少。

"多谢爷爷。"李洛冲着李惊蛰感激地笑道。

李惊蛰看了李洛一眼，严厉冷肃的脸上露出一丝笑意，道："你在灵相洞天得到的好处看样子不小。"

他一眼看出，此时的李洛不论相力等级还是相性品阶都有着很大的提升。

"不值一提。"李洛谦虚地说了一声，然后又想起什么，连忙道，"爷爷，还有一事想请您帮忙！"

"何事？"

李洛目光一扫，见到不远处的金姐，于是他赶紧掠起飞去，数息后落下身。

金姐正与一群金龙宝行的人在一起，他们看着面前的冰雕，吕清儿还保持着被冰封的姿态。

"爷爷，这是我在外神州的故友，关系深厚。在灵相洞天她为了帮我，激活了一种力量冰封了自身，您能帮她解开吗？"李洛紧张地问道。

李惊蛰看着冰雕内容颜清丽、冰肌玉骨的女孩，目光一凝，然后笑着发问："外神州的故友？关系深厚？"

"难道她就是你说的未婚妻？"

第一○五一章
归程叙话

听到李惊蛰的话,李洛有些无奈与尴尬,摇头道:"爷爷您想多了。"

李惊蛰道:"那真是可惜,这个小姑娘看上去还不错。这股力量……是金龙山的圣种之力?"

眼神里掠过一抹惊意,他打量着被冰封的吕清儿,道:"这么小的年龄就能调动一缕'寒冰圣种'的力量,虽然粗浅,但足以说明她与寒冰圣种是何等契合。"

"圣种?这是什么?"李洛疑惑地问道,他似乎听金姐提及过。

"圣种是世界级的瑰宝,是由世界本源物质衍变,再经天王级强者消耗无数心血炼制而成的。它是天王级势力的真正底蕴,没有圣种的天王级势力无法长存。"李惊蛰耐心地解释道。

李洛暗感震惊,听起来很高深,这是他以前完全无法触及的信息。而且听李惊蛰言下之意,他们李天王一脉应该也有圣种?

李洛没有深问,而是转头问道:"那爷爷能解除她的冰封状态吗?"眼下最重要的还是要救出吕清儿。

李惊蛰笑了笑,道:"我倒是能做到,但我觉得似乎没有这个必要。"

"为什么?"李洛惊愕地问道。

"以圣种之力冰封自身不完全是坏处,它会让这个小姑娘在深眠状态里与圣种之力更加契合,只要她能保持清醒,不让无尽冰寒冰封内心,就能从中获得好处。"李惊蛰说道。

"我若是出手,只能以强硬的力量破坏圣种之力,并非上策。所以当务之急是将她送回金龙山,由他们借助圣种的力量解除冰封。"

李惊蛰说到此处，看向金姐身旁的数人，道："你们觉得呢？"

数名封侯强者是被派来保护吕清儿的，他们闻言恭声道："龙牙王所说的确是最佳之法。"

金姐点点头，对着李洛道："李洛，你不用太担心，我们刚才经过商量，决定尽快将小姐带回去。"

李洛闻言点点头，只觉得有些惋惜，看来不能亲自与吕清儿告别了。金龙山不在天元神州，下次再相遇也不知是什么时候。

"那就麻烦诸位了，清儿在灵相洞天遭遇了变故，你们应当有所注意。"李洛提醒道。

一名金龙山的老者点头，拱手道："多谢李洛龙首提醒，我们已经从金儿那里知晓。这些事等回到金龙山自会禀报家主，由他决定。"

他们与李洛稍作交谈后，不再耽搁，带着吕清儿登上了金龙山的飞舟，迅速离开了天星大平原。

李洛望着远去的飞舟，微微惆怅，然后深吐一口气，调整了情绪。

灵相洞天历练彻底结束了，他实打实捞到了不少好处，此行收获可谓盆满钵满。

"走吧，我们也要回龙牙山脉了。"李惊蛰说道。

李洛点头。片刻后，李天王一脉的龙首楼船腾空而起，载着五脉队伍启程。

天星大平原，各方势力纷纷退走。

随着他们各自离去，灵相洞天发生的一切事情将以惊人的速度扩散，然后传遍整个天元神州，而有关李洛与李灵净的事迹势必是相当浓厚的一笔。

当龙首楼船于天际划过、迅速朝着李天王一脉的疆域而去时，在楼船顶层，李洛再次见到了李惊蛰。

李惊蛰看着李洛，第一句话就是："李灵净没有死在灵相洞天，而是被灵眼冥王带走了吧？"

李洛心头微震，旋即干笑道："爷爷您怎么知道的？"他没有狡辩否认，既然李惊蛰能问出这句话，想来心里已有了答案。

李惊蛰淡淡一笑，道："之前人多眼杂，不好多说。或许是因为前些年的经历，李灵净的心思很深沉、复杂，她对任何人都抱着极大的防备心，包括我。此前我帮她消除污染时,她看似配合,取得了很好的净化效果,但实际上她在内心深处潜藏了一丝蚀灵真魔的气息。"

李惊蛰示意李洛坐下,为他斟了一杯茶后继续说道:"所以啊,李灵净心里其实是不打算清除蚀灵真魔的。"

李洛愣了,这种事情他还真不知道。

"灵净堂姐她……"李洛神色复杂。

在与李灵净接触的这段时间,他自然能感觉到对方的行事风格有些狠厉,但不管如何,李灵净对他没有丝毫坏心。

"爷爷,灵净堂姐没有害我的心思。"李洛说道。

李惊蛰点点头,道:"我知道,所以我让她活着离开了龙牙山。在龙牙脉与归一会之间,她选择了后者,她是个很有野心的人,如果让她在归一会崛起,未来或许会成为那里的重要人物。

"原本说,这种隐患最好在其成长起来前就消除掉……但她真的很聪明,把希望寄托在你身上,反而保有了一线生机。"

听着老人淡淡的言语,李洛苦笑一声。他懂爷爷的意思,如果换作任何人为李灵净求情,李惊蛰恐怕都不会理会,唯有李洛这特殊的人、特殊的情况,才会让李惊蛰改变想法。

这就是李惊蛰为什么说李灵净很聪明,她敏锐地在那么多人里选了一个对她最有用的。

"或许,她也利用了你。"李惊蛰缓缓说道。

李洛沉默了一下,道:"爷爷,灵净堂姐受到蚀灵真魔的影响,行事的确自我且偏激,但我不怪她,她只是想活下来,正因为她曾经历过绝望,所以才会利用一切手段去求得生机。"

"而且,我相信她,她不会害我。"李洛的神色变得认真,因为他相信自己的感知与判断,不管未来李灵净变成什么模样,最起码她不会加害他,至于其他问题,只能到时候再看了。

李惊蛰微微点头,道:"希望你的感觉是对的。"

而后,他突然话音一转:"你的那柄刀碎了?"

第一〇五二章
三尾机缘

听到李惊蛰突然问话,李洛不由得心疼地点点头,然后取出金玉玄象刀的碎片。这柄刀跟了他很长时间,见证了他的成长。

"这柄刀品阶一般,与众不同的是里面的王者印记,看来那位王级强者曾经付出了很多心血,是个念旧的人。"李惊蛰瞥了一眼,评价道。

"这是与灵眼冥王冲撞时损毁的吧?"

李洛点点头,王级强者太恐怖,他唯有这张底牌能稍稍抵挡一下,但也仅此而已了,最终的结果就是刀毁人伤。

"你还真是初生牛犊不怕虎,天珠境就敢向王级强者挥刀。"李惊蛰说道。

李洛苦笑道:"没路走了啊,不出手就得死,还管他是什么东西。"

"你最后还能活下来,运气不错。"李惊蛰眼含深意,道。

"如果不是灵净堂姐,我未必能活下来。"李洛叹道。

"倒也未必。"李惊蛰淡淡一笑,道,"归一会的人,你以为是讲信誉之辈?即便当面应下了条件,但在送走李灵净后,他有一万种方法让你死得悄无声息。"

"那……那我是怎么活下来的?"李洛愕然。

李惊蛰目光闪动,屈指一点,只见一道毫光从李洛手腕佩戴的空间球里飞出,化为一枚斑驳古老的令牌。

李洛看去,惊讶道:"天王令?"

李惊蛰盯着天王令看了一会儿,道:"此物有残留的催动气息,如果我所料不差,当时灵眼冥王对你起了杀心,令牌有所感应,散发出了一丝老祖的气息,吓退了灵眼冥王。"

李洛背后冷汗直冒，灵眼冥王最后竟然还试图杀他？听起来，他如果不是有天王令护身，岂不是会莫名其妙地栽在灵相洞天？

一念至此，以李洛的心性都忍不住有些胆寒，在未曾察觉时，他距离死亡如此之近。

"狗东西，等以后再找你算这笔账！"李洛心头暗恨。现在灵眼冥王太厉害，打是打不过的，暂且记一笔。

旋即他冲李惊蛰露出乖巧的笑容，道："爷爷，我在灵相洞天斩杀赵阎，算是为咱们龙牙脉扬威了吧？"

瞧着他一脸邀功的模样，李惊蛰淡笑一声，道："一个赵阎而已，他在赵天王一脉这几届的年轻天骄里只能勉强排进前十。"

李洛闻言顿时脸一垮。

李惊蛰这才笑道："你个小滑头，想说什么就直说吧。"

李洛指了指金玉玄象刀的碎片，干脆地说："没称手武器了，爷爷给一个吧。"

李惊蛰笑了笑，道："此次灵相洞天你的表现的确不错，你既然有功劳，自然会给予奖赏，这也是龙牙脉的规矩。"他拨弄了一下碎片，微微思索，道，"虽然这柄刀破损了，但有个好消息是，王者印记没有完全消失，有部分气息散逸到了碎片里，与之形成了简单的融合，虽然很快就会消散，但如果在此之前重新锻造一番，或许会有出人意料的收获。"

"真的吗？"李洛顿时惊喜起来。

李惊蛰袍袖一挥，卷起金玉玄象刀碎片，道："交给我来处理吧，回到龙牙山脉后，我找最好的炼器师为你打造。"

"多谢爷爷！"李洛大喜。

李惊蛰摆了摆手，突然又看向他的猩红镯子，说道："把你那镯子给我看看。"

李洛老老实实地取下镯子，递了过去。

李惊蛰接过观测了一会儿，有些惊讶地道："好精妙的封印奇阵，送你此物的王级强者有几分独特的手段。"

他屈指轻轻地在镯子上一弹，一道细微的波动散发出来，下一瞬，一缕血雾升起，在李洛面前化为一头约莫巴掌大小的血狼虚影，正是三尾天狼。

此时的它可没有了此前李洛见过的凶煞之气，反而蜷缩着，瑟瑟发抖，看上去有几分可怜。

因为它在李惊蛰身上察觉到了恐怖的气息，比封印它的庞千源更强大。

"这头大精兽就是你在灵相洞天大杀四方的倚仗吧？"李惊蛰看了三尾天狼一眼，笑道。

李洛辩解道："它只是起到一点锦上添花的作用，主要还是孙子我自己勇猛。"

李惊蛰笑笑，道："它应该是天狼一族，已进化到五尾了吗？还算有些能耐。"

"爷爷你别吓它，小三这些年帮了我不少忙，许多关键时刻都是依靠它的力量。"李洛说道。三尾天狼对李洛投去感激的目光，同时暗自庆幸，还好它与李洛早就达成了共识，自己也没有给李洛使绊子，不然今日恐怕会死得很惨。

李惊蛰看着三尾天狼，道："算你机敏。"而后他又冲着李洛告诫道，"虽然封印镯子压制了三尾天狼力量里的凶气，但你不能太倚靠它，它毕竟是封侯境的大精兽，即便没有故意侵蚀你的想法，但使用那股力量时终归会影响你，甚至会损害你的根基。"

李洛乖巧应下，这样的话庞千源也说过，如果不是万不得已，他不会轻动三尾天狼。

"爷爷，小三这次受创很重，我之前用它的力量与灵眼冥王碰撞了一下。"李洛望着狼影，感觉到它散发出的萎靡气息，此前灵眼冥王不仅打散了他的攻击，还重创了镯子里的三尾天狼。

李洛甚至能感觉到三尾天狼的虚弱状态，想来未来很长一段时间它都需要休养。

李惊蛰闻言，想了想，盯着三尾天狼说道："也罢，念在你保护了李洛，我也给你一份机缘。你若能把握住，对你的进化将有着极大裨益。"

三尾天狼顿时狂喜，然后忙不迭地对着李惊蛰磕头。

李惊蛰转向李洛，扬了扬猩红镯子，道："此物我先取走，回头再还你。"

李洛自无不可。随着来到天元神州，接触了太多封侯强者，三尾天狼初入封侯境的实力已经不够用了，如果能在李惊蛰的帮助下有所提升，对他来说也是好消息。

而且，吃了这份甜头，三尾天狼也会对他多几分信任与忠诚。

见到李惊蛰收起镯子，李洛微微思索，说道："爷爷，我有一件事情打算与您说。"

"什么？"

李洛道："等回龙牙脉休整一些日子后，我打算离开一段时间，我有事需前往天元古学府，而且会带走九纹圣心莲。"

"去天元古学府？"李惊蛰点点头，没有出言阻拦。

"但在你走之前，有个任务要先完成。"

"什么？"

李惊蛰笑了笑："通关煞魔洞。"

第一〇五三章

寻原始种

一艘巨大的飞舟自云层间穿梭而过,平稳得如同行驶在陆地之上,船身上有一朵栩栩如生的火莲纹路。

这是秦天王一脉的飞舟。

此时,在顶层的船舱里,秦莲盘膝而坐,盯着前方的绝美倩影,平静地问道:"秦漪,我交给你的任务可完成了?"

秦漪的脸上浮现出复杂的神色,秦莲说的任务是让她找机会取得李洛的一块血肉。

她轻轻摇头,道:"让母亲失望了。李洛对我防备极深,而且他藏的底牌很厉害,不仅赵阁被他重创,我甚至亲眼见到他斩杀了真魔异类。所以,我无法取得他的血肉。"

秦莲脸色微寒,道:"你太让我失望了!"

秦漪微微垂首,道:"是女儿无能。"

秦莲盯着秦漪,冷声道:"我警告你,李洛那小子虽然长得好看,但我与他们一家子是死敌,以后不是我死在他们手里,就是他们死在我的手里,你身为我的女儿,最好搞明白立场!"

秦漪轻声道:"母亲说的什么话,我与李洛没有任何关系,而您是我的母亲,无论如何我都会站在您这边。"

秦莲闻言神色这才缓和了点,她眼睛眨了眨,道:"你先前说,李洛进药庐没有亮出令牌?而且白猿还带他直接进了主屋?"

秦漪领首,道:"我的确没见到李洛取出过什么令牌,而且白猿对他颇为客气,甚至感觉有些……恭敬。我猜，或许是李洛在灵相洞天运气很好地得到了一种高规格的身份。"

秦莲冷笑一声，道："灵相洞天里取得的身份，怎么可能比我给你的长老令牌还高！那枚令牌是当年我在无相圣宗的遗迹里得到的，包括药庐的情报。"

秦漪疑惑道："那为何白猿会对他那般客气，还引他进主屋，我猜测李洛在那里应该得到了不少好处。"

秦莲眼皮跳了一下，然后摆了摆手，道："算了，此事已经过去，不必介怀。回去后你得开始为日后冲击天相境做准备了。"

秦漪点头应下，然后转身退去。

秦漪离去后，秦莲的脸色陡然变得冰冷，眼神惊疑不定："李洛那小子竟然能在不出示长老令牌的情况下，被白猿恭敬地引入主屋，这个身份……"

秦莲起身，屈指一弹，一缕火光落在身后的墙上，火焰纹路蔓延，形成一朵火莲，而后墙壁微微震动，竟从中分裂开来。

秦莲走进去，里面有一座石台，石台上是一颗水晶球，她来到水晶球旁，抬手将一道相力灌进去，将它激活。

水晶球被激活，光芒流转而出，渐渐化为一道人影盘坐在上方。

这是一名银发男子，身躯雄壮，面目英武，脸上有许多玄妙的符文，令他看上去十分神秘。

"大宫主。"秦莲见到此人，躬身行礼。眼前的人名为秦九劫，乃秦天王一脉真正的掌权者。

"怎么样？"银发男子淡笑道。

秦莲微微沉默，然后道："我怀疑东西就在李洛身上！"

秦九劫眼中流转着深不可测的光，他盯着秦莲，缓缓道："你确定？"

秦莲沉声道："我调查过，李洛在灵相洞天如鱼得水，轻易获得诸多机缘，说明他必定与无相圣宗有很大的牵扯。

"药庐的白猿更是将他引入主屋，那里连手持长老令牌的秦漪都进不去，而且在里面取药本是有数量限制的，李洛却拿到了很多珍稀资源，说明白猿任他索取，此等身份地位绝对不一般。

"所以，即便秦漪未能取得李洛的精血验证，但从细节之处已经能够做出判断了。"

秦九劫没有波澜的声音传来："但这些……一直以来都只是你的猜测。为了你的猜测，当年我们的反应已经过激了，险些引人怀疑。"

秦莲猛地抬头，直视秦九劫，有些激动地道："我猜的绝对没有错，当年在无相圣宗遗迹，我的确从一部快消散的典籍上得到了这些信息！

"无相圣宗遗迹有'原始种'！大宫主，你很清楚原始种代表着什么，所以当年才会允许秦天王一脉去追杀李太玄二人！而它很有可能就是被李太玄、澹台岚取走了！"

"原始种"三个字落入耳中，即便是秦九劫这等秦天王一脉的掌权者，眼中都泛起了剧烈的情绪波动。

因为掌权天王脉，又是双冠王，秦九劫自然知道许多隐秘的事，包括所谓的"原始种"。

这是世界上最古老与神秘的力量，即便是天王级的强者，都对探寻这种力量有很大的兴趣。

在历史长河中，曾有过关于原始种的记载，据说每一次原始种的出现与觉醒都会引来无数人争夺，甚至天王级强者都会出手。而且以前也出现过身怀原始种的生灵，他们屹立于天地之巅，成为横压一个时代的绝顶存在。

所以，不论异类还是人族或者其他生灵，皆对原始种怀有莫大的兴趣，曾有一句箴言流传——混乱终于原始。

有人说，混乱应该是指异类之源，因为对天地间的生灵而言，唯有异类最令人恐惧不安。

但不管如何，原始种绝对是这个世界最古老的隐秘，它的诱惑力无人能挡。

密室内陷入了一片沉默。

秦九劫眼中的波动终于平息下来，面对原始种，他也不可能平静待之。

"也有可能原始种还留在无相圣宗的遗迹里，李太玄、澹台岚当年并未得到。"秦九劫缓缓道。

原始种牵扯太大，有关于此的情报，整个秦天王一脉唯有秦九劫这个掌权者知晓，甚至，他们都不敢太激烈地去追捕李太玄，因为李太玄他们虽然离开了天元神州，但李惊蛰的目光始终关注着，如果他们表现得太激进，难免会引来怀疑。

当然，还有一个重要的原因，就是没人能确定李太玄、澹台岚得到了原始种，一切都只是秦莲的怀疑与猜测。

然而，即便只是一个猜测，当年的秦天王一脉也为此摆出了一副要与李天王一脉开启"天王大战"的架势。

"大宫主，如果原始种真的被他们取走了呢？"秦莲语气平静地说道。

秦九劫沉默下来，如果是真的，那么未来，李天王一脉定会远远超越秦天王一脉。以他们之间的仇怨，秦天王一脉必定会为当初的事付出惨重的代价。

沉默持续了不知道多久，秦九劫缓缓垂下眼皮，道："李惊蛰此次进阶双冠王，李天王一脉实力大涨，他那么大张旗鼓地对神虎王赵宗出手，就是为了告诉我们，不要想着对李洛做什么，他是在警告我们。所以，只要李惊蛰在，我们就动不了李洛。"

秦九劫淡淡一笑，看向秦莲。

"此事还需谋划，暂且等等，本座自有打算。"

秦莲闻言，心中明了，垂首应下，她盯着地面，似见到了李太玄与澹台岚的面庞，于是目光变得愈发冰冷。

第一〇五四章
金色符篆

龙牙山脉。

在李洛回去后的前两天，除了去见了李柔韵外，其他时候他一直都闭门不出，整个人放松下来，抛开一切杂事，进入休整状态。

此次灵相洞天之行对他来说可谓凶险万分，被各方势力天骄针对、真魔袭击，甚至最后还出现了一位王级强者。虽然最终李洛活了下来，也实属身心俱疲。

这种状态不宜紧绷修行，张弛有度方才是长远之计。

两日后，小楼的修炼室。

精神抖擞的李洛盘坐于蒲团，双目微闭，进入了修炼状态。他此时催动的修炼之术正是自灵相洞天得到的凝珠术——三宫六相凝珠术！

踏入天珠境后，凝珠术就显得尤为重要，越厉害，凝结天珠的效率就会越高。

此时，李洛体内三座相宫嗡鸣震动，犹如引擎，六种相力投射而出，在身后的虚空化为了颜色各一的相性。

水、光明！

木、土！

龙、雷！

六相交相呼应，引得天地能量汹涌而动，而后一道道属性不同的能量被抽离，源源不断地涌入他的身体。

李洛身后，三颗璀璨如星辰的光珠缓缓游动，耀眼夺目。

另外还有一枚细微的光点，随着天地能量涌入，绽放出一丝丝光芒，并渐渐壮大。这是第四颗天珠的雏形。

距离李洛突破三星天珠至今不到十日，第四颗雏形已成，除了要归功于三宫六相凝珠术外，李洛在灵相洞天最后经历的大战也有功劳。

生死之间，精气神的高度凝炼对修炼也大有裨益。

修炼了许久，汹涌的天地能量方才渐渐平息下来，李洛紧闭的眼睛随之睁开，他心念一动，第四颗天珠雏形飘到了眼前。

他感应着这颗天珠的成长进度，微微点头。

"三宫六相凝珠术果真不凡，按照这种速度，顶多再有半个月，第四颗天珠就能成形了。"李洛自语出声。

这个速度旁人怕是会欣喜若狂，李洛却觉得还不够。

因为他对自己在天珠境的要求是达到九星天珠，只有这样，才能让底蕴与根基成为最稳固的状态。

距离九星他还要凝炼五颗，而越是后面，凝炼难度就越大。即便李洛有三宫六相凝珠术加持，正常修炼恐怕也需要将近一年。

但李洛没那么多时间，他给自己定的目标是半年！半年内他必须达到九星天珠境！

而光靠三宫六相凝珠术显然不够，所以他还需要外部的资源相助。

想到此处，李洛手掌抹过空间球，一枚散发玄妙波动的晶核出现，正是他从白猿那里得来的玄心灵核。

此前分了一部分出去，但他的手头还留了不少存货，正好用来修炼。

玄心灵核真正神妙的地方并非里面的精纯能量，而是它蕴含着本源玄心果的力量，可助人感悟相性本源。

"相性本源。"李洛眼中闪过异色。

相性本源是未来铸就封侯台的基石，在天相境之前正常来说是无法触及的，本源玄心果却能实现这个不可能的事。

李洛将玄心灵核含在嘴里，运转起三宫六相凝珠术。

下一瞬，他便感觉到一股清凉的能量自玄心灵核散发出来，飞快朝着体内流去。

轰！

三座相宫陡然轰鸣出声，相性皆传出了渴望的波动。但李洛稍加思索，便将这些玄妙的能量投入了水光相宫。

水光相宫内有一汪湖泊，湖水净澈，散发着难以言明的纯净之感，仿佛流转着神圣的光泽。这便是李洛水光相的衍变之物。

往日湖面风平浪静，可此时水浪卷动，化为百丈浪潮，对着四方涌动，轰隆隆的声音回荡着，相宫内忽有连绵细雨降下，落入湖中。

细雨玄妙，每一滴雨都带着神奇的气息，带着返璞归真般的韵味，正是玄心灵核的能量所化。

随着细雨连绵地落入，湖水多出了一些游动的金色光线，光线不断汇聚，隐隐地仿佛要衍化出什么东西。

李洛知道，这就是所谓的相性本源。

但当这枚玄心灵核的能量消耗殆尽后，相性本源才形成了一半，李洛能粗略地看清模样，似乎是一枚残缺的金色符篆。

"这就是相性本源？"李洛饶有兴致地自语。天相境之后就是要修炼此物来铸就封侯台吗？

在李洛的注视下，那枚残缺的金篆散发着淡淡的金光，将附近湖水都染成了淡淡的金色，而沾染了金色的湖水要显得更加明亮与纯净。

"一颗玄心灵核竟然不够？"李洛微微挑眉，不过这不是什么问题，他手头还剩下不少，足够他挥霍。

于是他又掏出一颗玄心灵核，毫不心疼地吞服炼化，水光相宫内，连绵细雨再度落下。

如此这般消耗了四颗玄心灵核后，李洛终于见到水光相衍化的湖泊里，一枚完整的金色符篆彻底成形。

金色符篆散发着古老的本源气息，仿佛一条充满灵性的鱼儿，在湖中欢快地游动，而它游过的地方，由水光相力形成的湖水变得更加精纯。

而且，它还在吞食水光相力，但不是无底洞般地吞食，因为当它吃饱喝足后，符篆颤抖了一下，下一刻，竟有一颗金色的水珠漏了出来。

金色水珠漂浮在水面，流淌着古老的神妙气息。

李洛睁开眼睛，若有所思，然后他屈指一弹，一道相力呼啸而出，盘旋周身，心念一动，由金色符箓吐出的金色水珠飘出，直接融入了那道相力。

轰！

融入的瞬间，那道相力竟出现了惊人的暴涨，不仅变得雄厚，而且仿佛受到了锤炼，变得更加瓷实与强大。显然，出现这种变化是因为金色水珠。

感受到相力的强度，李洛脸上浮现出异色。金色水珠蕴含着本源之气，可增幅精纯相力，这也是天相境的优势所在。没想到，他借玄心灵核提前尝到了这种好处。

难怪秦漪他们都对本源玄心果趋之若鹜，此物对他们天相境之下的人而言的确是好东西。

李洛的眼神变得明亮，他摸了摸手腕上的空间球，以现在的存货，应该能助他凝炼出数枚金色符箓，这些符箓又会提炼出蕴含着本源之气的金色水珠。

与人对敌时动用这些金色水珠，他的相力就会在短时间内增强，极大提升他的战斗力。

"不错。"李洛这才满意起身，结束了今日的修炼。

明日就该去青冥旗看看了，还有煞魔洞的推进速度也必须加快了。等解决了这些事情，他才能动身前往天元古学府。

第一〇五五章

新的纪录

第二日，当李洛来到青冥校场时，一眼便见到八千旗众整齐地立于广场，旌旗随风猎猎作响，一派强军气势。

"恭迎龙首！"

李洛一出现，八千旗众便立即投来炽热而敬畏的目光，喝声如雷鸣般响彻整个校场。

"好大的阵仗。"李洛见状，面带笑意地出现在前面，冲着位于最前方的赵胭脂、李世、穆壁等几位旗首笑道，"一个月不见，差点以为你们要给我来个下马威了。"

赵胭脂吃吃一笑，妩媚地盯着李洛，道："龙首如今可是天元神州年轻一辈第一人，连秦漪、赵神将都在您的光芒下黯然失色，又有谁敢给您下马威？"

灵相洞天的事在这几天已经传遍了天元神州，青冥旗八千旗众自然有所耳闻，他们感到十分振奋与激动。李洛是青冥旗的大旗首，他们是李洛的嫡系，李洛能在灵相洞天取得如此显赫的战绩，他们当然与有荣焉。这些天来，与龙牙脉其他三旗旗众交流时，对方言语间的羡慕几乎要满溢出来。想想一年前，青冥旗在李天王一脉二十旗可是狗都不理的角色。

李世、穆壁等旗首的脸上充满敬意。李洛在参加灵相洞天前只是他们李天王一脉的龙首，可随着灵相洞天之行结束，他已经坐稳了天元神州年轻一辈第一人的地位。据说李洛现在是三星天珠境，远远超越了他们，但一年前李洛刚来青冥旗时相力等级甚至不如他们，可现在双方的实力差距已十分悬殊。

通过李洛，他们总算明白什么才是绝世天骄。

而这还是在李洛以前待在外神州的前提下，如果他自小生长在龙牙脉，恐怕现在早已触及天相境了吧？

李洛望着八千旗众充满敬畏、尊崇的目光，明白自己现在在青冥旗的威望恐怕已达到了顶峰，说不定也不弱于当年老爹执掌青冥旗的时候了。

李洛笑了笑，望着众人，温和地道："这一个月时间想来大家也没有懒散吧？接下来我会定一个目标，希望大家能够全力以赴。"

"老大尽管吩咐！"穆壁大声说道。

李洛的笑容愈发灿烂，他道："我要在一个月内打通七十二层煞魔洞，还请大家助我。"

喧嚣声陡然间消失，所有人都一脸愕然地望着李洛，一个月打通七十二层煞魔洞？这个任务也未免太艰巨了。

要知道他们现在还在六十三层，虽然看似只有九层的距离，但所有人都清楚打通最后几层煞魔洞的难度。而要在一个月内推进完成，这个难度不可谓不高。

安静持续了一会儿，赵胭脂弱弱地道："老大，你可知道二十旗有史以来最快通关七十二层煞魔洞的是哪一旗、哪一位大旗首？"

李洛笑道："好像就是咱们青冥旗？当时的大旗首就是我爹吧？"

赵胭脂苦笑道："那你知道大院主当年打通七十二层煞魔洞用了多长时间吗？"

"没有了解过。"李洛不甚在意地道。

"一年零七个月。"赵胭脂认真地回答道，显然对此十分了解，"而咱们这一届青冥旗成立到现在的时间是一年零五个月，你想要在一个月内打通七十二层，最终的成绩可能就是一年零六个月，这个纪录将超过李太玄大院主。"

"难道不能超越我老爹吗？"李洛笑道。

赵胭脂愁眉苦脸地道："不是不能，而是做不到吧。"虽说李洛如今声名鹊起，可相比李太玄的实力还有些差距。自李太玄后，李天王一脉出了不少顶尖天骄，他们曾试图对李太玄的成绩发起冲击，但无一例外最后都失败了，久而久之，更加铸就了李太玄的威名。

在场八千旗众的想法同样如此，在他们心里，李太玄就是一个难以超越的传奇。

即便李洛是李太玄的儿子，这一年也积累了不小的名声，令人信服，但他们还是对李洛一个月打通七十二层煞魔洞的计划十分怀疑。

面对怀疑，李洛并未生气，他知道怪不得他们，要怪就怪老爹过去的威望太高，连封侯强者都对这个名字充满忌惮，更何况这些几乎是听着李太玄传奇长大的小辈们。

李洛想了想，感觉跟他们说干巴巴的打气的话也是白费口舌，于是袍袖一挥，十颗玄心灵核出现在了眼前。

"认识这是什么东西吗？"李洛问道。

众人茫然摇头。

"这叫玄心灵核，秦漪、赵神将他们在灵相洞天挤破脑袋想争夺的就是此物。"说完后，他又将玄心灵核的效用告知了众人。

然后，他就见到八千旗众的眼睛一点点变得明亮起来，犹如一盏盏明灯。

赵胭脂、穆壁这些旗首们忍不住舔舔嘴巴，眼睛盯着玄心灵核动也不动。

"一个月内打通七十二层，这些就赏赐给贡献最大的人。"李洛平静地说道。

"现在有信心了吗？"

八千旗众经过数息的沉默，下一刻，充满昂扬斗志的咆哮声在青冥校场回荡，所有人激动得面色涨红，眼中燃烧着奋进的火焰。

"打通七十二层！"

"创造新的纪录！"

"李太玄又如何？！超越他，我们就是纪录！"

"……"

当众人听到这句声嘶力竭的咆哮时，皆对那人投去震惊的目光：兄弟你姓虎啊？！

李洛看着被调动起来的旗众，心中十分满意，毕竟煞魔洞靠他一人可不行，合气才是最重要的力量，而旗众的斗志会直接影响到合气的效果。

送出一些玄心灵核来调动青冥旗的斗志，这是一笔十分划算的买卖，因为重赏之下，必有勇夫！

如今人心可用，只需静待勇猛推进了。

李洛大手笔的激励计划很快就取得了效果，当三天后煞魔洞再次开启时，青冥旗旗众如同八千头饥渴的恶狼一般，在龙牙脉其他三旗旗众诧异的目光中，嗷嗷嘶吼着冲进了煞魔洞。

这一次推进可谓摧枯拉朽。青冥旗开足马力，直接一口气冲到了六十六层！

这个进度看得其他十九旗目瞪口呆，青冥旗是吃药了吗？竟然猛成这样。

李洛对这种爆发式的进度却不觉得奇怪，上一次冲击煞魔洞时他只是极煞境，现在可已是三星天珠境！

实力有了巨大的提升，此前还能造成阻碍的峰峦，如今却是一马平川。

青冥旗跨越式的突破随后引起了其他各旗震动，与此同时，李洛要一个月打通煞魔洞的豪言壮语也传开了。

这不仅在二十旗引起了震动，甚至连各脉的院主级强者都投来了惊诧的目光。

一月内突破煞魔洞七十二层？李洛是想打破他爹李太玄创下的纪录？这小子野心真不小！而且狠起来连亲爹都不放过！

一时间，灵相洞天的余波尚未完全平息，无数的关注又再次投向青冥峰，落在了李洛身上。

第一〇五五章 新的纪录

第一〇五六章 实力大进

煞魔洞七十一层。

轰！

磅礴恐怖的能量波动自群山间横扫开来，一座座巍峨山峰开始崩塌，巨大的裂痕朝着四面八方蔓延，烟尘遮天蔽日。

烟尘内，一头巨物若隐若现，不多时，一头数百丈大的巨大身影屹立在了天地间。

那是一头生有八臂的煞魔首领，它庞大的身躯上铭刻着无数古老神秘的符文，流转着异光。

这头煞魔首领强横至极，呼吸间直接喷出能量风暴，在群山间肆意破坏，宛如一头摧枯拉朽的巨兽。

远处，青冥旗八千旗众面色肃然地望着这头煞魔首领。经过这段时间的锤炼，他们的实力有了很大的提升，精气神也凝炼到了极致，这是一场场胜利积累起来的强大信念。

在李洛的率领下，他们在煞魔洞已经冲击到了七十一层，这是一个非常傲人的成绩。

这一刻，每一个人都为是青冥旗的一员而感到自豪，自然也会倾尽全力维护这份骄傲。

这是李洛回到龙牙山脉后开启的第三次煞魔洞。这二十天青冥旗八千旗众过得很苦，他们经历了一场又一场苦战，从原本的六十三层直接冲到了七十一层！

原本李洛放出要创造二十旗新的煞魔洞纪录的狠话时，没有多少人看好，因为之前的纪录是李太玄创下的。李洛不到一年的时间里虽说屡屡做出惊人之举，但李太玄的威名乃经年累月积累下来的，李洛与他比还是青涩了些。

但是，二十天时间过去，当青冥旗一步一步打穿煞魔洞、来到七十一层时，那些怀疑与审视的目光渐渐消失了。

而且，不仅外人的怀疑消失了，青冥旗八千旗众也看见了创造纪录的希望与可能。

如果说一开始他们是被李洛许诺的重赏打动，那么现在，他们是在为这个创举而共同努力。

他们也想在二十旗历史上留下传奇的一笔，想未来每一届二十旗旗众都记住这一届的青冥旗！日后离开二十旗、前往李天王一脉疆域各处任职时，只要提一句他们是从创造了纪录的青冥旗来的，想来别人会立即收起怠慢的心思。

眼前的煞魔首领，便是七十一层的镇守者。只要击败它，他们就有了挑战最后一层的资格，创造纪录已然不远。

李洛凌于半空，二十天下来，他的眼神变得更锐利，因为这段时间经历的大战比灵相洞天的还要激烈数分。虽说合气不是自己真正的力量，但在这种强大力量的浸染下，李洛仿佛具备了封侯强者的气度。

此时，李洛目光锐利地盯着远处镇守在七十一层关卡的煞魔首领，轻声自语："上三品封侯境。"

没错，这头煞魔首领的实力赫然达到了上三品的境界！如此强大的对手，如果没有合气，李洛恐怕会被它一口气直接灭了。

好在，他不是一个人。

"呼。"

李洛深深地吐了一口气，下一瞬，强横的相力自体内升腾，身后四颗璀璨天珠凝现，天地能量被它们鲸吞。

四星天珠境！一周前李洛正式完成突破，成功凝成了第四颗天珠！

这段时间的苦战，进步的不只是八千旗众，李洛同样获益匪浅。

"合气。"李洛轻声传出。

八千旗众肃然应下，下一刻，八千道气息融为一体，浩浩荡荡地升腾而起，

第一○五六章 实力大进

最终加持到了李洛身上。

轰！

李洛凌空而立，磅礴的能量波动席卷，犹如滔天巨浪，拍击天穹，附近的虚空都出现了破碎的痕迹。

"下三品。"李洛感受着磅礴的能量。随着青冥旗旗众实力提升，加上自身晋升到四星天珠境，合气的力量也达到了下三品封侯境。

虽然比煞魔首领弱，却给李洛带来了极大的信心。

李洛盯着煞魔首领，手掌一握，一张散发着莽荒气息的巨弓出现在手中，正是天龙逐日弓。

李洛的神色很平静，他知道此时整个天龙五脉恐怕有许多人都在盯着自己，因为跨过眼前的关卡，青冥旗就会进入最后一层——煞魔洞的尽头。

李洛抬起巨弓，眉心龙形印记发出明亮的光芒，龙吟声响起。

"九鳞天龙战体！"

李洛浑身都变得滚烫起来，犹如岩浆在奔腾，他五指缓缓拉开了弓弦。在合气的加持下，桀骜的天龙逐日弓变得异常乖巧，被李洛指尖随意地钩动，往日费手的情况再未出现。

随着弓弦被拉开，一股磅礴的能量顿时汇聚而来，形成一支令虚空剧烈震荡的箭矢。

嗡！

李洛五指松开，能量箭矢暴射而出，只听得轰鸣间，箭矢所过之处，虚空被撕裂。

撕裂处，一条巨大的黑龙突然咆哮而出，漆黑冰冷的冥水滚滚流淌，最后被黑龙一口吞下。

大圆满境，黑龙冥水旗！

黑龙龙爪抓着箭矢，几乎在顷刻间就出现在了煞魔首领的前方，如同一柄利剑，狠狠地对着后者暴刺而去。

轰轰！虚空不断震裂。

然而面对黑龙的突袭，煞魔首领并未退避，反而发出暴戾咆哮，六臂同时轰出，犹如六条通天巨蟒，挟着毁灭的力量，直接与黑龙龙爪相撞。

轰！

那一瞬，虚空都为之塌陷，无数空间碎片纷纷掉落。黑龙龙爪更是被这股恐怖力量轰成了虚无，煞魔首领展现出碾压的实力。

八千旗众见到这一幕，心头一寒，这头煞魔首领太恐怖！

李洛的神色却没有多少变化，他指尖印法陡然一变。

吼！

黑龙咆哮，满是獠牙的龙嘴张大，浩荡的黑色龙息带着腐蚀的力量喷向煞魔首领。

煞魔首领尖啸，巨目射出两道万丈玄光，炽热滚烫，连虚空都因此变得扭曲。

嗤！两股可怕的力量碰撞在一起，虚空不断破碎。

但最终还是煞魔首领占得上风，玄光过处，黑色龙息不断消融。

一些叹息声响起，是李天王一脉的高层，他们也关注着李洛的这一战。只是眼下来看，实力达到上三品封侯境的煞魔首领是头很难对付的拦路虎，如果李洛无法闯过，最后一层恐怕是难以到达了。

嗡！

就当他们为此感叹时，煞魔洞内突然响起了一道细微的剑吟声，然后随风而涨，迅速变得嘹亮。

无数惊疑的视线陡然投去，然后他们发现，竟然是从黑色龙息中传出的。

咻！

黑色龙息此时已消散殆尽，只见忽有一道剑光掠过。

当剑光出现时，整个天地仿佛都被那股锋锐的剑气充斥，甚至天地能量都被侵蚀、割裂。

众多注视此地的封侯强者突然色变，因为他们察觉到，那道剑光尤为恐怖！

"双相龙牙，大虚归湮剑光。"李洛眼眸微垂，口中响起轻语声。这道剑光是他隐藏在黑龙冥水旗里的撒手锏。

耀眼的剑光于天地间划过，强大的煞魔首领感觉到了危机，六臂轰出漫天恐怖拳影，试图阻挡。

但是，剑光掠过，空气仿佛都陷入了瞬息的凝滞。

数息后，李洛深深吐出一团白气，映在他眼里的散发着滔天威压的煞魔首领此时已六臂皆断，其身后的连绵山脉也出现了一道犹如深渊的剑痕。

下方八千旗众寂静无声，窥探的封侯强者也为之失语。

数百丈大的煞魔首领仰天倒下，在触地的瞬间爆成漫天能量光点。光点席卷虚空，又变成了一场能量暴雨，倾泻而下。

李洛立于虚空，能量暴雨灌注下来，他闭拢眼睛，静心吸收着通关后的馈赠。

李洛身后，四颗天珠之下，一枚细微的光点渐渐凝成。

许久后，李洛睁开眼睛，感受着体内澎湃的相力波动，嘴角浮现出一抹微笑。

他抬起头，注视着虚空，迎着窥探的目光，开口道："七日之后，青冥旗挑战第七十二层。"

第一〇五七章
五枚金篆

青冥旗通关煞魔洞七十一层的消息在随后几天传遍了天龙五脉，引发了无数关注。

正常来说，如果只是普通通关煞魔洞，不至于引起这么大的动静，二十旗在李天王一脉这个庞然大物里算不得什么。

但这一次有些与众不同，因为可能会诞生新的纪录。之前的纪录是李太玄创下的，至今数十年，成了天龙五脉每一代天骄都无法逾越的鸿沟。

可这次李洛却有打破纪录的可能。

只是并非所有人都看好，通关七十一层不代表能通过最后一层。

打通第七十二层的难度所有人都清楚，否则也不会成为让多届二十旗天骄谈之色变的拦路虎。

过往百年间，仅有十三旗通关过第七十二层，因为二十旗约莫两到三年换届，各旗基本都是拖到两年之后才攻克的，能在两年内通关的少之又少。

李太玄的一年零七个月，在各旗天骄眼中简直就是不可逾越的高山。

如今，李洛就试图攀登这座高山，让自身成为更高的一座山。

当整个天龙五脉的目光都被即将到来的七十二层挑战吸引时，身为事件主角的李洛却在这几日没有任何消息传出，他所有时间都花在了修炼中。

小楼修炼室。

李洛双目紧闭，周身有雄厚澎湃的天地能量不断流淌，身后四颗璀璨天珠缓缓转动，吞吐能量。

在第四颗外，还有细微的光点若隐若现，正是第五颗天珠的雏形，只不过距离成形还需要一些时间。

李洛这些天倒没有专注于第五颗天珠,而是把精力投到了由相性本源衍变而成的金色符箓上。此时,他体内的水光相宫内,净澈明亮的湖泊波光粼粼,湖水清澈,散发着明净的光。

湖水金光流淌,仔细看去,有五枚金色符箓在沉浮流动,所过之处,湖水都被染成了淡淡的金黄色,充满神秘气息。

金色符箓时不时凝炼出一颗颗金色水珠,漂浮在湖面,粗略看去约莫有五十颗,每一颗都蕴含着一丝玄奥的本源之气。

李洛注视着五十颗金色水珠,内心欢喜,因为这些就是他应对煞魔洞第七十二层的底牌。

金色符箓原本唯有踏入天相境才能凝炼,但李洛凭借玄心灵核提前修炼出了。

"玄心灵核已经消耗殆尽,只凝炼出了五枚符箓。"李洛感叹了一声。

为了这五枚金色符箓,他用光了在灵相洞天里得到的玄心灵核,而没了玄心灵核,再想凝炼符箓,就得等他晋入天相境了。

带着遗憾,李洛退出了修炼状态,修炼室内涌动的能量波动随之平息。

他站起身,算算时间,自语道:"还有一天。"

明天就是这次煞魔洞开启的最后一日了,他会抓住这个机会,挑战煞魔洞第七十二层,完成这项任务,就可以前往天元古学府了。

李洛走出修炼室,有侍女来报李鲸涛与李凤仪前来探望他了。

他赶紧下楼,在客厅见到了李鲸涛、李凤仪二人,当即歉然道:"大哥、二姐久等了。"

说完,他的目光突然落在了李鲸涛身上,因为他发现后者体内散发出的相力波动比之前更加精纯与强大了。

"大哥你这是……"李洛神色一动。

李凤仪接过话,有些羡慕地道:"这家伙的相性进化了,如今已是虚九品。"

李鲸涛挠了挠头,憨笑道:"多亏三弟送我破极玄天露,不然我恐怕还得积累许久才能进阶。"

"这东西给我有些浪费,我这性子,不喜与人争斗,其实给凤仪更好。"他说着,偷偷看了李凤仪一眼。

"喊，谁稀罕。"李凤仪轻哼道。

李洛则笑道："无妨，以后我再给二姐找更好的宝物。"

李凤仪喜笑颜开，道："还是小弟贴心。"她并没有在意，毕竟她知道破极玄天露对相性进化的作用更大，她的相性虽说在灵相洞天也有所提升，但距离进化还挺远，此物给李鲸涛更合适。

"小弟，你明日就要挑战七十二层了，都做好准备了吧？你可知道，你此次闯关，不仅咱们龙牙脉，其他四脉高层都会实时紧盯着。"李凤仪话锋一转，关切地问道。

"尽力而为吧。"李洛笑道。

李凤仪有些担忧地道："你还是太心急了，以你的实力，如果能再等一段时间，把握会更大。"

"我来时找我爹打听过，煞魔洞通关时间越短难度就越高，当初三叔用了一年零七个月，你知道第七十二层出现了什么吗？"

李洛神色一动："不是煞魔首领？"

"唯有闯关时间超过两年的，第七十二层才会是煞魔首领，而若是在两年以内，就会出现一些变化。"李凤仪摇摇头，道，"当年三叔遇见的是一头四品封侯境的龙族，据说实力十分强大，连三叔都被逼得颇为狼狈。"

"四品封侯境的龙族。"李洛眼神微凝，万千精兽种族，龙族绝对屹立于金字塔塔尖，而四品封侯境的龙族战斗力必然可怕至极。

老爹创下的纪录果真含金量十足，难怪这么多年无人超越。

李凤仪点点头，忧心忡忡地道："你这次比三叔还早一个月，想来拦路者会更棘手。"

李洛咂咂嘴。老爹把这个纪录推到了一个变态的高度，要想超越，必须成为更变态的变态。他如果不是因为要离开一段时间，也不会做这么极限的挑战，但没办法，时间对他而言太宝贵了。

"不管如何，全力试试吧，输了也没什么损失。"李洛笑道。

李鲸涛、李凤仪点点头。事情都推进到这个地步了，各脉都在瞧着，如果李洛突然放弃，难免惹人笑话。

"加油！你如果闯关成功，恐怕连天龙五卫都会被你震撼。"两人鼓励道。

李洛笑了笑，与两人笑谈了好一会儿，方才将他们送走。

在两人离开后不久，牛彪彪与李柔韵也一起来了，给他说了一通鼓励的话。

李洛笑着应下，然后发现两人之间好像有点问题，于是冲牛彪彪挤眉弄眼。

李柔韵察觉到李洛的眼神，脸色微红，牛彪彪则解释道："阿韵她最近心情不好，我陪陪她而已。"

李洛明白，李柔韵的难过是因为李灵净，有牛彪彪陪她缓解心情，是个好事。

牛彪彪与李柔韵没有过多打扰李洛，李洛送两人离去后，立于小楼前，望着满山月色，心情愈发平静。此次挑战引发的动静有些出人意料，不过……他真的有些期待了。

李洛轻笑自语："老爹，明天你的纪录恐怕就要不保了。"

第一〇五八章 阻关之人

今日龙牙脉的煞魔峰无疑是李天王一脉的焦点。各院皆徐徐升起一面面巨大的光镜，悬浮在半空，光镜里此时云雾弥漫，看不清楚模样。一旦等青冥旗进入了七十二层，他们在里面的影像就会实时投影出来。

类似一幕不仅在龙牙脉各院，其他四脉也同样出现了。

龙血脉煞魔峰，四旗早已齐聚于广场，他们眼神复杂地盯着升空的巨大光镜，以前煞魔洞通关可没有过这种阵仗。

能够引来这种关注度，不管最终结果如何，李洛都已经走到了他们所有人前面。

数万旗众的最前方，李清风负手而立，他怔怔地望着光镜，神色尤为复杂，原本他才是天龙五脉年轻一辈的扛鼎者，可这些曾加注于身的荣耀随着李洛归来后已完全变了。

"清风哥，我觉得李洛不可能成功，他野心太大了，竟然还想打破李太玄留下的纪录，他根本不知道提前一个月会在七十二层遭遇什么。"李红鲤瞧见李清风的神色不对，不由得出声安慰道。

李清风苦笑着摇摇头，道："我倒是希望他成功。"

李红鲤一怔。

李清风有些落寞地道："李洛的确天资卓绝，如果没有他突然冒出来，咱们这一届又靠谁来制衡秦漪、赵神将？他若能率领青冥旗创造新的纪录，最起码我们这一届也算在二十旗历史中留下了一笔，虽然主角不是我们龙血脉。"

李红鲤哑然，心情格外复杂。以前她总是瞧不上半途而归的李洛，加上父辈间的恩怨，她对李洛更是心存芥蒂。但有时候，现实不会随她的心意而改变，短短不到一年，李洛进步的速度之快连李清风都感觉受挫了。

特别是今日的闯关，如果李洛创造了新的纪录，那其他各脉各旗都会被李洛与青冥旗的光芒所掩盖，那一幕……恍若当年。

龙牙山主峰。

李惊蛰坐在一座石亭内，目光掠过前方升起的光镜，身后，李青鹏、李金磐、赵玄铭各院院主齐聚。

"这一幕让我想起了当年三弟率领青冥旗通关煞魔洞的时候。"李青鹏感叹道。

李金磐笑道："小洛这孩子心气不低，偏偏选在这个时候挑战七十二层，摆明了是冲着他爹去的。"

其他院主忍不住笑出声来，李洛的目的太明显，这种儿子"针对"父亲的场面的确有几分趣味性。

李惊蛰的眼里泛起一抹笑意，道："若是太玄回来，发现他当年的纪录都被儿子打破，不知是什么表情。"

众人附和着发笑，难得见到李惊蛰说笑话，他们肯定得捧场。

金光院的大院主赵玄铭则说道："当年李太玄大院主挑战第七十二层时，遇见的是一头四品封侯境的龙族，这已是各旗所能遇到的极端情况了，不知道李洛又会遇见什么挑战？"

李惊蛰抬头注视着光镜内的云雾，缓缓道："或许会有些特殊。"

当各脉的目光都看过来时，李洛已率领八千青冥旗旗众立于煞魔洞前。

八千旗众面色冷肃，没有任何畏惧之色，反而隐隐透出跃跃欲试的激动心情。这个月勇猛闯关，青冥旗的气势已被彻底打出来了。

在后方，龙牙脉其他三旗旗众神色复杂地望着气势惊人的青冥旗，谁能想到，在一年前，眼前这支青冥旗在二十旗还是倒数，任何人都能嘲笑他们。可李洛的到来，让青冥旗发生了脱胎换骨的变化。

这就是二十旗！旗众易得，一将难求！

轰！

煞魔洞沉重的石门突然震动起来，而后缓缓开启，其内玄光流转。

"三弟，加油！"李鲸涛、李凤仪大声助威。

三旗数万旗众爆发出惊天动地的助威声，青冥旗如果打破了纪录，他们同为龙牙脉旗众，自然是与有荣焉。

李洛冲青冥旗旗众笑了笑，没说什么鼓舞士气的话，因为这一个月的接连苦战，青冥旗的士气已经攀至顶峰。

他深吸一口气，没有犹豫，直接迈出脚步进了石门，光芒涌动间，将他的身影吞没。八千青冥旗旗众踏着整齐的步伐，如洪流般冲了进去。

当他们冲进去的那一瞬，各处光镜内的云雾开始消散。

李洛眼前的强光仅仅持续了数息便彻底消退，他迅速回头，扫视四周，映入眼帘的是一汪巨大的湖泊，里面岛屿星罗棋布。

李洛眉头微皱，因为他没有在这里感受到任何煞魔的波动，似乎也没有其他能量波动，如此异常反而令李洛愈发警惕。他老爹当年在七十二层遇见的是一头四品封侯境的龙族，而他挑战的时间更早，阻关者必定更棘手。

"青冥旗，合气！"李洛沉声喝道。

八千旗众爆发出低吼声，下一刻，八千道气息合为一体，化为磅礴能量加持于李洛。

感受着强悍至极的能量波动，李洛心头稍缓。按照他的推测，如果只看能量强度，现在的他相当于上三品的封侯境强者。这等实力再配合自身的手段，即便面对四品封侯境，也未必没有一战之力。

李洛立于半空，目光锐利地扫视四周，片刻后，终于在不远处察觉到了一丝异样，因为他竟然看见了一道人影。

李洛缓缓靠近，这才发现有一个人在一块礁石上假寐。

那是一名模样俊美的少年，他披散着头发，盘腿而坐，腿上横着一根暗金色的蟠龙长棍。

李洛盯着俊美少年，眉头微皱：看来，这一次的阻关者就是他了。只是，此人究竟是什么来路？是李天王一脉的先辈？

在李洛疑惑间，俊美少年睁开了眼睛，双目如星河般璀璨，似映着万古岁月。

他望着李洛，脸上浮现出了一抹笑意。

"没想到竟然真有人提前这么多进入七十二层，引动了我这道念头。"他有些感叹地道。

李洛心头微动，抱拳道："晚辈李洛见过前辈，不知前辈名讳？"

俊美少年伸了一个懒腰，慢吞吞地站起身，手持蟠龙金棍，温和的笑声传出。

"我吗？你可以叫我……李钧。"

当少年的话音落下的一瞬间，天龙五脉各处盯着光镜的目光皆露出骇然之色，眼睛仿佛要生生瞪出来，震惊的声音此起彼伏地在各脉响起。

"那是老祖？！"

李洛遇见的七十二层阻关者，竟然是他们李天王一脉的老祖——李天王李钧！

第一〇五九章
老祖李钧

惊骇的声音响彻天龙五脉各个角落,所有人都难以置信地望着光镜里手持蟠龙金棍的俊美少年,这一位竟然就是他们老祖?!

只是模样似乎与他们见到的画像不太相同,可没有人怀疑俊美少年所说的真实性,因为在李天王一脉,没有任何人敢假冒老祖!特别是在五大脉首都观战的情况下,谁若是敢冒充,恐怕顷刻间就会被斩杀。毕竟面对老祖,五脉脉首都得躬身行晚辈之礼。

李天王李钧是李天王一脉的柱石,也是李天王一脉的源头所在!只是老祖常年居于天渊震慑巨魔异类,族内很多人已经有很多年未见过他了,年轻后辈更是只在宗祠的画像上见过这位传说级老祖的容貌。

所以,当他们听见煞魔洞七十二层的阻关者竟然是老祖时,才会如此震惊。

莫说他们,就算是五位脉首都惊愕地望着这一幕。

李惊蛰盯着俊美少年,自言自语道:"没想到在这个时间段挑战七十二层,竟然会遇见老祖。"

"父亲,为何眼前的老祖与画像不一样?"李青鹏疑惑地问道。

其他人连忙点头,老祖可谓整个李天王一脉的传奇,大家都对他非常感兴趣。

"因为这不是老祖的真身。"李惊蛰说道。

"难道是分身?"李金磐问道。

"也不算,应该只是老祖当年创造煞魔洞时留下的一道念头。"李惊蛰缓缓道。

"一道念头?"众人顿时骇然,一道念头能够维持这么多年?

"并非普通的念头,而是老祖截取自己过去的经历所化,你们可以将眼前的老祖看作封侯境时期的老祖。他完全真实，但又几乎不灭，毕竟没有人能够磨灭天王的念头。"

仅仅只是一道念头就可称不灭？众人听得又是茫然又是惊骇，这就是屹立天地的顶尖大能的神通手段吗？当真匪夷所思。

"老祖竟然藏了一道念头在七十二层，这一关未免太变态了，应该没人能过吧？"李青鹏苦笑道。

众人哑然，虽说眼前的老祖只是封侯境，但一位天王级强者过去会是何等的盖世天骄？想要击败这种存在，难度系数简直高得令人发指。

李惊蛰也有点无奈，道："难度的确超乎想象，老祖这是童心未泯，留了一手磨砺后辈。不过，李洛能够见到老祖的念头，从某种意义来说，也不算失败了。"

其他人深深认同，能够摸到七十二层煞魔洞的隐藏阻关者，这何尝不是一种本事？煞魔洞创建至今，还没人能发现老祖留下的这道念头呢。

与老祖交手，即便只是一个过去的念头，对众多封侯强者而言，都是一份荣耀。

只不过，当众人为老祖的出现而沸腾时，李洛本人却有些崩溃。

他呆呆地望着手握蟠龙金棍的俊美少年，当对方说出"李钧"这个名字时，他就知道事情麻烦了。之前想破头都没想过，提前进入七十二层竟然会恐怖到这种程度。

他老爹只是打一头四品封侯境的龙族，他竟要直接打老祖？

李洛此刻简直凌乱了。

"小后辈，你在想什么呢？"在李洛崩溃的时候，俊美少年对他露出灿烂的笑容，温和地问道。

李洛声音艰涩："我在想，我现在放弃还来不来得及。"

"来不及了！"俊美少年脸顿时一板，道，"好不容易有人来，不让我尽兴还想走？你是哪家的娃子？"

李洛哭丧着脸，道："晚辈是龙牙脉的，脉首李惊蛰是我爷爷，我叫李洛。"

李钧笑起来，道："是李惊蛰那个小家伙啊。"

场外李惊蛰冷肃的面庞微微有些窘迫，整个李天王一脉恐怕只有这位有资格叫他小家伙。

"你们龙牙脉之前也出了一个不错的小娃子，叫作李太玄吧？"李钧又问道。

"那是我爹。"李洛老实回道。

李钧有些惊讶，笑道："看来你们这一脉人才不少嘛。"

"不敢，与老祖您相比都是萤火之光。"李洛感觉自己表现得就像一只乖巧的小狗，不过天王可不是谁都有机会拍马屁的。

"小娃子倒是有趣。既然来都来了，总是要打一场的，煞魔洞建立以来，你是第一个见到我的，若是能通过，好处可少不了。"李钧微笑道。

从李钧的性格看，年轻的时候也是好战的。

李洛闻言心头一动，被李钧说的好处勾动了心弦，天王级强者说的好处岂能一般？而且，他从始至终都没有要退避的打算。

"还请老祖指点！"李洛抱拳，而后神色陡然变得凝重，磅礴的能量席卷天地，一柄流转青光的长刀出现在手中。这柄青刀乃单紫眼宝具，由于金玉玄象刀破碎后还未重铸好，李洛来时就从青冥院宝库借出了这柄青刀以作备用。

当李洛凝神以待时，李钧也有了动作。他脚步一迈，虚空仿佛被生生撞出了窟窿，然后其身影如瞬移一般，出现在了李洛前方。

轰！

蟠龙金棍轻飘飘地对着李洛挥来。

李洛急忙催动磅礴能量，增强青刀的力量，滔天刀光与金棍相碰。

砰！

刀棍碰撞的瞬间，李洛的眼瞳突然一缩，因为他感觉到青刀仿佛发出了哀鸣，下一瞬，裂纹迅速浮现，轰的一声破碎开来。

李洛心头骇然，一件单紫眼宝具就这么报废了？

他急忙暴退，金棍却如影随形，不断扫来。他又连忙祭出准备好的防御型宝具，布下重重防护。

可是，这些防护在金棍下犹如纸一般脆弱，棍影扫过，防御宝具尽数破碎。

这时候，李洛终于看明白了，李钧老祖的蟠龙金棍很不一般，似乎有击破宝具的神妙之力，一般宝具，就算是单紫眼的，都无法与其碰撞。

太霸道了！

李洛叫苦不迭，老祖怎么还自带神兵？！难道他得掏出天龙逐日弓吗？但那是远程攻击宝具，不可能用来正面硬扛啊。而且单紫眼宝具坏了虽然肉痛，起码还能接受，万一他的宝贝天龙逐日弓也被毁了，那可真是哭都没地方哭。

初次接触，李钧老祖还没怎么动手，蟠龙金棍就搞得李洛狼狈起来。

龙牙山石亭。

李惊蛰见到这一幕，无奈地道："老祖的蟠龙金棍当年不知道打得多少对手心碎。李洛缺一件近身宝具。"

这般说着，李惊蛰突然神色一动，而后露出笑容："来得倒是及时。"

旋即他伸出手指，对着面前虚空画下，只见空间直接被割裂，隐隐间似响起一道嘹亮的刀鸣声，里面夹杂着龙象之音。

一抹刀光乍现，随着李惊蛰袍袖挥动，刀光竟自虚空穿过。

七十二层煞魔洞。

李洛不断暴退，突然听到了熟悉的刀鸣声，下一瞬，身旁的空间割裂开来，一抹刀光跳跃而出。

李洛心有灵犀地伸出手掌，一把抓在了手里。

轰！金色棍影贯穿虚空而来，李洛的磅礴能量呼啸而出，挟着刀光与棍影相撞。

当！清脆的金铁之声炸响，在下方巨大的湖泊里卷起滔天巨浪。

令李洛惊喜的是，这一次手里的刀没有碎，老祖专破宝具的蟠龙金棍第一次没取得效果。

李洛抽身后退，惊喜地看向那柄刀，这是重铸后的金玉玄象刀？

第一〇六〇章
如虎添翼

它依然是以往直刀的模样，只不过刀身变得更修长，刀柄处流转着金光，点缀着龙鳞。

刀身还有一些尖锐的金色斑点，隐隐散发着一种凌厉的气息，似乎是龙牙碎片。它们凌厉异常，加持于刀身，使挥斩出的刀芒更加强势。

最重要的是，李洛在接近刀柄的位置看见了三枚紫色竖痕，好似眼睛，不断吞吐着天地能量，淬炼自身。

三紫眼宝具！经过重铸后的金玉玄象刀彻底脱胎换骨，晋升为三紫眼品阶。

能有如此巨大的提升，主要还是因为破碎的王者印记的残余气息融入了刀身碎片，再经过重铸，彻底改变了材料的性质，达到了如此程度。

李洛惊喜无比地感受着新铸的金玉玄象刀的力量，他能依稀感受到熟悉的味道，同时又增添了更霸道强悍的气息。

金玉玄象刀没有毁灭，而是被改造与强化了。

刀身震动，不仅传出古老的象鸣声，还伴随着龙吟，比起以往，无疑更霸道、凌厉，此刀在手，李洛必定如虎添翼。

"既然已经蜕变新生，就换个名字吧，以后你就叫龙象刀。"李洛自语。

龙象刀嗡鸣震动，凌厉霸道的刀光不断涌现，显露出惊人的灵性。

突然有强大宝具破空而来，这一幕被外界各脉人士收入眼帘。

龙血脉脉首李天玑注视着这一幕，皱眉道："惊蛰脉首，你怎能插手煞魔洞的历练，这般突然送入强大宝具，可是破坏了规则。"

他的声音穿透虚空，响彻在龙牙山。其他三脉的脉首看过来，李惊蛰这一手的确不合规矩。

石亭内的李惊蛰神色平静，道："这柄刀本就是李洛之物，只是在灵相洞天遭遇大敌破损了，我念他在灵相洞天表现甚好，方才答应帮他重铸。这并非外来之力，我只是物归原主而已，算不得以外力破坏规则。"

"而且这不是为了让老祖更加尽兴吗？你们若有意见，那再取出来便是。"

听到此话，其他脉首顿时不说话了，李天玑也只能扯扯嘴角。

七十二层里，俊美少年模样的老祖李钧瞧见李洛的龙象刀，笑道："不错的宝具，很有进化潜力。"

李洛手握龙象刀，神色变得肃然。

"九转之术，天龙法相！"

伴随李洛的暴喝，磅礴能量席卷而起，于上空化为一条巨大的天龙虚影，散发着惊天龙威。

"九转之术，天龙雷息！"

李洛紧接着又催动了第二道九转之术，天龙法相形成的天龙虚影张开獠牙龙嘴，一道贯穿虚空的磅礴雷霆龙息直接撕裂天穹。

然而这还没有结束，李洛将相力尽数爆发，调动周身的能量，猛然一刀斩下。

下一瞬虚空破碎，一条巨大无比的黑龙咆哮而出，气势惊天，庞大身躯扭动间，连虚空都被震出了裂痕。

冰冷的冥水涌来，令空气都为之冻结，而黑龙锋利的龙爪上带着腐蚀一切的力量。

李洛借助青冥旗合气施展出的大圆满境黑龙冥水旗，威能已经远远强过借三尾天狼力量施展的那次。

这也不奇怪，如今青冥旗的合气足以媲美上三品封侯境，而三尾天狼还只是一品封侯的实力。

黑龙划破虚空，咆哮而至，龙爪环绕黑水，拍向李钧。

李洛瞬间施展出数道杀招，如此威势，看得五脉不少封侯强者都微微色变，这种强度的攻击已经能威胁到他们了。

"两道九转之术配合得如此精纯，还有一道大圆满境的封侯术？"

李钧望着贯穿虚空而至的攻击，赞赏地微微一笑，然后陡然挥出蟠龙金棍，打出两道千百丈大的棍影。

棍影一出，虚空都随之破裂。下方的巨大湖泊更是被那股渗透而下的力量切割成了一个个小型的湖泊。

棍影落下，与雷霆龙息和黑龙相撞。

那一瞬惊雷响彻天地，雷声甚至传出了煞魔洞，于外界若隐若现。

李洛却没心情注意这些，因为他震惊地见到，两道棍影落下后，他倾尽全力爆发的攻击竟在瞬间湮灭。

一棍破法相，一棍碎黑龙。棍影扫荡虚空，摧毁了一切。

李洛身影暴退，龙象刀斩出无数刀光，将穿透而来的可怕力量不断斩灭。

他的面色愈发凝重，老祖实在是恐怖，一根蟠龙金棍似能摧枯拉朽地破碎一切物质。

呼。

李洛深吸一口气，体内三座相宫嗡鸣震动，雄浑相力如汹涌潮流般奔涌，与此同时，水光相宫内，相力湖泊上漂浮的数十颗金色水珠尽数破碎，一缕缕本源气息与相力融合。

轰！融合的那一瞬，李洛体内爆发出的相力波动节节攀升，甚至身后的天珠不仅第五颗被催化成形，连第六颗都出现了雏形！

五星天珠境！这一幕落在外界年轻一辈眼里，令众人面露骇然之色。

"他怎么可能晋入五星天珠境了！"李红鲤俏脸上满是震惊。

一旁的李清风也面色变幻，要知道他经过一个月苦修，才刚刚抵达四星天珠境。原本他以为能拉近与李洛的距离，可此时再看，是他想得太天真了。

"应该是一种秘法，让他暂时提升到了五星天珠境。"李清风沉声道。

李红鲤等人哑然，李洛的手段未免也太多了。

此时随着李洛燃烧本源之气、增幅相力，引动的合气之力也以惊人的幅度增强，怕是已经达到了上四品封侯境的极限。这一点，从各脉封侯强者凝重的脸色就能看出，特别是四品封侯境的强者，脸皮忍不住微微抽动。合气之力果然玄妙，明明只是数千名低阶境界，却能在融合后爆发出如此恐怖的威能，这就是天王级势力的底蕴。

李钧老祖手持蟠龙金棍，凌空而立，他望着自李洛身上散发出的惊天能量波动，再次笑道："不错不错，怪不得敢提前这么多挑战七十二层，你这小子有点老祖我当年的风范了。

"不过寻常手段就莫要用了，拿点真正的本事出来。"

李洛神色平静，单手结印，身后天珠疯狂旋转，搅动天地能量。

随着印法变幻，突然有一股锋锐至极的剑气充斥于天地间，下一刻，一座古老神秘的巨大剑阵于李洛头顶缓缓凝现，虚空、湖泊皆被无尽剑气切割出了无数道黝黑的痕迹。

李钧老祖望着巨大的神秘剑阵，微微一怔，旋即嘴角浮现出一抹笑意。

"这是……众相龙牙剑阵？"

第一〇六一章 天龙布雨

嗡！散发着神秘、玄奥气息的巨大剑阵于天际展现，剑阵中有两柄龙牙剑悬浮，凌厉的剑气自剑体散发，连虚空都开始被不断割裂。

剑阵凌空，那锐不可当的气势，无数人即便隔着光镜窥视，依旧感觉到眼睛刺痛。实力稍弱的人更是流出了眼泪，李洛这座剑阵简直恐怖到了极点。

甚至一些三四品封侯强者的面皮都忍不住抽动，剑阵散发出来的气息连他们都感到了心悸。

如果此时是他们站在李洛对面，恐怕只能选择暂避锋芒。这个认知让他们心情复杂，虽说现在李洛能爆发出足以威胁封侯强者的恐怖力量，主要是因为合气，但不管如何，李洛本身只是天珠境。

以天珠境的实力威慑封侯强者，光说出来就很震撼人心。

天龙五脉各处众人紧紧盯着光镜内，不知道李洛祭出如此杀招，能否挡住老祖所向披靡的蟠龙金棍？而在无数视线中，老祖李钧抬头注视着神秘、玄奥的剑阵，俊美的脸庞浮现出一抹欢喜，笑道："没想到竟然有后辈修成了我创的这道封侯术。"

他瞧着李洛，眼里神光流转，道："三宫六相，难怪。"

李洛露出笑容，诚恳地道："修成此术没什么好得意的，反而是创造此术的老祖才是惊才绝艳的绝顶人物，我等后辈，此生期望便是能赶上老祖一二。"

老祖李钧眉毛扬起，笑嘻嘻地道："你这小娃子说话太好听了。"看样子很受用。

场外天龙五脉各方高层则面色古怪，这小子真是找到机会就拍马屁啊！李惊蛰那么严肃的性格，怎么会有这么一个孙子？

李天玑等脉首的视线穿过虚空，落向了龙牙山石亭的李惊蛰身上。

李惊蛰只是嗤笑一声，道："一群装蒜的东西，当年在老祖面前鞍前马后的，不都指望着从老祖指缝里漏点好处吗，现在成了王，就失忆了不成？"

虚空中响起干咳声，然后那些视线就消失了。

李惊蛰撇撇嘴，目光再次投向光镜内，自言自语道："这小子怎么知道老祖喜欢被吹捧？真是无师自通呢。"

李惊蛰身后的李青鹏、李金磐、赵玄铭等龙牙脉高层，则目不斜视地盯着光镜，仿佛没有听见。

七十二层里，李钧老祖手握蟠龙金棍，笑道："小娃子，让老祖我瞧瞧，这道封侯术你有几分火候了。"

"还请老祖指正。"李洛躬身行礼，然后神色肃然，引动澎湃的能量，灌注进剑阵，里面悬浮的两柄龙牙剑震颤起来，剑吟嘹亮，无数剑气席卷而出。

剑气凝结，又化为连绵剑光，两种剑光按照某种轨迹流转，最后融合在了一起。

刹那间，一道千丈大的幽暗剑光于剑阵之中凝炼而出，犹如一条巨龙，蜿蜒流动，无声无息间却又释放着一种可摧毁一切的恐怖之意。

"双相龙牙，大虚归湮剑光。"

李钧老祖望着剑光，一眼就认了出来，这道无双雏术是他创造的，自然很清楚这代表着小成的招数。

"不错，不错，你与此术极为契合，或许朝一日这道未完成之术能在你手里大放异彩。"

李洛深吸一口气，心念一动，那道幽暗磅礴的剑光以一种摧枯拉朽之势席卷而出，所过之处，虚空尽数破裂。

这一次的威能比以往任何一次的都要恐怖。

李钧望着幽暗剑光，轻笑出声，他手握蟠龙金棍，面庞俊美不逊李洛，披散的长发随风舞动，展露出绝世风采。

显然，李钧老祖以前也是行走世间的无双天骄。当然，最终能够攀至天王境，成为天地间巅峰强者之一的李天王，年轻时又怎可能普通？

李洛如今的显赫战绩，与当时的李钧相比说不定还逊色不少。

李钧手中的蟠龙金棍点出，下一瞬，挥出漫天金色棍影，它们散发着可怕的波动，同时又在以惊人的速度压缩、凝炼。

数息之后，金色棍影化为金色雨滴，以铺天盖地之势倾洒，每一滴都将天穹砸破。

"此为天龙布雨术。"李钧老祖清朗平和的声音响起。

轰！

李钧老祖声音落下，只见漫天金雨呼啸而至，整个天地仿佛在这一瞬被充斥。

在无数道目光注视下，金雨与李洛的幽暗剑光相撞，虚空不断被击破，裂开一个个漆黑的口子，而后又迅速恢复。

每一次碰撞都看得外界三四品的封侯强者眼皮子急跳，双方的攻击，他们恐怕都挡不住。

只不过还是李钧老祖占得绝对上风。金雨看似脆弱，实则蕴含着恐怖的力量，一滴滴连续砸下，连锋锐至极的剑光都被生生砸散。

十数息后，剑光彻底破碎。

对于这个结果没有人感到意外，出手的人可是李钧老祖。即便只是封侯境时期的他，自然也是无敌于同级的存在。

李洛同样怔怔地望着充斥视野的漫天金雨，李钧老祖的强大他算是体验到了，没想到他施展出了如此强大的封侯术，依旧被对方轻易破掉了。

他感觉得出来，对方的能量波动与他的几乎处于相等的层次。

李钧老祖没有以等级境界来压制他，或许这是老祖的傲气，曾经无敌于同级的他，向来都是越级杀敌，自然对等级压制没有兴趣。

真不愧是问鼎天王的存在。

"小娃子，如果你能修出三柄龙牙剑，这剑阵就可破我天龙布雨术了。"李钧老祖笑道。

李洛微微点头，认真道："我还想试试。"

李钧老祖一怔，他望着眼前的少年，对方眼里斗志很旺，看得出来没有在交锋中受挫，如此韧性与心志实属不错。

李钧见状，脸上浮现出满意之色。他没有散去漫天金雨，屈指一弹，金雨以浩荡之势轰向李洛。明明只是微小的雨滴，却仿佛无数陨石从天而降。

李洛眼中映着金雨，神色变得平静，心境也宛如清澈湖泊般不起波澜，体内三座相宫轰鸣，相力倾尽全力运转起来，精气神凝炼到了极致。

再然后，他就感觉到，体内深处那座神秘的金轮发出了细微的嗡鸣声。

李洛单手结印，又一道大虚归湮剑光成形。

只不过这次成形时，李洛体内的金轮有金光流转而出，落入剑光深处。

李洛袍袖一挥。

嗡！下一瞬，剑光席卷而过，与漫天金雨相撞。

这一次，却是与之前有着截然不同的结果。

在无数道震惊的目光下，剑光卷过天地，此前仿佛可摧毁一切的漫天金雨竟纷纷破碎、湮灭。

剑光短短数息间席卷而过，天地宛如雨后初晴，蓝天清澈，一片静谧。

而在外界，无数观战者的心里却卷起了滔天巨浪。

第一〇六二章 丰厚奖励

"李洛竟然化解了老祖的攻击。"

天龙五脉各处，经过短暂的沉寂后，此起彼伏的惊骇声响起，众多封侯强者都为之震动。

他们清晰地感受到老祖那招天龙布雨术是何等凶悍，恐怕四品封侯境无人能挡，但李洛挡了下来。他的那道凌厉剑光，以一种扫荡的姿态，荡清了漫天金雨，这是何等厉害？

这样的招式却是一个天珠境施展出来的，虽说有合气的力量，但也足以看出李洛的才情令人惊艳，不逊色于其父李太玄。

诸多封侯强者神色复杂地望着光镜里的年轻身影，这一刻，他们有些恍惚，仿佛再次见到了当年横压天龙五脉数届的男人。

而连封侯强者都如此震惊，如李清风、李红鲤、陆卿眉等年轻一辈更是神情呆滞。

老祖李钧在他们心里可谓传说中的人物，见都没见过，然而李洛却在与少年老祖的交锋中，抵挡了对方的拿手攻击。如此战绩，可比在灵相洞天与真魔相斗还要令人震撼。

"我算是体会到父辈当年面对李太玄时的无力了。"李清风对着李红鲤苦笑一声，说道，"这样的变态简直让人连追赶的欲望都很难有。"

李红鲤俏脸变幻不定。她也被打击得不轻，但见到李清风颓然的模样，她还是安慰道："他此时惊才绝艳算不得什么，还是要看未来谁走得更长更远，不乏天骄在封侯境前璀璨夺目，封侯境后却潜力耗尽，归于平庸，而很多之前蹉跎岁月的人，进入封侯境后却厚积薄发，最终成就极高。"

只是话虽这样说，她与李清风都心知肚明，所谓之前平庸、之后却厚积薄发的人同样罕见。

看李洛龙精虎猛的模样，可不像潜力有限之辈。最后她又补充道："李洛如今这般耀眼，木秀于林，咱们二十旗只是最年轻的一届而已，等往后进了天龙五卫，自会有前几届的天骄压制他。"

龙血脉这些年势头大盛，完全压制着龙牙脉，所以李红鲤还是不信李洛能带着龙牙脉异军突起，胜过他们龙血脉。

"或许吧。"李清风不置可否，没有再多说。

在外界沸腾时，七十二层内，老祖李钧望着雨后天晴的天地，脸上终于出现了惊讶的表情。

"你这小娃子真不错。"李钧看着李洛，露出一丝笑容。

李洛望着周身能量波动平息的李钧，问道："老祖，不打了吗？"

李钧杵着蟠龙金棍，摆了摆手，道："你既然接下了我刚才那招，那此次测试就基本结束了。"

李洛愣道："我算是通过了？"

李钧笑着点头："自然。"

李洛顿时狂喜，因为刚才融入了神秘金轮力量的大虚归湮剑光已经是他能爆发的最强攻击，他甚至都不确定自己能否再爆发第二次，此时李钧宣布他通过测试，无疑是最好的结果。

面对眼前深不可测的老祖，即便只是他过去的一个念头，李洛依然没把握能够取胜。

"谢过老祖！"李洛抱拳行礼。

"不必谢我，我可没放水。"李钧笑道。

李洛周身流淌的合气之力开始消散，下方岛屿，八千青冥旗旗众恢复过来，他们第一时间跪拜在地，声音恭敬地响起："拜见天王老祖！"

赵胭脂等人浑身都在颤抖，此前因为在合气的状态，他们内心的敬畏与恐惧都被遮掩了，而随着各自气息回归，自然不敢再以那时的心态面对老祖了，这可是天王级强者啊！是整个李天王一脉地位最超然的存在！

平日，封侯强者在他们眼里都高高在上，几大脉首更是有着改变他们一族地位的权力，更何况这位李天王？

李钧笑了笑，袍袖一拂，将众人带起："不必多礼，你们这一届青冥旗很不错。"

"全是李洛大旗首的功劳，是他将原本排名末尾的青冥旗，在短短不到一年的时间里带到这个成绩。"赵胭脂恭声说道。

她很是机敏大胆，知晓老祖可不是说遇见就能遇见的，眼下有这个机会，自然要为李洛表功。

李钧闻言领首道："二十旗一将可抵万军，一个优秀的大旗首的确有令整旗脱胎换骨的能力。"

他看向李洛，笑道："李洛，你率领青冥旗通过了七十二层煞魔洞，也创造了新的纪录，想要什么奖励？"

李洛正色道："什么奖励不奖励的我根本不在乎，和老祖的这次交手让我体验到了老祖年轻时的无双之姿，从此以后，我当以老祖为榜样，勇攀高峰！"

他的声音没有任何掩饰，顺着光镜传向了四方。

天龙五脉高层听得脸皮抽搐，这小子脸皮真厚，当大家不知道你这直白粗浅的以退为进吗？以为老祖看不出你这点小手段吗？

五位脉首则面无表情，因为他们知道，这种直白的小手段对老祖真的有用。

于是，所有人都眼睁睁地见到，李钧老祖眉开眼笑，指着李洛笑道："小娃子很有意思。

"放心，我此前就说过，你是第一个见到我这念头的后辈，而且还通过了考验，这最后的奖励必然让你满意。"

李钧老祖伸出手，天地间磅礴的能量顿时汇聚而来，于他掌心化为一汪金色的液体，液体里蕴含着难以形容的精纯能量。

旋即金色液体涌现出光点，迎风暴涨，转瞬化为一棵金色的大树，上面挂满了一颗颗果实，果实表面布满龙鳞，龙鳞上则铭刻着古老玄妙的光纹。

李钧老祖手指一点，龙鳞果实纷纷落下，落向下方八千旗众。

"此为金龙果，炼化吸收后可精进相力，还能强化肉身。"

赵胭脂等人急忙接过金龙果，感受着里面蕴含的磅礴而精纯的能量，身躯都激动到颤抖。虽然老祖说得简单，他们却明白金龙果的珍贵，若是炼化，实力会有不小的提升，特别是强化肉身的效果，更会增强他们的战斗力。

分配好众人的奖励后，李钧又看向眼巴巴瞧着自己的李洛，微微一笑，伸出另外一只手，掌心血肉裂开，一枚丹丸徐徐升起。丹丸呈暗青色，它看上去颇为普通，没有玄异之处，可当此物出现时，李洛感觉体内的血液开始以一种惊人的速度变得滚烫、炽热，第三座龙雷相宫内，代表龙相的龙影更是发出渴望的龙吟声。

李洛的目光死死地盯着暗青色的丹丸，如果不是理智尚存，他恐怕已经忍不住出手抢夺了。

在外界，当李天玑、李惊蛰等几位脉首见到暗青色丹丸时，眼神不由得出现了变化，有轻呼声响起。

"这是'龙种真丹'？"

第一〇六三章
龙种真丹

"老祖,这是什么?"李洛按捺着龙相的暴动,死死地盯着那枚神秘的暗青色丹丸,开口问道。

"一枚龙种真丹。"李钧随意说道。

"龙种真丹?"李洛略略思忖了下,然后道,"难道……这是圣种?"

他在吕清儿身上见识过所谓的寒冰圣种,知道圣种乃世上极为厉害的瑰宝,即便在天王级势力,都是底蕴的象征。

只不过圣种太神秘,而且层次太高,他们这些小辈根本无法接触。

"圣种?你想得倒是美,那种东西还不是现在的你能承受的。"李钧闻言忍不住笑出了声。

李洛露出尴尬的笑。想想也是,圣种那么重要,不可能用来奖励二十旗的考核。

"但此丹的确与我们一脉的圣种有关系,严格来说,它是以圣种之力炼制而成,所以被称为龙种真丹。"李钧说道。

李洛恍然,又好奇地问道:"龙种真丹有什么玄妙之处?"

李钧笑了笑,伸出两根手指,道:"此物有两种妙用,一为化龙,二为升龙。"

"化龙?升龙?"李洛满脸的求知欲。

"所谓化龙,其实很简单,就是当你催动龙种真丹时,可使肉身'龙化',具备真正的龙族之力。

"龙化是全方面的,不论是力量还是防御甚至生命力,都会在短时间里同龙族一般,这可不是你修炼的天龙战体可比的。"

"而升龙嘛……"说到此处,李钧顿了顿,微笑道,"就是针对你体内的龙相,一旦催动升龙之法，你的龙相品阶会直接提升到九品，而且是真九品。"

李洛满眼难以置信："这……这龙种真丹能将龙相提升到真九品？！"

这一刻，如果对方不是天王级，李洛甚至会说一句"你就吹牛吧"！真九品相性何等珍稀强大，李洛再清楚不过，天元神州同辈他就见过秦漪与赵神将两人拥有。而且莫说真九品，就算虚九品也颇为少见，从李鲸涛积累多年、前些时候才借他送的破极玄天露侥幸进化到虚九品就能看出。

眼下，龙种真丹却可以直接将龙相提升到九品，从逻辑上说，这根本是不可能的事情。

瞧着李洛难以置信的模样，李钧笑道："我可没有忽悠你，龙种真丹的确能将龙相提升到九品，只不过不是永久的，而是暂时的。"

"暂时提升到九品。"李洛这才信了，虽然这个效果也很变态，但短时间提升到这个品阶没那么不可思议。

旋即李洛心头滚烫，恨不得马上拿到龙种真丹试一试，他还没尝试过九品相是什么滋味。虽然他的三相不比九品相弱，但九品相的名声太深入人心了。

"另外还有一点需要告诉你，龙种真丹是消耗品，随着一次次使用，龙种之气会变得稀薄，待消耗尽后，就没了作用。"李钧再度出声提醒道。

李洛一愣，倒是不感意外。既然号称"丹"，大概率不可能永久存在，只是这样一来，升龙就不能轻易动用，只能当作底牌以备不时之需。

但即便如此，李洛也满心激动，这份奖励远远超过了他的想象。而且最关键的是，他能借助此物窥探到圣种的玄妙。

他现在或许还不够格接触真正的圣种，可有了龙种真丹，总可以提前了解一些，为以后做好准备。

李钧抬抬手，那枚暗青色的龙种真丹便徐徐飘向李洛。

李洛赶紧伸手接住，而当它落在掌心时，他突然感觉到掌心传来刺痛感。龙种真丹竟然咬破了他的手掌，钻进了血肉之中。

李洛微微感应，发现它正沿着血液流转。

"多谢老祖赐宝！"李洛兴奋地道。

李钧摆摆手，道："这是你凭本事赢来的。加油吧小娃子，希望下次再见，你已成功封侯。"

话音落下，只见李钧老祖的身影逐渐变淡，最终化为青烟，消散在众人视线之中。

"恭送老祖！"八千旗众恭敬跪拜。

此时，天地空间变得扭曲，李洛明白，煞魔洞的挑战结束了。

他收起龙象刀，重重地吐了一口气：终于……结束了。

来到龙牙脉一年，他在二十旗的修行总算圆满落幕了，在这里他有了很大的收获，初来时只是初入地煞将阶，现在却已踏入四星天珠境！

这般实力放在圣玄星学府，甚至有挑战七星柱的资格，而按照院级，他现在顶多是初入三星院。

初入三星院的四星天珠境，在圣玄星学府根本就是妖孽。由此可见，在龙牙脉修炼，诸多资源、机缘远非外神州可比。

在李洛心绪流转间，空间变幻，视野再度清晰时他已身处煞魔洞外。再然后，他就感受到四周无数道炽热、尊崇的目光看了过来，是龙牙脉其他三旗的旗众。

在观摩了李洛与李钧老祖的交锋后，所有旗众都被他征服，这一刻，没有任何人生出不服之心。甚至，即便他们不是青冥旗旗众，但都以李洛为傲，因为不管如何，李洛出自龙牙脉！往后，谁敢说龙牙脉这一届不如龙血脉？

三旗旗众尊崇地望着青冥旗八千旗众前身形挺拔的人。

"贺龙首！"

"贺青冥！"

有人道贺，继而引起连片的祝贺声，最终这些真心实意的声音汇聚在一起，在煞魔洞前响起，于龙牙山脉扩散开来。

龙牙山，各院高层听见山间传来的声音，李青鹏、李金磐等人露出笑容，对着李惊蛰说道："恭喜父亲，我龙牙脉又有无双潜龙。"

其他院主也出言恭贺，今日李洛的表现当得起"无双潜龙"的评价。

李惊蛰冷肃的苍老面庞此时笑容绽放，他站起身，遥遥地望着煞魔峰。

"这一次……我不会再让任何人伤害我龙牙脉的潜龙。"

第一〇六四章 爷孙话别

李洛率领青冥旗通过煞魔洞七十二层的消息，短短数日便传遍了李天王一脉的疆域。

闯过煞魔洞七十二层不算多么轰动的事，二十旗数年一届，而且这只是年轻一辈的训练营而已，与天龙五卫相比，关注度天差地别。

但这一次与众不同。

李洛率领的青冥旗不仅创造了迄今为止最快通关的纪录，而且更令人震撼的是，他在七十二层遇见了李天王老祖留下的一道念头，那可是天王级强者啊！

对于这等存在，封侯强者都恐惧敬畏，平日只能膜拜，更何况目睹真容？

而李洛不仅见到了老祖，还通过了考验，这般表现无疑会在老祖心里留下印象，未来不可限量。

如果说以前李洛的成绩在李天王一脉众多强者眼里只算小打小闹，那此次之后他们不得不重视起来。当然，重视的不是李洛的实力，而是他的潜力以及他所代表的青冥院。龙牙山此前传出命令，李洛还兼着一个青冥院大院主的身份。青冥院这些年由于李太玄离去，大院主之位高悬，失去了顶梁柱，分量与地位可谓江河日下，原本属于青冥院的许多资源被金光院侵占，而金光院更有成为龙牙脉第一院的势头。

关键是，脉首李惊蛰对此没有任何异议，甚至还给了金光院更多机会。在这种情况下，金光院愈发肆无忌惮，紫气院、赤云院稍微好点，毕竟还有李青鹏、李金磐坐镇，青冥院就很惨，没有大院主支撑，只能放任金光院予取予求。

甚至原本归属于青冥院麾下的诸多城主都被金光院挖走，从而加快了青冥院衰落的速度。

这么多年下来，李太玄的一些铁杆支持者都不免动摇了，毕竟多年的等待总是会消磨人的意志。

李洛此前的回归让这些人重新燃起了希望，以为李太玄也即将归来，可近一年过去，依然没有任何李太玄的消息，甚至生死都无人知晓。好在这位李太玄之子颇有天资，不断弄出动静，甚至还取得了代理大院主的位置。虽说天珠境的大院主听起来有些滑稽，但这是脉首李惊蛰放出来的一个隐晦信号。

如今，李洛又在七十二层取得如此成就，让很多人在他身上看见了李太玄的影子。

或许，李洛真能追赶他父亲当年的脚步，甚至……青出于蓝。

小楼中，李洛盘坐于案几前。这两日青冥旗大庆，各种聚会不断，他无法推拒，只能尽数陪着。因为他在青冥旗的修行到此结束了，八千旗众也会分道扬镳，优秀的人再经过一段时间修炼或许会进入龙牙卫，更多的人则会分散到龙牙脉诸境，担任职务。

这些人的身上从某种意义上来说打上了李洛的烙印，据说龙牙脉还支持青冥院的城主级强者，不少是当年李太玄率领青冥旗时的旗众，所以忠诚度很高。而等现在这批人成长起来，也会是一股极具凝聚力的力量。

"龙牙脉的事处理得差不多了。"李洛轻声自语。从青冥旗"毕业"，按惯例，他会有一段空闲的时间，然后可以直接进入龙牙卫。

但李洛还有更重要的事情要做，只能推迟进龙牙卫的时间了。

李洛取出纸笔，开始筹划前往天元古学府的任务。

第一，也是最重要的事情，要想办法把九纹圣心莲送到姜青娥手中，如果可以，李洛很想见见她；第二，就是当初素心副院长的嘱托，圣玄星学府被毁，相力树损坏，严格来说圣玄星学府会失去"圣"字头。这不是少一个字那么简单的事情，因为圣级学府每年都能从学府联盟获得庞大的修炼资源，是他们赖以生存的重大支援。一旦被剥去"圣"字，资源自然会被扣除，这对本就受到重创的圣玄星学府来说更是雪上加霜。

圣玄星学府想要维持师生力量，为复仇做准备，资源必不可少，否则人心凉了，学府可能真的要散。

李洛一直对圣玄星学府心存感恩，当初洛岚府风雨飘摇，姜青娥与他能顺利成长起来，拥有一点自保之力，学府的庇护至关重要。因此，他不想坐视圣玄星学府倒台，如果有机会，他定会全力相助。

第三件事嘛，就是有关造化神浆，这份能让李洛晋入九品相的神药还需要一份充满古老精纯的生命能量的主要材料，天元古学府的相力树或许能满足。

还有最后一件事，如果可以，李洛希望修成完整的三龙天旗典。完整的三龙天旗典乃货真价实的天命级封侯术，在任何天王级势力都属于顶级封侯术，李洛的黑龙冥水旗已修至大圆满境界，有此基础，如果可以修炼另外两道，想来会得心应手。

他现在修炼的众相龙牙剑阵虽然号称无双雏术，但从级别来说，依旧是天命级封侯术，只不过此术潜力极大，未来有可能一跃而上，成为传说中的无双术。

天命级封侯术真如其名，是能逆天改命、同级称雄、越级胜敌的可怖之术。他既然与三龙天旗典有缘，自然想尽可能地完整修成。

李洛默默地注视着纸上的几个任务，每一个都不是简单的事情，所以此次前往天元古学府恐怕需要耗费不少时间。

不过也好，天元古学府底蕴深厚，甚至比他们天王级势力更胜一筹，说不定他还能在那里趁势突破到天相境。

"明日就动身吧！"李洛思绪流转，终于下了决心。

走之前得去李惊蛰那里一趟，九纹圣心莲还在他老人家手中。李洛毫不迟疑，径直出了小楼，对着龙牙山掠去。

龙牙山后山竹苑。

当李洛来到此处时，李惊蛰已备好一桌小菜，端着酒壶，自斟自饮。

"来了啊，东西在这里。"

李惊蛰看着走进来的少年，微微一笑，然后袍袖一挥，一枚约莫拇指大小的水晶珠滚落到石桌上。

水晶珠内，一朵圣莲徐徐绽放，布满古老神秘的光纹。不过上面似乎有一层封印，遮掩了九纹圣心莲的波动。

"上面有我布置的封印，可以隔绝外人对它的感知。此物乃罕见的天材地宝，对高品阶封侯强者有致命的吸引力，你一个小娃子身怀此物在外，一旦被察觉，势必会引来觊觎，有此等诱惑，李天王一脉的名头恐怕也不好使。"

李惊蛰提醒道："如果到时候遇见强敌，你可主动交出此物。这里的封印唯有王级强者出手方可解除，到时候我自会有所感应。出门在外切记，小命要紧。"

听到李惊蛰一系列的安排，李洛有些感动，当即接过水晶珠，道："谢谢爷爷。"

李惊蛰示意李洛坐下吃笋，继续道："你在煞魔洞表现不错，给你爹还有我长脸了。"

李洛憨笑一声。

"龙种真丹是好东西，它不只有明面上的好处，更大的作用在于你能借此熟悉圣种之力，未来说不定能加强与龙之圣种的契合度。"李惊蛰淡淡地说道。

"龙之圣种？"李洛心头一跳，光是采集圣种之力的龙种真丹效果就已如此变态，不知道传说中的龙之圣种又是何等恐怖。

李惊蛰没有继续多说，而是取出猩红镯子："五尾天狼还给你，它的伤已经被我治好了。另外这小狼崽子运气还不错，念在它还算忠诚，我给了它一些机缘，如果能挺过来，实力与血脉都能精进。"

李洛闻言赶紧接过，一缕相力流入，然后他便看见了里面的景象，顿时惊愕不已。

因为他并没有看到五尾天狼，而是见到了一座巨大的血晶棺，上面流转着玄妙晦涩的光纹，隐隐间一种熟悉的波动散发出来，五尾天狼匍匐在里面，似在沉睡。

看样子，它在李惊蛰那里获得了不少好处，苏醒后实力就会得到提升。

"多谢爷爷。"李洛再次感谢，他知道李惊蛰帮五尾天狼是为了他行走在外多一重保护。

李惊蛰摆摆手，道："天元古学府位于天元神州西方，远离各大天王脉，还有些顶尖势力，你在那边自己要小心。回头我派人送你过去，避免一些麻烦。"

"反正等你做完事就尽快回来，我还需要你统领龙牙卫。而且你待在龙牙脉

第一〇六四章 爷孙话别

我才放心,别的地方有的,龙牙脉不会少你的。"

听着李惊蛰难得地絮絮叨叨说了一大通话,李洛面带笑意,端着酒壶为他斟满酒,然后点点头。

"爷爷,我知道了。"

第一〇六五章
榜上评语

在李惊蛰的安排下，李洛第二日便悄无声息地离开了龙牙山脉，除李惊蛰外，没人知道他去了何处。

为了隐蔽，李洛没有乘坐龙牙脉造型夸张、引人注目的龙首楼船，而是选择了一艘普通的飞舟。随行的还有两位陌生而寡言的封侯强者，这是李惊蛰安排的护卫，一路送他前往天元古学府。

为了他此次出行，李惊蛰花费了不少心思。李洛这段时间弄出的动静不小，不仅在灵相洞天有亮眼的表现，还在煞魔洞遇见了老祖，这些战绩令他逐渐进入了各方势力的视线。

这个时候保持低调还是很有必要的，最起码，李洛的行动路线不能轻易被外人知晓。

蔚蓝天际，一艘飞舟引动着天地能量，不疾不徐地划过，在远处的云雾中，还可见到一些飞舟的影子。

李洛盘坐在船舱里，吞吐着天地能量，闭目修炼。

他的身后，四颗璀璨天珠如星辰般缓缓流转，以一种惊人的效率吸收着天地能量，然后灌入李洛体内。

第四颗天珠旁边还有一个光团，光团内仿佛有新的天珠正在成形。

这是李洛的第五颗天珠。

与老祖那场大战结束后，李洛的实力再度有所精进，距离五星天珠境仅有一步之遥。

这般修炼持续了两个小时，李洛身后的璀璨天珠缓缓变淡，化为一缕缕流光，投入体内。

李洛睁开眼睛，感受了一下体内的相力强度，自语道："按照这个速度，等我抵达天元古学府时，或许便能晋入五星天珠境。"

这份实力在圣玄星学府，相当于四星院顶尖学员，还能尝试争夺七星柱的位置。

天元古学府的层级更高，按照推测，四星院的顶尖学员有可能已踏入了小天相境。这么一比较，圣学府与古学府的差距显而易见。

但从院级来说，李洛现在还是古学府的二星院级末呢！不过，二星院级的五星天珠境，想来在古学府都凤毛麟角吧？

但是据说真正拉开古学府与圣学府差距的并非四星院级，而是天星院，那才是每个古学府的心血所在。

进入天星院的学员都被称为封侯种子，突破封侯境的概率远比其他学员大，所以每一个都是古学府倾注心血培养的真正天骄。

李洛抱着几分好奇，去了天元古学府倒要开开眼界，看看天星院的学员究竟有何独到之处。

李洛收回心绪，从一旁取来一卷淡黄色的兽皮纸，推开后，赫然是一幅天元神州的地图。图幅辽阔、信息详细，映入眼帘，让眼睛都生出了刺痛感。天元神州太浩瀚，广袤程度超乎想象，而闻名天元神州的四大天王脉位于中央区域，各自有着辽阔的疆域，麾下统率着如繁星般的城池与人口，如同四个超级帝国。

中央区域是此番天地的标志地带，由四大天王脉统辖，但天元神州不只是中央区域。

除了庞大的中央地带，还分有各域，它们同样宽广得惊人，布满无数险境，也散布着大大小小无数势力。而天元神州西域以天元古学府为尊，这座古老学府在此屹立了漫长岁月，拥有着毋庸置疑的声望，乃至即便是四大天王脉，都难以将触角伸向这里。

但好在，天元古学府素来不参与任何势力的争斗，只是培养着学员，不断清除异类。

除了天元古学府，西域还分布着诸多庞大的帝国以及宗派势力，他们的实力同样不弱，有些顶尖势力还有王级强者坐镇，不可小觑。

李洛认真地记着西域诸多势力的信息，虽然他有李天王一脉的背景，但出门在外，还是要谨慎。

"真是遥远的路程。"李洛盯着地图上李天王一脉与天元古学府之间的距离，他们有飞舟代步，中间还会借助传送阵，但即便如此，想要抵达天元古学府也需要半个月左右的时间。

李洛感叹一声，卷起地图，又取出一部书典，书典鎏金，造型精致，上面有三个古朴的字体——天元录。

这部书典正是由金龙宝行撰写的包罗天元神州无数信息的大典，受到了无数人追捧，上至封侯强者，下至天罡地煞，都在时刻关注着信息更新，因为能登上天元录，就代表着自身在天元神州声名鹊起了。

李洛打开天元录，直接翻到"风华榜"那一页。

目光扫过，他看见了一些熟悉的名字，秦漪的水仙子之名最引人注目，而对她的描述也颇让人向往。

还有赵神将，只不过对他的描述仅有三言两语，着墨最多的还是他的下九品力相，或许这也是他上榜的原因。

李洛粗略扫了一遍，然后翻到了最新一页，定睛一看，见到了十分熟悉的名字。

李洛，李天王一脉，龙牙脉脉首李惊蛰之孙，李太玄、澹台岚之子。身怀三相，于灵相洞天展现无双天资，以三星天珠境的实力力斩田绀、重创赵阁，最后借助某精兽的力量，将一头潜入灵相洞天的真魔斩杀，后疑似遭遇归一会的王级强者，最终保得性命。

灵相洞天归山，又率领青冥旗打破了李太玄遗留下的纪录，同时在七十二层煞魔洞遇到李天王李钧的一道念头，并通过考验。此子从资源贫瘠的外神州归来，却能胜过众多享有内神州丰富资源的年轻天骄，可见其天资之恐怖，堪称无敌。或许未来他会如他父亲一般，成为诸多同辈天骄望尘莫及的扛鼎者。

李洛静静地看完这些吸人眼球的显赫战绩，与赵神将甚至秦漪的相比，这里的着墨尤多。

只是……未免太多了。特别是最后的评价，李洛仿佛看见了两个字——捧杀。

李洛若有所思，常人面对风华榜的这种评语，怕是会志得意满，他却敏锐地感觉到，这些评语太过夸张。

什么从贫瘠的外神州归来，却胜过众多享有内神州丰富资源的年轻天骄？潜在意思岂不是说内神州的天骄都是废物？而且还有什么会成为同辈天骄的扛鼎者……这些看似高高捧起的评价，虽然会让李洛很快成为天元神州的风云人物，但也会给他拉很多仇恨。

"金龙宝行有人对我心怀恶意。"李洛放下天元录。

"是牧曜？"李洛想起在灵相洞天被他破坏了计划的牧曜，此人的爷爷是金龙宝行天元神州总部的大长老，拥有很大的权势，如果他授意，撰写天元录的人自然不敢拒绝。

李洛眼神平静，旋即淡淡一笑。

所谓捧杀，无非是将人捧到超过他自身能力的高度，但在李洛看来，这些评语简直就是：净说大实话。

第一〇六六章 院级审评

十来天后,当李洛的飞舟进入天元神州西域时,他的第五颗天珠终于凝炼成形。

而后又经过几天的赶路,李洛于西域一路横穿,终于抵达了目的地。

他立于飞舟顶层,眺望着前方,眼里有一些震撼。

视野所及,是看不见尽头的连绵山脉,无数险峻山峰屹立,深处满是云障烟雾,时不时有巨大的兽影出现,吞吐着天地能量。

当然令李洛震撼的不是这些,而是在山脉深处,有一棵大到无法想象的古树,它的造型极为奇特,如巨龙般的枝叶伸展开来,覆盖了万里区域。而且枝叶呈莲花状,中央的古树主干在茂密枝叶的簇拥下成了花苞般的模样。

古树太庞大,顶端甚至没入了云霄。附近的山脉已颇为壮观,可在这棵古树面前,这些都让人不由自主地就给忽视了。

恐怖的天地能量在古树覆盖范围内汇聚,因为太浓厚,甚至出现了淡淡的能量雾气,浓度比龙牙山脉更胜一筹。

"相力树。"李洛望着古老庞大到难以想象的古树,一眼就认了出来。

以前他以为圣玄星学府那棵能遮蔽整座学府的相力树已经足够庞大了,可跟眼前这一棵相比,存在感顿时就弱了。

隔着遥远的距离,李洛已经能看见,在那棵相力树上有着连绵的学院风格的建筑群。

这些建筑恢宏壮观,犹如一座城市,建造在相力树的主要枝干上。

圣玄星学府是在学府内种植相力树,可天元古学府却是建造在相力树上,两者间的差距可见一斑。

"恐怕这是相力树的母树之一吧？"李洛暗自揣测，这种规模的相力树是一种奇观。

飞舟不断前行，两个小时后终于接近了天元古学府，飞舟处于相力树树荫的笼罩之下。

相力树附近还坐落着一些城市，规模也不小，时不时见到无数飞舟自四面八方而来，落入其中。

李洛的飞舟落在了相力树底部，这里有一座雄关阻拦在前，天际有危险的能量波动若隐若现，显然隐藏着一种防御奇阵。

雄关名为"照天关"，正是进入天元古学府的门户。外来者想要进入古学府，这是唯一的通道，否则从天际直入，会引动防御奇阵反击。

"三少爷，我们会在外面城市找一个落脚的地方等您，您如有任何需要的地方，可以捏碎通信龙牙，我们自会感应，立刻赶来。"一路护持的两名封侯强者对着李洛拱手说道。

天元古学府，其他势力的封侯强者难以久留，他们不能跟着李洛进去了。

"辛苦两位了。"李洛点头笑道。

"不敢。出门在外，三少爷还请多多小心。"两位封侯强者拱了拱手，然后便转身而去。

李洛目视着他们离去后，方才走入照天关，一名守卫迎上前，盘查身份与进入学府的目的。

"我叫李洛，来找两位朋友，三星院的江晚渔、四星院的宗沙，还请通报一下。"李洛说道。

他不是天元古学府的学员，想进入学府得有人带领，这也是他此前在灵相洞天交好宗沙、江晚渔的原因。毕竟不可能一来就直接跟守卫说要见高居副院长之位的蓝灵子，那样的话，人家大概率不会搭理他。

而且，蓝灵子的性情如何、是否好接触、究竟与庞院长有什么关系……这些他都需要再做详细了解。

学员江晚渔、宗沙这里，则是一个不错的切入点。

守卫还挺客气的，并无傲慢之气，点头应下后，便转身进入某处，将消息传进了学府。片刻后他走出来："已经通知过去，如果他们愿意见你，一个小时左右就会赶来。"

天元古学府太庞大，一来一回耗时不少。

"多谢。"

李洛谢过，然后便在一旁耐心等待。

在等待的这段时间，他发现陆陆续续有不少身穿其他学府院服的队伍来此，多的数十人，少的十来人，还都有实力强横的导师带队。

他们来到此处，望着庞大的相力树，皆面带向往与尊崇之色。

"好像是其他学府的人。"李洛有些奇怪，这些人成批成批赶来天元古学府，难道是专程来瞻仰观摩的吗？

时间在李洛的耐心等待中迅速过去，他听见了一道爽朗的笑声从远处传来："哈哈，李洛兄弟，你还真来咱们天元古学府了啊。"

李洛转头，只见不远处的天际，一块碧绿"飞毯"徐徐飞来，上面立着两道人影，正是宗沙与江晚渔。

随着"飞毯"接近，他才发现，那竟是一片数丈宽的碧绿色叶子，上面流转着奇特的能量波动。

应该是相力树的树叶，只不过经过特殊的炼制后，便成了天元古学府诸多学员的代步工具。

李洛笑着迎上去，道："此前说过我有事会来天元古学府，所以就来叨扰两位了。"

宗沙很热情，笑道："在灵相洞天多亏了李洛兄弟的照应，如今你来了咱们学府，我们定会好好招待。"

一旁的江晚渔美眸盯着李洛，红唇微启："能够招待有无敌之姿的李洛龙首，是我们的荣幸。"

江晚渔穿着天元古学府的制式院服，合身的衣服包裹着玲珑有致的身材，长裤包裹着双腿，她长发绾起，英姿飒爽，漂亮的脸蛋总是带着冷淡的神色，只不过这种冷淡偏偏又很撩拨人心，她站在这里，就吸引了来往不少人的目光。

在与李洛说话时，她皎如秋月的脸变得不再那么冷淡，令她更加引人注目。

李洛没注意这些，反而因为江晚渔的话，明白风华榜的评语已经传播开来了。

"应该是牧曜搞的鬼，实属无耻。"李洛无奈地骂了一声。

宗沙与江晚渔莞尔一笑，他们知道李洛与牧曜在灵相洞天的冲突，猜到了风华榜的事多半有牧曜推波助澜。

"他这一手虽然阴险，效果却不小，风华录在咱们学府非常受欢迎，时刻都有学员关注，你在同辈中无敌的名号可是引起了不少人注意。"江晚渔说道。

宗沙点点头，道："原本你在李天王一脉也没什么，但你跑来了天元古学府，说不定会遇到些麻烦。"言语间带着提醒。

李洛笑了笑，对此并不意外。天元古学府收揽了众多年轻天骄，皆以古学府为傲，他出身天王脉，反而不好融入。

不过无所谓，他又没打算加入天元古学府。

"走吧，李洛兄弟，我们带你进学府，若有什么事，到时候也好帮你通传。"宗沙说道。

"那就麻烦两位了。"李洛点头，跟着两人登上了碧绿树叶。

碧叶以不急不缓的速度沿着巨大的相力树主干飘飞而上，沿途有数条宽敞的大道以及连绵的建筑群。

宗沙热情地为李洛介绍着古学府的情况，李洛认真听着，好一会儿后，突然问道："宗沙学长，我看好像有许多其他学府的队伍。"

"哦，那些是天元神州各方圣学府的队伍，还有一些来自外神州。他们都要进行两年一度的院级审评。"宗沙说道。

"院级审评？"

"嗯，说直白点，就是来参加审评，争取从古学府取得更多的修炼资源。一般来讲，审评给的级别越高，分配的资源就越多，对那些圣学府来说非常重要。"宗沙说道。

李洛恍然，旋即感叹，如果圣玄星学府没有遭遇变故，说不定也会参加审评。

"对了，李洛兄弟你之前好像说过，你在外神州也是一座圣学府的学员，叫什么来着？"宗沙想起什么，突然问道。

"大夏国，圣玄星学府。"李洛回道。

宗沙想了想，笑道："哦哦，因为我正好在做接待圣学府队伍的工作，所以有点印象，你们圣玄星学府也派了一位导师过来，奇怪的是只有她一个人，不像是来参加审评的。"

李洛一愣，旋即愕然道："圣玄星学府有导师过来？叫什么？"

宗沙挠了挠头："是一位女导师，还挺漂亮的，叫……"

"对了，叫作郗婵。"

第一〇六七章 异乡故人

"郗婵。"

听到这个熟悉的名字,李洛瞬间变得呆滞了,数息后他的眼睛猛地瞪圆,盯着宗沙:"圣玄星学府来的导师叫郗婵?!"

李洛怎么都没想到,他在天元古学府竟然会听见这个名字。

他激烈的反应让宗沙与江晚渔一怔,宗沙旋即明白过来,道:"没错,那位导师叫郗婵,看来李洛兄弟与她很熟?"

李洛眼中洋溢着惊喜,笑道:"郗婵导师就是我在圣玄星学府时的导师!"

宗沙、江晚渔恍然,难怪这么惊喜,对李洛而言这可真是他乡遇故人了。

"不过你们学府有点奇怪呀,竟然只派了一位导师,连学员都没带,这怎么参加审评?"江晚渔疑惑地道。

李洛沉默了一下。圣玄星学府被毁,相力树也被破坏了,连顶梁柱庞院长都自我封印,拖延着王级异类侵入大夏的时间与脚步,还有沈金霄的反叛,给学府带来了很大的伤亡。

实力被严重削弱,连存活都很艰难,圣玄星学府只能苟延残喘、竭力维持,哪还有精力顾及审评?

按他的猜测,学府派出郗婵导师不远万里而来,恐怕不是为了审评,而是为了求得古学府的资源。

原本素心副院长也托付过他,但因为这一年他根本来不了天元古学府,所以只能拖下去了。看样子素心副院长等了一年实在等不下去了,就派了郗婵导师过来。

圣玄星学府如今的境况看来很不妙啊。

李洛心中闪过诸多念头，然后说道："圣玄星学府遭遇了变故，暗窟有强大异类冲出，毁了相力树。"

他简略地说了一些情况。

宗沙、江晚渔闻言一惊，然后同情地道："原来如此，难怪仅有一位导师前来。"

李洛问道："圣玄星学府遭逢变故，古学府或者说学府联盟难道就不援救吗？"

宗沙犹豫了一下，道："李洛兄弟，暗窟被异类冲破的事情不止你们圣玄星学府会遇到，每年类似的消息学府联盟会收到不少，联盟一般会采取一些措施，可有时候真的人手不够。

"最近这些年时不时传来圣学府被攻破的消息，特别是外神州，频率比以往高不少，我在导师那儿听过，或许是有势力在暗中推动。"

江晚渔红唇微启，道："其实不难猜到，大概率就是归一会，他们与学府联盟是死对头。"

宗沙点点头，道："这些年学府联盟忙得焦头烂额，四处施救，可谓疲于奔命，受我们天元古学府管辖的学府大大小小何止百座？"

他看看四周，又压低声音道："咱们院长以及好几位副院长，都有一段时间没在学府出现了，据说是处理问题去了。"

李洛沉默，最终无奈地点点头。难怪圣玄星学府出了这般变故，庞院长、素心副院长都没想过学府联盟会伸以援手，他们最大的指望是古学府能保持资源供给，这样学府才有重新崛起的机会。

"这个院级审评是什么流程？"李洛又问道。

宗沙笑道："其实很简单，咱们都是学府，自然是以学员的能力来判定其培养能力，至于如何判定，当然是实力为王。

"各大圣学府会派出四个院级最优秀的学员，进行团体制的比试，由古学府做出评判，决定接下来两年的资源分配额度。"

李洛微微皱眉。果然不出所料，竟然要派出四个院级的学员，而郗婵导师独自前来，显然就没想过参与审评。只能说，圣玄星学府的情况比想象的还要糟糕。

"两位，能带我去见见郗婵导师吗？"李洛想了一会儿，既然在这里遇见了郗婵导师，必然是要与她见面的，郗婵导师当初可是帮了他太多。

"小事。"宗沙爽朗地说道。

而后他操控脚下的碧绿飞叶，沿着无数枝干形成的复杂道路快速穿过。

天元古学府北区的一片小楼处。

其中一座相对比较简陋的小楼院内，一道倩影俏立，她出神地望着院中的花圃，光洁的眉心间带着忧色。

这道倩影正是郗婵。

她依旧穿着圣玄星学府的导师衣裙，曲线玲珑有致，柔顺的长发垂落下来，在纤细腰肢间轻轻荡着，脸上戴着黑色面纱，清冷的眼眸令她散发着知性幽冷的气质。

只不过此时她看着眼前艳丽的花圃，明显有些心不在焉。

咚咚！

小院房门突然被敲响，郗婵回过神来，连忙前去开门。

打开院门，映入眼帘的是一张苍老的面庞，郗婵见到此人，脸上顿时露出喜色，道："王陵长老，武宇副院长可以见我了吗？"

被称为王陵长老的老者呵呵一笑，摇头道："郗婵导师，武宇副院长日理万机，事情太多了。你知道咱们是古学府，这里的事务可不是你们一个外神州的圣学府能比的。"

郗婵脸上的喜色顿时化为失望，类似的话这十来天她已经听了很多次，但即便有些恼怒，也只能压下去，道："我知道武宇副院长很忙，但我们圣玄星学府真的很需要学府联盟的援助，还请王陵长老帮忙通报一下。"

王陵笑了笑，道："不急。对了，这位是圣泽学府的陈陨导师。"他指着身旁的一名中年男子。

郗婵抬眼看去，只见一名身穿蓝色袍服的中年男子正面带微笑地看着自己，于是她微微颔首。

"呵呵，圣泽学府在西域是咱们天元古学府着重支持的学府。"王陵长老笑道，"陈陨导师是专门来找郗婵导师的，说是有事商量。"

郗婵柳眉微蹙，道："不知陈陨导师找我有什么事？"

陈陨淡笑一声，道："我就不拐弯抹角了，听闻圣玄星学府镇守暗窟失败，相力树被毁，已经到了破碎的边缘？"

郗婵的眸子顿时冷了下来，道："你什么意思？"

陈陨不在意郗婵的态度，他道："圣玄星学府眼下这个状态，想来圣字头是保不住了，此次审评的资源恐怕也很难拿到。我这里可以给你们一个选择，你若是愿意将圣玄星学府的审评资格转赠给圣泽学府，我们从中操作，从古学府获得一批资源，到时候再分三成给你，你也好带回去交差。"

郗婵闻言顿时怒火中烧，声音犹如冰霜般："你们圣泽学府这是在落井下石！"

陈陨皱眉道："郗婵导师这话就过分了，你以为圣玄星学府还能通过审评吗？我这样做，你们好歹能分润一点，否则你此次必然空手而归！"

旁边的王陵长老微微笑道："郗婵导师，圣泽学府的院长乃咱们武宇副院长的族弟。"此话说得轻描淡写，然而意思却很明显了。

郗婵终于明白过来，为什么来这里十来天了却连武宇副院长的面都见不到，原来是他们这破败的圣玄星学府被人盯上了。

郗婵玉手紧握，她盯着王陵长老，寒声道："我要见蓝灵子副院长！"

王陵长老淡淡地道："蓝灵子副院长眼下不在学府。"

郗婵气得微微发抖，此时她方才明白，在古学府她势单力薄，根本没人会重视她以及一个破败的圣玄星学府，这就是现实，即便是学府之间也免不了利益的考量。

王陵长老继续说道："如果你对圣泽学府的提议没有兴趣，那你可以回去了。你是外人，不能在学府过多停留。"

郗婵咬着银牙，道："我不会走的，我们圣玄星学府要参加院级审评。"

陈陨讥讽地一笑，道："你连个学员都没带来，怎么参加院级审评？"

郗婵玉手紧握，纤细的身子显得有些单薄，也有些无助。来之前素心副院长就告诉过她此行会颇为艰难，但她还是没想到竟是如此难。

就在郗婵无助时，一个有些熟悉却又颇为遥远的声音突然响起。

"谁跟你说圣玄星学府没学员了？"

郗婵茫然地抬头，眸光顺着声音望去，然后就见到不远处的一片碧绿飞叶上，一名面容俊美、身躯颀长的少年缓步而来。

望着熟悉的年轻面庞，郗婵愣了两秒，方才难以置信地出声。

"李……李洛？！"

第一〇六八章
我一打四

当郗婵见到熟悉的少年时,一时间无法相信自己的眼睛,乃至于愣住了,甚至等少年带着笑容走过来,方才确定自己没有出现幻觉。

于是,她的眼睛里绽放出喜意,无关其他,只是觉得时隔一年见到自己曾经的学生,实在是一件欢喜的事。

李洛走过来,并未理会旁边的两人,而是冲着郗婵露出笑容,道:"郗婵导师,好久不见啊。"

郗婵美目光彩流转,声音变得柔和起来,她道:"李洛,你怎么在这里?"

她知晓李洛来了天元神州,可天元神州如此广袤,她没想到李洛会出现在天元古学府。

李洛笑道:"我刚好有事来天元古学府,听朋友说导师您也来了,就赶紧过来见您。"

郗婵恍然,她注视着眼前的少年,一年时间不见,李洛变得成熟了,曾经的青涩有所消退,眉宇间流转着自信,让郗婵微微诧异与欣慰,看来即便来到天骄如云的内神州,李洛仍如在圣玄星学府时那般意气风发。

她看着李洛,旁边被晾着的两人有些不满。

王陵长老眉头皱着,他看了一眼李洛,道:"你不是我们天元古学府的学员?"

"不是,我是圣玄星学府的学员。"李洛随口说道。

王陵与圣泽学府的陈隅导师对视一眼,感到好笑,道:"原来郗婵导师带了一名学员过来。"

好笑之余又有些莫名其妙,郗婵带这么一个黄口小儿,能有什么用?不过王陵懒得多问，他目光转向郗婵，有些咄咄逼人地道："郗婵导师，你真的不再考虑一下吗？这可能是你最后的机会，今天无果，你就准备回去吧，我们天元古学府不能让外人久留。"

郗婵的眸光再次变得冰冷起来。

还不待她说话，一旁的李洛则笑道："只听说穷山恶水处会出现吃绝户的事情，没想到今日在这古学府也能见到类似的事。这位长老做这些龌龊事，不怕影响天元古学府的名声吗？"

李洛言语间没有给王陵长老半分颜面，对方的面色瞬间阴沉下来，冷声道："郗婵导师，你们圣玄星学府就是这么教导学员的吗？没点上下尊卑，若是在外面这么说话，恐怕会很短命。"

"好了，郗婵导师，我的耐心已被你们耗尽了，限你们今日内就离开！"他拂袖冷声说道。

郗婵玉手紧握，美眸中怒意流转，但愤怒之余又感到十分无力。她在大夏时还算颇有分量的封侯强者，可在这庞大的天元古学府，她的实力根本难以引起重视。

"嘿，这位长老真是好大的威风。"李洛再度笑道，带着讥讽之意。

被一个小辈不断挑衅嘲笑，王陵长老的面色愈发阴沉，他一挥手，打算召来学府执法队，将两人驱赶出去。

此时宗沙、江晚渔快步上前，他们见场面剑拔弩张，道："王陵长老，你不能赶走李洛兄弟。"

王陵面色阴沉："你们在胡说八道什么？"

他心中恼怒不已，自己好歹是天元古学府的长老，若连赶走两个圣学府的人的权力都没有，那也太小看他的身份了。

宗沙无奈地道："这位李洛兄弟是李天王一脉的人，而且还是龙牙脉脉首的嫡孙。"

江晚渔补充道："他爹是李太玄，他爷爷是双冠王，他老祖是李天王。"

两人话音落下，小院的气氛出现了数息凝滞，不仅王陵、陈陨面色僵硬，目光惊疑不定地盯着李洛，就连郗婵导师的美眸也微微睁大了。

沉默持续了一会儿，王陵长老脸色变幻，他没有问宗沙他们此言是否属实，因为说谎毫无意义。

如果李洛是李天王一脉的人，他就不得不收敛傲气，好歹是一方天王级势力，更何况李洛还是龙牙脉脉首嫡系。有这种背景，就算他们是天元古学府，也不能随意欺凌。

天王脉最擅长的就是欺负小的出来大的，大的若被欺负就出来老的……一层层下来，就算是天元古学府也会很尴尬，到时候莫说是他，武宇副院长都会头大。

王陵干咳了一声，打破沉默，缓缓道："没想到龙牙脉脉首嫡系竟然是圣玄星学府的学员，真是令人意外。"

"天元古学府还要赶人吗？"李洛笑道。

王陵长老脸抽动了一下，辩解道："并非赶人，而是在执行学府的规定。不过规矩是死的，既然李洛小友是来自李天王一脉的贵客，我们自然会好生招待。"面对势单力薄、没有背景的郗婵时，王陵长老选择了以势压人，可这势相对李洛的身份没了作用，王陵长老立即放弃了这种行为。

"圣玄星学府遭逢大难，天元古学府因为人手问题无法相助，难道资源方面还要刁难吗？"李洛继续问道。

王陵长老道："李洛小友，资源分配是大事，各大圣学府都想多分得一些，一切都需按照规矩来。"此时他倒是一板一眼地打着官腔，仿佛刚才压迫郗婵的不是他一般，而且资源分配是天元古学府内部的事，就算李洛是李天王一脉的人，也没有理由插手。

眼下王陵的态度就是，既然你是李天王一脉的人，还是龙牙脉脉首嫡系，我就给你一点面子，不再刁难郗婵，但若你想用这个身份为郗婵争夺资源，那不好意思，咱们天元古学府不是什么随便的势力，你要仗着身份插手，引得学府高层的反感我可不管。李天王一脉虽然是天王级势力，但想要改变天元古学府的规则，还是想多了。

李洛闻言淡笑一声，道："既然这位长老现在又要按照规矩来，咱们就按照规矩来，我们圣玄星学府会参加院级审评，凭本事获取资源。"

王陵眼露古怪之色，道："李洛小友，各大圣学府来这里，起码要带四个院级的学员，因为审评是四人团体制，你们圣玄星学府似乎只有你一个学员。"

"一个人有什么问题吗？"李洛疑惑地道，"我一个人打四个，不可以吗？"

所有人都沉默了，就连宗沙、江晚渔都转头看着李洛，想问他究竟是怎么做到用最谦逊的表情说出最狂妄的话的？

圣泽学府的陈陨导师笑了笑，道："李洛小友的意思，是要一个人代表圣玄星学府参加院级审评？"

"这位导师，您耳聋了吗？还要我重复一次？"李洛微笑道，此人想以卑劣的手段欺凌郗婵导师，他自然没半点客气。

陈陨眼里闪过一抹怒意，但最终只是闷哼一声，李洛的身份让他只能把不爽放在心里，这个时候他也体验到了郗婵被他们仗势欺人时的憋屈感。

"王陵长老，我一个人参加没有坏了规矩吧？"李洛盯着王陵，问道。

王陵长老迟疑了数息，然后道："院级审评的确没有规定不能单人上场，也罢，既然你们执意如此，那就随你们。"说着，他转身打算直接离去。

"等等。"李洛却出声拦住。

"还有什么事情？"王陵长老眉头微皱，问道。

"请问现在学府还有几位副院长掌事？"李洛问道。

王陵本不欲回答，但想了想，还是说道："两位，一位是武宇副院长，一位是青蔓副院长。"

"我们想见见两位副院长。"

王陵直接拒绝："两位副院长事务繁重，暂时没有接见你们的时间。"

李洛则慢条斯理地从袖子里取出一封信，上面有李天王一脉的族纹，而族纹后面有张开的龙嘴，露出了锋利的龙牙。

"我不是以圣玄星学府的名义求见两位副院长。

"这是我李天王一脉龙牙脉的拜帖，还请转交给两位副院长，看他们想不想见一见。"

王陵愣愣地望着李洛递来的拜帖，上面散发着莫名的威压，令他一时间有点不知所措。

第一〇六九章
递交拜帖

王陵长老望着李洛的拜帖，呆愣了片刻，一时间接也不是，不接也不是。

他对李洛自然是有些不爽的，所以对他们想见两位副院长的事百般推诿，可怎么都没想到，李洛竟然会来这么一招。

递交拜帖，这个举动极其正式，而且也是各方势力间的一种礼仪。一般来说，除非双方有血海深仇，不然都会和和气气地收下拜帖。

如果拒收，就是表明不屑与对方结交。

李天王一脉是天王级势力，是天元神州的一方霸主，如果双方交恶，造成的后果显然不是王陵能够承受的，后果简直比把李洛打一顿还要严重百倍。

这个拜帖王陵不敢拒绝，于是，他只能捏着鼻子，伸出双手，客气地接过。

王陵明白，这份拜帖未必真的是龙牙脉指定他送来的，可能就是李洛突然搞出来的。

但他又能如何？难道去龙牙脉确定拜帖是否为真？而且李洛能拿着拜帖，恰恰表明了他的身份地位，对此王陵只能说，李洛在龙牙脉可能很受宠。

"拜帖我会转交给两位副院长，还请李洛小友静待消息。"王陵闷声说了一句，"等会儿我会安排李洛小友宿贵宾之处。"

李洛闻言，看向郗婵导师，问道："导师想换个地方住吗？"

他一眼就看出郗婵的这座小楼颇为简陋，与旁边的相比，条件差了许多。

郗婵导师却摇摇头，道："不必了，这里就行。"这些都是无关紧要的事，她懒得在意。

李洛点头，道："那我也住在这里，应该还有多余的房间吧？"

郗婵导师想了想，点点头。

"这……"王陵有些无奈，李洛持拜帖而来，却住破败小院，传出去还得说天元古学府没有待客之道。

但王陵只能点头，然后不再多说，直接带着尚有些不甘心的陈陨转身离去。

在王陵两人离去后，李洛又看向宗沙、江晚渔二人，笑道："两位能否帮我一个忙？"

"尽管说。"宗沙爽朗地笑道。

"我想要一份此次来天元古学府参加院级审评的其他圣学府队伍的资料。"李洛说道。

江晚渔惊讶地道："你真打算一个人代表圣玄星学府参加审评？"

宗沙皱眉："这可是团体制比赛，别的圣学府都是四个院级学员联手，虽说一、二星院学员基本就是凑个人头，可三、四星院的学员不容小觑。"

虽然经过灵相洞天一行，宗沙明白李洛的实力与手段，但这种比赛与洞天内的厮杀又不同，李洛单枪匹马终归处于弱势。

"在这里，恐怕没办法动用外力。"江晚渔提醒道。李洛借助大精兽的力量使实力暴涨的手段已经不算秘密。

李洛笑着点点头，这个他当然知道。只是现在一些圣学府三、四星院级的学员恐怕未必能对他造成多大的威胁。

宗沙、江晚渔没有说太多，他们知晓李洛的实力，即便只有他一人，想来只要在比赛时滑头一点，应该可以拿到一个不错的成绩。

两人很快告辞而去。

随着两人离开，李洛这才转身，看向从一开始就一直盯着他的郗婵导师。

"导师，是不是一年时间不见，发现我已有了强者气度？"李洛笑问道。

郗婵导师白了他一眼，道："强者气度没发现，纨绔气度倒是初现，看来没姜青娥管着，你已经放飞自我了。"

旋即她红唇微翘，脸上浮现出一抹笑意："不过挺解气的。"

"这叫以其人之道还治其人之身。"李洛辩解道。

而后两人对视一眼，笑出声来。

"导师，不让我进去坐坐吗，我还想知道圣玄星学府如今的情况呢。"李洛笑道。

郗婵导师微微颔首，站在院门处微微侧身，伸手虚引。

"请吧，来自李天王一脉的纨绔少爷。"

另外一边，王陵长老与陈陨一同离去。

"没戏了吗？此事是院长交代的，这个结果回去后我定会吃挂落。"陈陨明显不甘心，圣玄星学府一片破败，资源给了他们，实属有些浪费。

王陵长老有些无奈，道："谁知道身处外神州的圣玄星学府出了一个这么有背景的学员，而且还要为他们出头。"

"这个李洛的名头最近还挺响的，是天元神州年轻一辈的翘楚。"他看了陈陨一眼，道，"你先别着急，李洛虽然有李天王一脉的背景，但咱们天元古学府不会惧他，只是吃相得好看点了，免得落人褒贬，闹大了不好收拾。"

"再说院级审评乃四人团体制，李洛本事再强，也只是同辈称雄，他还真能一打四不成？"王陵嗤笑了一声，道，"我听过他在灵相洞天的手段，似乎是借助精兽之力完成了越级而胜的战绩，这种手段在院级审评是被禁止的，所以无须担心。"

陈陨微微松了一口气，道："差点被这小子一打四的口气唬住了。"

王陵淡笑道："年轻人难免轻狂，再加上旁边有漂亮导师看着，总想表现一下，想来事后也会后悔吧。

"我会将此事汇报给武宇副院长，他是你们院长的族兄，想来会帮你们的，到时候在规则内做些调整，圣玄星学府说不定就知难而退了。

"李洛虽然有背景，但学府联盟内部的事情，他们李天王一脉没有插手的理由。"

他看了陈陨一眼，低声道："圣玄星学府的院长庞千源当年与武宇副院长有些恩怨。"

陈陨恍然，原来还有这么一出，难怪武宇副院长不待见圣玄星学府，甚至见都不想见郗婵。

他转过头，看向在林荫间冒出一截屋顶的小楼，冷哼一声。

"李天王一脉又如何，这绝户，我圣泽学府偏要盯着吃。"

（未完待续）

万相之王 5 创造纪录
ABSOLUTE RESONANCE

本书由天蚕土豆委托湖北知音动漫有限公司正式授权中国致公出版社，在中国大陆地区独家出版中文简体版本。未经书面同意，本书的任何部分不得以图表、电子、影印、缩拍、录音和其他任何手段进行复制和转载。违者必究。

万相之王 15·创造纪录

作者
天蚕土豆

选题策划
知音动漫图书·时代坊

封面插图
芝士牛煲煲

封面 & 内文设计
方 茜

策划编辑
余 慧

执行编辑
杨 鸿

出版
中国致公出版社

总出品
湖北知音动漫有限公司

制作出品
知音动漫图书·时代坊

平台支持

知音漫客　小说绘

图书在版编目（CIP）数据

万相之王.15，创造纪录/天蚕土豆著.—北京：中国致公出版社，2024.2

ISBN 978-7-5145-2073-6

Ⅰ.①万… Ⅱ.①天… Ⅲ.①幻想小说-中国-当代 Ⅳ.①I247.5

中国国家版本馆 CIP 数据核字(2023)第 026379 号

本书由天蚕土豆委托湖北知音动漫有限公司正式授权中国致公出版社，在中国大陆地区独家出版中文简体版本。未经书面同意，不得以任何形式转载和使用。

万相之王.15，创造纪录／天蚕土豆 著
WANXIANG ZHI WANG.15, CHUANGZAO JILU

出　　版	中国致公出版社
	（北京市朝阳区八里庄西里 100 号住邦 2000 大厦 1 号楼西区 21 层）
出　　品	湖北知音动漫有限公司
	（武汉市东湖路 179 号）
发　　行	中国致公出版社（010-66121708）
作品企划	知音动漫图书·时代坊
责任编辑	杨　鸿
责任校对	魏志军
装帧设计	方　茜
责任印制	程　磊
印　　刷	长沙鸿发印务实业有限公司
版　　次	2024 年 2 月第 1 版
印　　次	2024 年 2 月第 1 次印刷
开　　本	787 mm×1092 mm　1/16
印　　张	18
字　　数	290 千字
书　　号	ISBN 978-7-5145-2073-6
定　　价	36.80 元

（版权所有，盗版必究，举报电话：027-68890818）
（如发现印装质量问题，请寄本公司调换，电话：027-68890818）